JULIE JOHNSON
Golden Throne

JULIE JOHNSON

Golden THRONE

Roman

*Ins Deutsche übertragen
von Anika Klüver*

LYX

LYX in der Bastei Lübbe AG
Dieser Titel ist auch als E-Book erschienen.

Die Originalausgabe erschien 2019 unter dem Titel »Torrid Throne«.
Copyright © 2019 by Julie Johnson.

Für die deutschsprachige Ausgabe:
Copyright © 2020 by Bastei Lübbe AG, Köln
Textredaktion: Birgit Sarrafian
Umschlaggestaltung: © Sandra Taufer
unter Verwendung von Motiven von © ChaiwatUD; Vandathai;
Serg-DAV; R-studio; Oleg Golovnev / shutterstock
Satz: Greiner & Reichel, Köln
Gesetzt aus der Adobe Caslon
Druck und Verarbeitung: GGP Media GmbH, Pößneck
Printed in Germany
ISBN 978-3-7363-1341-5

3 5 7 6 4

Sie finden uns im Internet unter lyx-verlag.de
Bitte beachten Sie auch: luebbe.de und lesejury.de

Für T. S.

CAERLEONISCHE THRONFOLGE

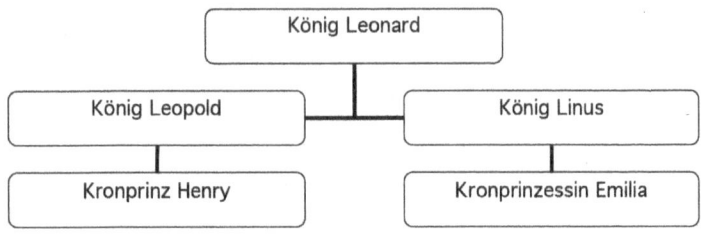

Non sibi sed patriae

DAS GESCHLECHT DER LANCASTERS

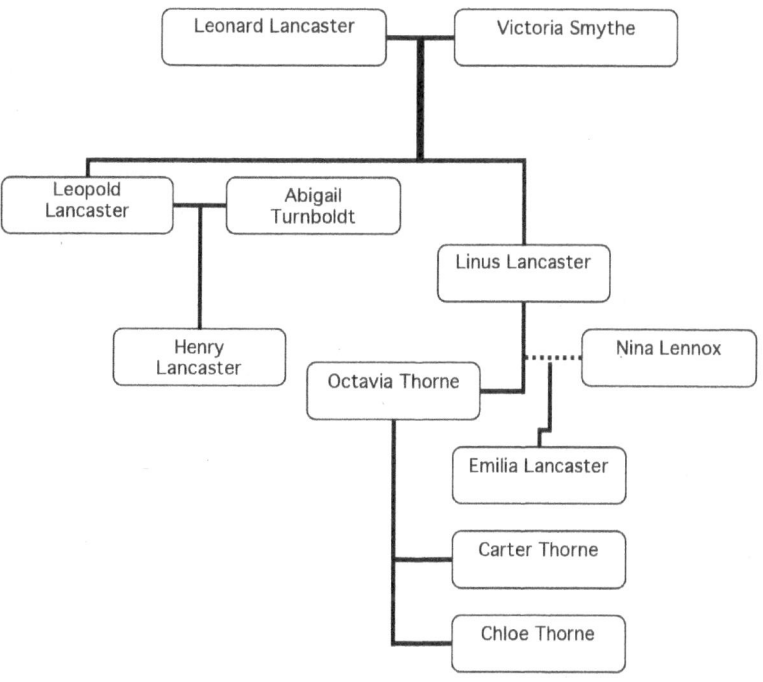

VORWORT

Meine lieben Leser,

schnappt euch eure Reisepässe, packt eure Koffer ... denn eure
Rückkehr in die Welt von Caerleon steht kurz bevor. Macht
euch auf weitere höfische Intrigen, verbotene Stelldicheins
und verhängnisvolle Affären gefasst, während Emilia versucht,
sich in ihrem neuen Leben als Kronprinzessin zurechtzufin-
den.

Bedenkt dabei bitte, dass *Golden Throne* kein eigenständiger
Roman, sondern der zweite Band der *Forbidden-Royals*-Tri-
logie ist. Wenn ihr den ersten Band, *Silver Crown*, nicht bereits gelesen habt, dann klappt dieses Buch bitte sofort wieder zu und fangt ganz von vorne an. (Glaubt mir, ihr wollt
keine einzige Minute verpassen, die ihr in der Gesellschaft
des unwiderstehlichen Carter Thorne verbringen könnt, auch
wenn er euch mit seinem Verhalten in den Wahnsinn treiben
wird.)

Bevor ihr euch auf die Geschichte stürzt, möchte ich euch
noch eine letzte Warnung mit auf den Weg geben: Wie schon
sein Vorgänger ist dieses Buch ein düsteres Märchen, das ausschließlich für Erwachsene bestimmt ist. Wenn ihr also Märchen bevorzugt, in denen nicht ausgiebig geflucht wird, keine
heftigen höfischen Intrigen gesponnen werden und keinerlei

Sex vorkommt, ist dieser Roman vielleicht nicht der richtige für euch.

Non sibi sed patriae,

Julie

PROLOG

Ich starre die Frau auf dem Podest an.
Das Gesicht eine gefasste Maske.
Die Augen voller Geheimnisse.
In Trauer versunken um alles, was sie verloren hat.
Gestählt durch die Verantwortung,
die ihr kürzlich aufgebürdet wurde.
Sie lenkt mit Zügeln, die sie kaum halten kann.
Sie behauptet ihre Stellung ohne das nötige Rüstzeug.
Ein beflecktes Erbe.
Ein glutheißer Thron.

Die Natur des Menschen ist wankelmütig.

Um ehrlich zu sein, habe ich nie wirklich verstanden, *warum* wir so funktionieren, wie wir es tun. Vielleicht habe ich deswegen so viele Jahre damit verbracht, Psychologie zu studieren. Ich habe verzweifelt versucht, die unerklärlichen Beweggründe zu durchschauen, die die Menschheit schon immer zu Krieg und Fehden und Schlachten angetrieben haben – ob nun auf schlammigen mittelalterlichen Feldern oder in Vorstandsetagen moderner Firmen.

Unsere Machtkämpfe sind legendär. Sie wurden sowohl in Romanen als auch in Lehrbüchern festgehalten, seit zum ersten Mal Tinte auf Pergament traf. Ob es nun Brutus und Cäsar oder Aaron Burr und Alexander Hamilton sind, die Geschichte scheint sich immer wieder mit erschreckender Unvermeidbarkeit zu wiederholen.

Dabei stellt sich mir immer wieder die Frage …

Warum?

Wir stehen auf diesem unbedeutenden Planeten unleugbar an der Spitze der Nahrungskette. Kein anderes Lebewesen, das sich die Atmosphäre mit uns teilt, stellt für unsere Herrschaft auch nur den Hauch einer Bedrohung dar. Also sollten wir uns sicher fühlen. Im Frieden mit der Welt. Unsere Stellung ist unangefochten, und wir müssen keine Konkurrenz fürchten. Keine Gegner, die uns in die Quere kommen können.

Und doch … was …?

Da wir keine natürlichen Gegenspieler haben, sind wir selbst zu unserem größten Feind geworden. Ob nun aus reiner Langeweile oder um sich selbst zu sabotieren, sind die Menschen im Lauf ihrer Entwicklung dazu übergegangen, sich gegenseitig umzubringen. Wir schieben jegliche Chance auf Eintracht beiseite und nehmen uns, was wir wollen, was auch immer das für Konsequenzen hat, was auch immer wir vernichten müssen, um unsere Ziele zu erreichen.

Wenn wir die Wahl zwischen einem Waffenstillstand und der kriegerischen Auseinandersetzung haben … entscheiden wir uns jedes Mal für die blutigere Variante.

Vielleicht sind wir von Natur aus egoistisch – auf molekularer Ebene darauf programmiert, die Harmonie zugunsten des Konflikts außer Acht zu lassen. Vielleicht sind unsere selbstzerstörerischen Neigungen einfach unabwendbar. Denn wer würde sich je dafür *entscheiden*, Streit zu haben, wenn Frieden herrschen könnte? Wer würde ein Leben *wollen*, in dem es nur darum geht, nach mehr zu streben, anstatt einfach mit dem zufrieden zu sein, was man bereits hat?

Es muss in unserer DNA verankert sein – diese Neigung, ein Verlangen nach Dingen zu entwickeln, die wir nicht haben, anstatt uns einfach an dem zu freuen, was wir bereits haben. Immer das zu wollen, was wir nicht haben können – je unerreichbarer, desto verlockender.

Wie schon gesagt: die Natur des Menschen.

Sie ist so vorhersehbar wankelmütig.

Wir manipulieren. Wir manövrieren. Wir schieben unsere Skrupel beiseite, unser Gewissen, unsere unbequeme Moral. Wir jagen diesen verlockenden, trügerischen Zielen nach ohne Rücksicht auf das Chaos, das wir damit unweigerlich heraufbeschwören. Wir lügen und betrügen und stehlen, so wie wir zerstören und zerbrechen und täuschen.

Und das alles wofür?

Für *Macht.*

Die Macht zu herrschen.

Das Schicksal einer Nation zu lenken.

Eine Krone zu tragen.

Auf einem Thron zu sitzen.

Egal ob er bereits von einer unvorbereiteten jungen Frau besetzt ist, die ihn eigentlich gar nicht haben wollte ...

I. KAPITEL

»*Lang lebe König Linus!*«

Eine Champagnerflöte aus Kristallglas schwebt vor meinem Mund. Ich kann die zarte Liebkosung des Glases an meiner Unterlippe spüren, während ich die Finger fester um den Stiel lege und die prickelnde Frische des Champagners auf meiner Zunge bereits erahne.

»*Lang lebe der König!*«

Die Jubelrufe erfüllen die Luft aus allen Richtungen, bis jeder Kronleuchter, der im Thronsaal des Waterford-Palasts hängt, rasselt wie Hagel, der auf Kopfsteinpflaster trifft. Das erstickte Ausatmen, das links von mir erklingt, ist so schwach, dass ich nicht weiß, wie ich es bei dem Lärm überhaupt hören konnte.

Es ist so ein leises Geräusch, und doch hat es so enorme Auswirkungen.

Ich richte meine weit aufgerissenen, entsetzten Augen auf meinen Vater, der in seinem Krönungsornat prachtvoll aussieht. Die reichverzierte Krone schimmert auf seinem von Grau durchzogenen dunklen Haar. Entsetzt beobachte ich, wie seine Wangen eine tödliche Purpurfärbung annehmen, während er mit Schaum vor dem Mund seine Lippen bewegt wie ein Fisch an Land und vergeblich nach Luft schnappt.

Seine Champagnerflöte schlägt eine Sekunde vor ihm auf dem Podium auf und zersplittert in tausend rasiermesserscharfe Scher-

ben, die sich rund um meine Füße verteilen. Die Scherben bohren sich in meine Haut, als ich mich auf die Plattform fallen lasse und hastig an seine Seite krabbele. Sie schneiden in meine Hände und durchdringen den Tüll meines Ballkleids wie Granatsplitter.

Ich ignoriere das hervorquellende Blut. Dieser Schmerz ist bedeutungslos im Vergleich zu dem Schmerz in meinem Herzen, den ich empfinde, während ich die tödlichen Auswirkungen des Gifts auf Linus' Nervensystem beobachte.

Um mich herum herrscht ein schrecklicher Tumult. Geräusche stürmen auf meine Sinne ein, aber sie scheinen alle gedämpft und in weiter Ferne zu sein. Weit weg von meinem Platz hier oben auf dem Podest. Entsetzte Schreie, die die Luft zerreißen, Füße in hochhackigen Schuhen, die über den glänzenden Marmorfußboden eilen, Höflinge, die in Deckung gehen und die Götter anrufen, von denen sie sich Beistand erhoffen.

Ich laufe nicht davon.

Ich bete nicht.

Ich halte den Blick auf das Gesicht meines Vaters gerichtet.

Ich schaue ihm in die Augen, bis sie glasig werden und ich den Schrei, der sich in meiner Kehle aufbaut, nicht länger unterdrücken kann.

»HILFE! BITTE, HILF UNS JEMAND!«

Aber niemand kommt uns zu Hilfe.

Niemand kann etwas tun.

Weil ... er tot ist.

Der König.

Tot.

Bevor er auch nur die Gelegenheit erhielt, wirklich zu regieren.

Mein Vater.

Tot.

Bevor ich auch nur die Gelegenheit erhielt, ihn wirklich kennenzulernen.

Mein Blick wandert von dem von rötlichen Flecken durchzoge-
nen Schaum in den Winkeln seines offen stehenden Munds zu den
tiefen Schnittwunden in meinen Handflächen. Ich starre das Blut
auf meinen Händen an, bis ich den Anblick nicht länger ertragen
kann. Ich lasse den Kopf nach hinten sinken, öffne die Lippen und
lasse meinem Kummer freien Lauf.

Ich schreie, bis meine Kehle wund ist, ich schreie, bis kein Laut
mehr aus meinem Mund kommt, ich schreie, bis ...

»EMILIA!«

Jemand schüttelt mich.

»Emilia! Emilia, wach auf. Du träumst.«

Der Schrei bleibt mir im Hals stecken und verwandelt sich
in ein Schluchzen, während ein Bild nach dem anderen durch
meinen Kopf wirbelt und die Erinnerung immer noch frisch
an der Oberfläche meines Unterbewusstseins brodelt.

Linus ... das Gift ... das viele Blut ...

»Hey. *Atme.*« Zwei große Hände legen sich mit festem Griff
um die nackte, schweißnasse Haut meines Oberarms, sodass
ich vollständig aus dem Traum gerissen werde. »Atme einfach,
Emilia.«

Mein Atem geht so schnell, dass mir schwindelig wird.
Selbst nachdem ich aus den Fängen des Traums gerissen wurde, bin ich immer noch desorientiert, so als würde mein Gehirn
von Nebel umwabert. Die Gedanken drehen sich träge und
zähflüssig wie Sirup in meinem Kopf.

»D... D... Der Champagner«, bringe ich keuchend hervor
und hyperventiliere immer noch. »Er war ... Er war ...«

»Hör mir zu – du bist in Sicherheit. Es geht dir gut. Du bist
in deinem Bett. Niemand kann dir etwas antun, Emilia. Hörst
du mich? *Niemand wird dir je wieder wehtun.*«

Die Stimme ist rau, aber so unglaublich vertraut. Ich konzentriere mich auf ihre tiefe Klangfarbe, und sie beruhigt mich sofort und bietet mir eine sichere Zuflucht vor den Schreckensvisionen meines eigenen Verstands. Als er einmal mehr die Hände anspannt, gelingt es mir, die Augen einen Spaltbreit zu öffnen und ihn anzusehen. Sobald ich das tue, bin ich im Traktorstrahl seines blauen Blicks gefangen.

Mein Magen vollführt einen Hüpfer.

»Ein weiterer Albtraum«, murmelt Carter leise und starrt mich im Halbdunkel des Zimmers an. Er ist mir so nah, dass ich die winzige Narbe erkennen kann, die seine Augenbraue teilt. Außerdem sehe ich die Ringe aus dunklerem Blau, die seine Regenbogenhäute umgeben, sowie die feinen Bartstoppeln, die seinen Kiefer zu dieser späten Stunde bedecken. Sein Haar ist vom Schlaf zerzaust, und seine Brust ist nackt, so als wäre er plötzlich aufgewacht und aus dem Bett gesprungen.

Er muss mich durch die Wand schreien gehört haben.

Wieder einmal.

Seit dem Abend der Krönung, an dem ein vergiftetes Glas Champagner beinahe meinen Vater getötet hätte, ist ein Monat vergangen. Tatsächlich war es so knapp, dass ich mir sicher war, dass er tot war, als ihn die Königsgarde ins nächstgelegene Krankenhaus brachte. Ich war mir sicher, dass ich den Tod eines weiteren Elternteils zu betrauern haben würde … nur dieses Mal mit einer Krone auf dem Kopf und einem Land, das regiert werden musste.

So was nennt man wohl Multitasking.

Jeden Tag danke ich meinem Glücksstern dafür, dass die Ärzte in der Lage waren, die Wirkung des Gifts rückgängig zu machen. So unmöglich es auch erscheinen mag, Linus lebt. Er ist schwächer und kränklicher als zuvor, das steht außer Frage … aber wie durch ein Wunder *lebt* er. Ganz ohne Zweifel.

Ich wünschte nur, dass sich mein Unterbewusstsein an diese kleine Tatsache erinnern könnte. Sobald mir abends die Augen zufallen, befinde ich mich wieder auf dem Krönungspodest: Blut quillt zwischen meinen Fingern hervor, Glas zerschneidet mein umwerfendes Ballkleid, Chaos bricht aus, während der König zu Boden fällt.

»Alles ist gut«, versichert mir Carter erneut. »Es war nur ein Traum.«

Nur ein Traum.

Nur ein Traum.

Nur ein Traum.

Nur ... vier lange Wochen, in denen ich immer wieder schweißgebadet und schreiend aufgewacht bin. Ich dachte, dass es mit der Zeit nachlassen würde, nachdem Linus aus dem Krankenhaus entlassen worden war und im Schloss alles wieder seinen normalen Gang ging. Aber das ist nicht der Fall. Wenn überhaupt, ist es jetzt schlimmer als je zuvor.

So schlimm, dass es einen Mann, der mich leidenschaftlich hasst, dazu bringt, mir zu Hilfe zu eilen ...

Während sich meine Atmung verlangsamt und meine Wahrnehmung zurückkehrt, ist mir Carters Anwesenheit neben mir im Bett nur allzu bewusst. Seine großen, schwieligen Hände an meinen Oberarmen. Der geringe Abstand zwischen unseren Gesichtern in der Dunkelheit. Der Duft seiner Haut – Seife und Bourbon und Gewürze –, der wie eine Droge über mich hinwegspült.

Ich atme scharf ein.

So nah sind wir uns seit Wochen nicht mehr gewesen. Seit diesem schrecklichen, wundervollen Abend im Gewächshaus, als wir eine unaussprechliche Grenze überschritten haben. Seit wir ...

Nein.

Ich gestatte es mir nicht, über das nachzudenken, was wir getan haben. Und ich gestatte es mir ganz sicher nicht, über die Dinge nachzudenken, die *ungesagt* geblieben sind. Wenn ich das täte, würde ich restlos den Verstand verlieren. Sich nach etwas zu sehnen, das man nie wieder haben kann, führt nie zu etwas Gutem.

»Tut mir leid«, flüstere ich mit brüchiger Stimme. »Ich wollte dich nicht aufwecken.«

Er schweigt einen Augenblick lang und starrt mich einfach nur an. Ich kann seinen durchdringenden Blick auf meiner Haut spüren wie eine Liebkosung. *Herrgott*, das Bedürfnis, mich an seine Brust zu lehnen und seine Wärme in mich aufzunehmen, ist so stark, dass ich unter dem Druck beinahe nachgebe.

Nimm mich in deine Arme und halte meine zersplitterte Seele zusammen, will ich flehen. *Und sei es nur für einen Moment.*

Als hätte er mein Flehen laut und deutlich vernommen, drückt Carter seine Fingerspitzen fester an meine Arme. In seinem Griff liegt ein Anflug von Inbesitznahme. Ich bin mir nicht sicher, ob er mich schütteln oder an seine Brust drücken will. Verdammt, ich bezweifle, ob er es selbst so genau weiß. Er schaut mich an, als wäre ich sowohl Gift als auch Heilmittel. Erlösung und Zerstörung zugleich.

Das Gleiche gilt für dich, Stiefbruder.

Er spannt den Kiefer fest an. Ich beobachte, wie ein Muskel in seiner Wange rhythmisch zuckt, und weiß, dass er es ebenfalls spürt: diese nicht zu leugnende Anziehung, die uns immer wieder zueinander zieht, selbst wenn wir uns völlig uneinig sind. Selbst wenn wir einander hassen.

Wie Magnete.

»Emilia …«

»Es geht mir gut«, falle ich ihm ins Wort, bevor er etwas

sagen kann, das es mir schwerer machen wird, die kühle Maske der Beherrschung aufrechtzuerhalten, die ich in den letzten paar Wochen in seiner Gegenwart übergestülpt habe. »Wirklich. Du kannst mich jetzt loslassen.«

Er lässt die Hände sinken, als hätte ich ihn verbrüht.

Mit beträchtlicher Mühe senke ich den Blick und schaue auf den Bettbezug. Meine Beine sind immer noch in die Laken verwickelt und zeugen von dem Kampf, den ich mit meinem Unterbewusstsein ausgefochten habe. Ich befreie sie und ziehe meine Knie an meine Brust heran. Gleichzeitig rutsche ich nach hinten gegen das Kopfteil, um ein wenig dringend erforderlichen Abstand zwischen uns zu bringen.

Ich gehe davon aus, dass er ohne ein weiteres Wort verschwinden wird, aber zu meiner großen Überraschung bleibt er. Ein scheinbar endloses Schweigen macht sich breit. Als er es schließlich bricht, scheint er sorgfältig darauf bedacht zu sein, dass in seiner Stimme keinerlei Emotion mitschwingt.

»Du hast geschrien.«

Ich beiße mir auf die Lippe.

»Das hörte sich nicht nach leisem Kummer an so wie sonst immer. Es klang eher, als ...« Er atmet geräuschvoll aus. »Als würde dich jemand verletzen.«

»Ich ...« Ich verstumme und schlucke heftig. Ich kann ihm nicht widersprechen. Er hat recht. Ich kann immer noch spüren, wie rau meine Kehle von meinem anhaltenden Jammern ist.

Ich hebe zum ersten Mal den Blick, um ihm in die Augen zu schauen. Sofort bemerke ich, wie erschöpft er aussieht. Das ist nicht das Ergebnis einer schlaflosen Nacht, sondern *vieler*. Die dunklen Ringe unter seinen Augen passen perfekt zu meinen. Offensichtlich bin ich nicht die Einzige, die in den letzten paar Wochen durch meine Albträume wach gehalten wurde. Scham regt sich in mir.

»Carter, es … es tut mir leid …«

Er räuspert sich lautstark. »Deine Albträume. Sie werden schlimmer.«

Ich nicke.

»Wovon handelte dieser?«

»Von dem, wovon sie *immer* handeln.«

Er zieht die Augenbrauen hoch.

»Von der Krönung. Ich habe … das alles noch mal durchlebt. Der Champagner. Das Blut. Linus …«

Er sieht mich an, sagt aber nichts, also fahre ich fort.

»In dem Traum stirbt er in meinen Armen. Jedes Mal. Ich verstehe nicht, warum ich träume, dass er tot ist. Die Ärzte haben ihn gerettet. Er *lebt*. Ich weiß, dass er lebt. Aber wann immer ich meine verdammten Augen schließe …« Ich schüttle den Kopf und kämpfe gegen die Tränen an. »Ich denke, dass etwas mit mir nicht stimmt. Vielleicht werde ich verrückt.«

»*Hey*. Schau mich an.«

Ich komme seiner Aufforderung nach.

»Mit dir ist alles in Ordnung.« Er hat den Blick fest auf mich gerichtet. »Es liegt an diesem verdammten Ort – an dieser ganzen verdammten *Welt* – die ist verrückt. Nicht du.«

Ist Carter Thorne gerade wirklich freundlich zu mir?

Freundlichkeit von ihm ist so eine Seltenheit. Es genügt, um mein Herz kurz aussetzen zu lassen.

Ich beiße mir auf die Unterlippe, um die Worte zurückzuhalten, vor denen ich Angst habe, sie auszusprechen. Ich würde mich liebend gern in seine Arme werfen, um an seiner starken, festen Brust Trost zu finden und seine beruhigende Wärme aufzusaugen, bis die Schatten aus meinem Verstand verschwunden sind.

Aber das kann ich unmöglich tun.

Falls er das plötzliche Verlangen in meinen Augen sieht, kommentiert Carter es nicht. Aber er spannt den Kiefer noch fester an und krallt die starken Hände in den dicken Stoff meiner Bettdecke, so als würde er um Beherrschung ringen.

»Du solltest vermutlich gehen«, zwinge ich mich zu sagen und hasse jede verlogene Silbe.

»*Stimmt*. Wir wollen ja nicht, dass das Schlosspersonal einen falschen Eindruck bekommt und sich fragt, was ich mitten in der Nacht in deinem Schlafgemach mache.«

Sein plötzlich so aggressiver Tonfall sorgt dafür, dass ich zurückzucke. »Carter, du weißt, dass ich das nicht so gemeint habe …«

»Mach dir deswegen keine Gedanken.« Mit ein paar großen wütenden Schritten hat er sich bereits von mir entfernt. »Beim nächsten Mal lasse ich dich einfach schreien.«

Meine Tür schlägt laut genug zu, um die Gemälde an den Wänden wackeln zu lassen. Und wieder einmal bleibe ich allein in der Dunkelheit zurück, wo mir nur meine Albträume Gesellschaft leisten.

2. KAPITEL

Ich umfasse die runde, mit harten Borsten versehene Bürste fester und ziehe den Riemen straff, damit er besser auf meinem Handrücken sitzt. Die Stute wiehert leise, während ich meine rhythmischen Striegelbewegungen fortsetze und ihre Flanken bürste, bis ihr Fell in den Strahlen der frühen Morgensonne, die in den Stall fallen, wie Karamell schimmert.

»Braves Mädchen, Ginger«, gurre ich und halte ihr die flache behandschuhte Hand hin, um ihr ein Stück Würfelzucker anzubieten. Es verschwindet in Sekundenschnelle zwischen ihren samtigen Lippen.

Ich summe vor mich hin, während ich die Bürsten in dem dafür vorgesehenen Schrank verstaue. Als ich zurückkehre, um die Führungsschnur von Gingers Halfter loszubinden, stößt sie auf der Suche nach weiteren Leckerchen auffordernd mit ihrer Schnauze gegen meinen Kopf.

»Tut mir leid … das war mein letzter. Morgen nach unserem Ausritt gebe ich dir noch mehr. Wie klingt das? Hm?«

Gingers leises Wiehern entlockt mir ein Lächeln.

»Wer ist mein braves Mädchen?«

»Dir ist schon klar, dass sie dir nicht antworten wird, oder?«

Die Stimme erschreckt mich. Ich wirbele herum und entdecke eine schlanke rothaarige Frau, die an der Stalltür lehnt und extrem herausgeputzt ist. Sie trägt ein glitzerndes schwarzes Kleid, einen maßgeschneiderten Caban und Schuhe mit himmelhohen Absätzen. Ihr Haar ist ein wenig zerzaust, von ihrem Lippenstift ist keine Spur mehr zu sehen, und unter ihren Augen prangen verschmierte Kajalreste. Trotzdem sieht sie absolut glamourös aus.

»Chloe! Was machst du hier?«

»Darf ich nicht mal meine Stiefschwester besuchen, ohne Hintergedanken zu haben?«

»Doch.« Ich lege den Kopf schief und mustere sie. »Ich bin nur überrascht, dich so früh auf den Beinen zu sehen.«

»Ich bin noch gar nicht im Bett gewesen, falls du es genau wissen willst.« Sie lacht, und ihre weißen Zähne blitzen strahlend auf. »Ich wusste, dass du nach deinem morgendlichen Ausritt hier draußen sein würdest – ich dachte mir, dass ich mal vorbeischaue und Hallo sage, bevor ich mich aufs Ohr haue.«

»Oh. Tja. *Hallo.*« Ich wende mich wieder Ginger zu, um ihr das Halfter abzunehmen. Ich streichle ein letztes Mal ihre Nüstern, flüstere ihr ein paar Abschiedsworte zu, verlasse die Box und schiebe hinter mir den Riegel des Tors zu. Ich kann spüren, wie mich Chloe beobachtet, während ich meine kniehohen Reitstiefel gegen eine nahe gelegene Wand schlage, um Klumpen aus Dreck und Mist aus dem Profil der Sohlen zu lösen. Als ich aufschaue, stelle ich fest, dass sie angewidert die Nase rümpft.

»Haben wir hier keine Stallburschen, die sich um so was kümmern?«

Ich zucke mit den Schultern. »Mir macht es nichts aus, das selbst zu erledigen.«

»Ihre Königliche Hoheit Kronprinzessin Emilia, Thronfolgerin von Caerleon und offizielle Ausmisterin der Palaststallungen. Möge sie die Zügel lange in der Hand halten.« Sie grinst angesichts ihres Wortspiels.

Ich schnaube und gehe neben ihr her. Als wir durch die Türen nach draußen treten, winke ich den Stallarbeitern – zwei Jungs im späten Teenageralter mit roten Wangen und adretten marineblauen Uniformen – zum Abschied zu. Sie laufen knallrot an und verbeugen sich tief.

Gott, ich wünschte, sie würden das lassen.

Mit einer Garnison diskreter Wachen im Schlepptau überqueren Chloe und ich schweigend das Palastgelände und betrachten die eisige Schönheit der Natur um uns herum. Es ist frostig – der halbe November ist bereits vergangen und mit ihm jeglicher noch verbliebener Rest warmen Wetters. Die einst so üppigen immergrünen Gewächse sind jetzt mit Frost bedeckt. Der gefrorene Kiesweg knirscht unter unseren Sohlen. Schneeflocken rieseln langsam vom bedeckten Himmel herab, der in seiner Dunkelheit den ersten heftigen Schneefall des nahenden Winters verspricht.

Wenn hoher Schnee liegt, werde ich traurig sein, denn das wird das Ende meiner morgendlichen Ausritte bedeuten. In den letzten paar Wochen sind meine Reitstunden mit Hans – dem mürrischen, griesgrämigen Stallmeister, der schon länger im Waterford-Palast arbeitet, als ich auf der Welt bin – die einzige Ablenkung von der unfassbaren Langeweile gewesen, die mein Zwangsaufenthalt im Schloss mit sich bringt. Ich fürchte, dass ich ohne ein Hobby, mit dem ich mich beschäftigen kann, womöglich komplett den Verstand verlieren werde.

Falls das nicht bereits passiert ist.

Chloe ist ungewöhnlich still. Normalerweise redet sie ununterbrochen und gibt urkomische Anekdoten und unkonventionelle Lebensratschläge zum Besten. Vielleicht hat sie nach all den Wochen, in denen sie vergeblich versucht hat, sich mit mir zu unterhalten, und immer nur einsilbige Antworten erhalten hat, darüber hinaus noch meine melancholische Stimmung ertragen musste, endlich die Nase voll davon.

Ich kann es ihr nicht verübeln – ich bin die Erste, die zugeben wird, dass ich in letzter Zeit nicht gerade ein Ausbund an Heiterkeit gewesen bin. Wegen des Schlafmangels und der Sicherheitsleute, die mich rund um die Uhr überwachen, bin ich schlechter gelaunt als eine Goldgräberin, die dabei erwischt wird, wie sie gegen ihren Ehevertrag verstößt.

Wir haben fast das Schloss erreicht, als ich das angespannte Schweigen durchbreche. Dabei tue ich mein Bestes, um nicht neidisch zu klingen. Allein die Tatsache, dass Chloe diesen Ort verlassen darf – wenn auch nur mit einem muskelbepackten Mitglied der Königsgarde im Schlepptau –, reicht beinahe aus, um bei mir einen kindischen Wutanfall auszulösen.

»Also, wo bist du gestern Nacht gewesen?«

»Irgendein angesagter neuer Designer hatte eine Modenschau in Lund. Das waren die hässlichsten Kleider, die ich je gesehen habe – ein Model stolzierte tatsächlich in etwas über den Laufsteg, das als Müllsack hätte durchgehen können.« Sie stößt mit ihrer Schulter gegen meine. »Du hättest es gehasst.«

»Mmm.«

»Hey.« Sie bleibt neben einem Springbrunnen ohne Wasser stehen. Die steinerne Meerjungfrau in seiner Mitte wirkt in dem trüben grauen Licht besonders leblos. »Ich weiß, dass das ätzend ist, okay? Ich weiß, dass es nicht fair ist, dass du …«

»Hier eingesperrt bist wie eine verdammte Gefangene?«

»*Vorübergehend* eingesperrt. Sobald sie denjenigen erwischen, der hinter den Anschlägen steckt …«

»Ja, ja. Das habe ich alles schon oft genug gehört.« Ich werfe frustriert die Hände in die Luft. »Sie werden die Bösen dingfest machen, und ich werde frei sein! Die Wachen werden *total entspannt* sein, wenn ich einfach so das Schloss verlasse und meine Abende draußen in der Stadt verbringe wie eine normale Frau im Alter von zwanzig!«

»Beinahe einundzwanzig.« Ihre Lippen zucken. »Dein Geburtstag ist doch schon in ein paar Wochen.«

»Toll! Viel Spaß dabei, ihn ohne mich zu feiern. Ich werde ganz allein hier sein, und nur die Pferde werden mir Gesellschaft leisten.«

»Jetzt übertreibst du aber ein bisschen.«

»Tja, die Geduld ist mir wohl gerade abhandengekommen. In letzter Zeit kann ich ja nicht mal mehr *pinkeln*, ohne dass jemand vor der Tür wartet, falls ich Hilfe oder Schutz vor Meuchelmördern brauche. Ich schwöre, wenn ich es zuließe, würden sie mich in Luftpolsterfolie wickeln und mit sich herumtragen, damit ich nicht versehentlich gegen irgendetwas stoße. Wenn ich das noch länger ertragen muss, werde ich irgendwann *beten*, dass mich ein hinterhältiger Auftragsmörder von meinem Elend erlöst.«

Chloe versucht, ein Kichern zu unterdrücken, doch vergeblich.

Mit einem bitteren Schnauben, das sich in der kalten Luft in ein Wölkchen verwandelt, deute ich auf den verlassenen Hof. »Lach du nur, aber das ist mein voller Ernst. Jetzt gerade haben sich vier Wachen an unsere Fersen geheftet – *hier*, im gottverdammten Schlossgarten! Wenn du glaubst, dass es mir je wieder erlaubt sein wird, ohne eine komplette Armee im Schlepptau nach draußen zu gehen, musst du immer noch high sein.«

»Ich habe auf dem Heimweg tatsächlich meine spezielle E-Zigarette geraucht …«

»Ist für dich eigentlich alles nur ein Spaß?«

»Nein. Ist es nicht.« Ihr Lachen verstummt, und zwischen

ihren Augen erscheint eine besorgte Falte. »Aber das ist das erste Mal, dass du mir gegenüber tatsächlich mal deinen Frust rausgelassen hast. Woher hätte ich wissen sollen, dass du hier fast durchdrehst? Auch wenn ich über eine gute Intuition verfüge, kann ich trotzdem keine Gedanken lesen. Und wann immer ich im vergangenen Monat versucht habe, mit dir zu reden, hast du …«

»Was?«

»Hast du mich abgewiesen.«

»Das stimmt nicht«, widerspreche ich, obwohl eine nagende Stimme in meinem Hinterkopf der Meinung ist, dass sie vielleicht, aber auch nur vielleicht, recht haben könnte.

»Hör zu, E., ich verstehe das. Du hast Schreckliches durchgemacht. Man hat dir den Boden unter den Füßen weggezogen, nachdem du endlich das Gefühl hattest, einen sicheren Stand gefunden zu haben. Ich verstehe das.« Chloe zuckt mit den Schultern. »Ich will nicht aufdringlich sein. Ich werde mich dir nicht aufdrängen, wenn du Abstand oder Zeit brauchst, um das, was bei der Krönung passiert ist, zu verarbeiten. Ich werde hier sein, wann immer du bereit bist, mich wieder in dein Leben zu lassen. Aber … du kannst nicht von mir erwarten, dass ich verstehe, was in deinem Kopf vorgeht, wenn du dich mir gegenüber nicht öffnest.«

Mein Magen verkrampft sich vor lauter Schuldgefühlen.

Sie macht einen Schritt auf mich zu und ergreift meine Hand. »Du beschwerst dich, dass du hier allein bist und dir nur die Pferde Gesellschaft leisten. Ich glaube, dass dir nicht mal bewusst ist, dass deine Isolation selbst verschuldet ist.«

»Ich bin in einem Schloss eingesperrt! Die Königsgarde lässt mich das Anwesen nicht verlassen! Das ist keine ›selbstverschuldete Isolation‹, Chloe. Das ist Freiheitsberaubung Daran ist nichts selbst verschuldet.«

»Ich meine nicht, dass du körperlich isoliert bist. Ich meine *emotional*.«

Sie seufzt. »Den letzten Monat über hast du diese ... diese *Mauer* um dich herum aufrechterhalten. Es ist so, als würdest du dich von allen zurückziehen. Und so sehr ich es auch versuche, ich kann einfach nicht zu dir durchdringen.«

»Und wenn schon.«

»Siehst du! Diese Einstellung ist genau das, was ich meine. Du warst schon immer kess, aber jetzt ...«

Ich ziehe die Augenbrauen hoch. »Nur zu, lass dich bloß nicht aufhalten.«

»Bist du einfach nur zynisch und sarkastisch.«

»Das tut mir jetzt echt leid, mir war nicht klar, dass du von mir erwartest, ein ständiger Regenbogen an positiver Einstellung zu sein!« Ich reiße meine Hand aus ihrem Griff. »Ich sollte mir wohl mal ein Beispiel an dir nehmen und die ganze Zeit über high sein, um keine echten Gefühle mehr haben zu müssen! Um überhaupt nichts mehr fühlen zu müssen.«

Sie zuckt zusammen, als hätte ich ihr eine Ohrfeige verpasst. Ich zucke ebenfalls zusammen, denn die Worte, die gerade aus meinem Mund gekommen sind, erschrecken mich. Je länger sie in der Luft zwischen uns hängen, desto mehr will ich sie zurücknehmen.

Wann bist du gegenüber Menschen, die dir wichtig sind, zu so einer Zicke geworden, Emilia?

»Chloe«, sage ich, und meine Wut ist schlagartig verraucht. »Ich ... Ich wollte nicht ...«

»Ich fühle mich manchmal auch einsam, weißt du?« Ihre Stimme klingt verletzlicher, als ich sie je gehört habe – sie hat nichts mehr von ihrer typischen Unbeschwertheit. »Es mag deiner Aufmerksamkeit entgangen sein, aber ich habe hier auch nicht besonders viele Verbündete.«

Plötzlich brennen meine Augen.

Verdammt.

Sie hat recht. Mit allem.

Ich bin schnippisch gewesen. Ich habe sie abgewiesen. Denn die Wahrheit ist, dass sich an jenem Abend – an jenem entsetzlichen Abend, an dem Linus in meinen Armen im Sterben lag – etwas in mir verändert hat. Diese tödliche Wunde in meinem Herzen, die nach dem Tod meiner Mutter vor zwei Jahren kaum geheilt war, riss erneut auf. Und das führte dazu, dass die Vorstellung, jemanden zu verlieren, die Vorstellung, diese Art der Trauer erneut durchmachen zu müssen …

Einfach zu heftig war, um auch nur darüber nachzudenken.

Also wappnete ich mich dagegen. Ich errichtete um mich herum Mauern, die hoch genug waren, um jeden auf Abstand zu halten.

Niemand kann einem das Herz brechen, wenn man niemanden an sich heranlässt.

Wie kalt mir diese Strategie bei genauerer Betrachtung erscheint, nun, da mich eine Frau, die sich als meine Schwester bezeichnet, mit der Wahrheit konfrontiert. Wenn meine Mom noch leben würde, würde sie mir für dieses egoistische Verhalten ordentlich den Kopf waschen. Allein bei dem Gedanken verkrampft sich mein Herz vor Bedauern und Reue.

»Chloe …« Ich schlucke schwer, um den Klumpen aus Emotionen loszuwerden, der meine Luftröhre blockiert. »Es tut mir so leid. Wirklich. Das klingt jetzt dumm, aber … Ich schätze, dass ich irgendwie versucht habe, mich zu schützen, indem ich mich von allen anderen Menschen fernhielt. Mir war nicht klar, dass ich dich dadurch verletzt habe.«

»Ich verstehe das, E. Wirklich. Du hast in den vergangenen Monaten ein paar wirklich heftige Veränderungen durchmachen müssen. Da braucht man ein wenig Zeit, um mit alldem zurechtzukommen.«

»Trotzdem … Ich wollte dir auf keinen Fall das Gefühl geben, dass du allein bist oder mir nichts bedeutest. Denn nichts liegt mir ferner als das.« Ich blinzle krampfhaft, um gegen das verräterische Brennen in meinen Augen anzukämpfen. »Dich in meinem Leben zu haben bedeutet mir wirklich viel. Es tut mir leid, wenn ich dir das in letzter Zeit nicht gezeigt habe. Von jetzt an werde ich mich bessern.«

»Ein Regenbogen der positiven Einstellung?«

Ich verziehe die Lippen zu einem Schmunzeln. »Ich weiß nicht, ob ich dir einen kompletten Regenbogen bieten kann. Wie wäre es mit … einem graustufigen Lichtspektrum an nicht mehr ganz so zynischem Sarkasmus?«

»Gebongt!«

Ihre Augen funkeln belustigt, als sie mir ein versöhnliches Lächeln anbietet, das ich bereitwillig erwidere.

»Ich würde dich ja umarmen, aber …« Sie beäugt mich von oben bis unten und mustert meine staubige Reitkleidung sowie die schlammverkrusteten Stiefel. »Du bist irgendwie schmuddelig.«

»Wow. *Danke.*«

»Wofür sind Schwestern denn da? Irgendjemand muss dir schließlich die unbequemen Wahrheiten um die Ohren hauen, wenn es sonst schon niemand tut. Und jetzt komm. Hier draußen ist es verflucht kalt, und ich habe seit vierundzwanzig Stunden kein Auge mehr zugetan. Mein Rausch hat sich offiziell verflüchtigt.«

Ich verdrehe die Augen, während sie mich zu einem Seiteneingang des Palasts führt, aber ich kann mir das Lächeln nicht verkneifen. Zum ersten Mal seit Wochen habe ich das Gefühl, saubere Luft eingeatmet zu haben.

Unsere Wege trennen sich, als wir an Chloes Suite im Nordflügel angekommen sind. Sie gähnt ausgiebig und schließt die Tür hinter sich. Ich gehe weiter durch den Flur zu meinem eigenen Schlafgemach. Dabei komme ich an Carters Zimmer vorbei. Ich spitze die Ohren, um herauszufinden, ob sich hinter seiner Wand irgendetwas tut, schelte mich aber sofort dafür, dass ich lausche.

Verflucht noch mal. Reiß dich zusammen, du Stalkerin.

Ich gehe schnell weiter, erreiche mein Zimmer und schließe mich darin ein. Das Verriegeln meiner Tür sorgt dafür, dass ich mich leidlich sicherer fühle, was die verstörende Fixierung auf die angrenzende Suite anbelangt.

Ich dusche, um den Staub und den getrockneten Schweiß von meinem Ausritt loszuwerden. Unter dem brühend heißen Wasser wird meine Haut knallrot. Während ich unter dem Wasserstrahl mit beiden Händen über meinen Körper streiche, schließe ich die Augen und gestatte mir nur für einen leichtsinnigen Moment die Vorstellung, dass sie jemand anders gehören.

Jemandem mit dunklem zerzaustem Haar und strahlend blauen Augen, die geradewegs durch mich hindurch und bis in meine Seele blicken.

Ich lasse meine Finger über meinen Bauch bis hinunter zu meinen Oberschenkeln wandern. Mein Körper ist vom Wasser ganz nass, als ich mich daranmache, mich zu berühren. Ich drücke den Rücken durch, und Erinnerungen fluten meinen Geist.

Ein vom Mondlicht erhelltes Gewächshaus.

Sein Mund auf meinem.

Seine Hände an meinem Hals.

In meinem Haar.

Auf meinen Oberschenkeln.

In meinem Innersten.

Die Erinnerung daran sorgt dafür, dass ich rückwärts gegen die gekachelte Wand taumele. Mein Herz hämmert, meine Knie werden weich, und mein Atem geht stoßweise.

Reiß dich zusammen, herrscht mich mein gesunder Menschenverstand an. *Von ihm zu träumen wird dir auch nicht weiterhelfen.*

Aber Carter Thorne aus meinen Gedanken zu verbannen erweist sich als schwieriger denn je zuvor. Seit er mich gestern Nacht aus meinem Albtraum geweckt hat, bin ich nicht in der Lage gewesen, nicht an ihn zu denken. Ihm nach einem Monat des sorgfältig eingehaltenen Abstands plötzlich so nah zu sein, diese Augen zu sehen, seine Haut zu riechen … Das hat mich wie ein reiner Adrenalinschub erwischt und ein Verlangen in mir geweckt, von dem ich gedacht hatte, dass ich es längst begraben hätte.

Ob es mir nun gefällt oder nicht, an jenem Abend im Gewächshaus …

Hat er mich für sich beansprucht.

Mit Leib und Seele.

Berührung um Berührung.

Stoß um Stoß.

Ich sehne mich mit jeder Faser meines Körpers nach ihm, und das Gefühl wird umso stärker, je länger ich mir die Erfüllung verwehre. Wie ein Drogensüchtiger auf Entzug brauche ich mein nächstes High. Die unbeirrbare Intensität dieser Empfindung ängstigt mich ebenso sehr, wie sie mich erregt. Es ist ein so fremdartiges Gefühl, das ich nie zuvor verspürt habe.

Ich bin nie der risikofreudige Typ gewesen. Ich konnte dem Leben am Abgrund nie etwas abgewinnen. Bevor ich zu Kronprinzessin Emilia wurde, war ich einfach nur das durchschnittliche Mädchen von nebenan. Eine gewöhnliche Studentin. Eine fleißige Arbeiterin. Eine verlässliche Freundin.

Ich ging verantwortungsvoll mit Geld um.

Ich war vernünftig.

Ich ging nie unnötige Risiken ein. Ich jagte nie den bösen Jungs nach, die dafür sorgten, dass mein Herz schneller schlug, und tat auch nie etwas Leichtsinniges, nur um damit angeben zu können.

Solange ich mich zurückerinnern kann, habe ich mein Leben in Schwarz und Weiß gelebt – ich habe mich an eindeutige und einfache Regeln gehalten und bin meine Probleme mit methodischer Genauigkeit angegangen. Ich probe jede wichtige Rede vor meinem Badezimmerspiegel. Ich erstelle auf vernunftbasierte Pro-und-Kontra-Listen. Ich vertraue eher auf meinen Kopf als auf mein Herz.

Ich mag Wissenschaften.

Ich mag Mathe.

Ich mag konkrete Antworten und vorhersehbare Ergebnisse.

Ich bin einfach keine Frau, die zulässt, dass lustvolle Gedanken ihr den Verstand vernebeln. Tatsächlich *verabscheue* ich solche Frauen.

Und doch …

Hier bin ich. Ein emotionales Wrack aus Lust und Verzweiflung – und das alles wegen eines Manns, den ich niemals haben kann.

Ich weiß, das ist weder gut noch normal oder vernünftig.

Und doch kann ich es nicht ändern. Ich kann es nicht abstellen.

Ich kann ihn nicht aussperren.

Ich drehe das Wasser ab, trete aus der Dusche auf den beheizten Marmorfußboden hinaus und schnappe mir ein Handtuch von der Halterung. Das Wappen der Lancasters – ein doppelköpfiger Löwe – ist mit dickem Goldfaden in den flauschigen weißen Baumwollstoff eingestickt. Ich starre es finster an, während ich mich abtrockne.

Zum Teufel mit diesem Vermächtnis.

Zum Teufel mit dem Blut, das durch meine Adern fließt.

Zum Teufel mit der Krone, die sie mir auf den Kopf gesetzt haben, ohne je zu fragen, ob ich sie überhaupt wollte.

Alles war so viel einfacher, als ich noch Emilia Lennox war, die fleißige Psychologiestudentin mit dem lavendelfarbenen Haar und einem jämmerlich unkomplizierten Liebesleben.

Oh, wenn ich doch nur in dieses Leben zurückkehren könnte ...

3. KAPITEL

Später am Nachmittag wünsche ich mir diese einfachen Zeiten noch sehr viel inständiger zurück. Ich trommele unablässig mit den Fingern auf dem Mahagonitisch herum, während ich darauf warte, dass das Beil der Guillotine auf mich herabfällt. Es muss schlechte Nachrichten geben – das ist der einzig mögliche Grund für diese doppelte Teambesprechung mit Gerald Simms, dem Pressesprecher des Palasts, und Lady Morrell, meiner offiziellen Benimmlehrerin in allen höfischen Angelegenheiten.

Sie sitzen mir am Tisch gegenüber und mustern mich mit scharfem Blick, Zentimeter für Zentimeter, wie man es bei einem antiken Stück Porzellan machen würde.

Zweifellos suchen sie nach Schwachstellen. Nach Makeln.

Ich muss meine ganze Selbstbeherrschung aufbringen, um in meinem flauschigen Kaschmirpullover nicht vor ihnen herumzuzappeln und keine nicht vorhandenen Falten aus meiner schwarzen Jeans zu streichen, nur damit ich meine Hände irgendwie beschäftigen kann. Ich versuche, mich betont lässig zu geben, so als wäre mir alles egal, aber mein Herz rast, während ich darauf warte, dass einer von ihnen das Wort ergreift.

Schließlich durchbricht Simms die beklemmende Stille. »Danke, dass Sie gekommen sind, Eure Hoheit.«

Ich unterdrücke den Drang, die Augen zu verdrehen. Es ist ja schließlich nicht so, als ob ich in der Angelegenheit eine Wahl gehabt hätte. »In Ihrer Nachricht verlangten Sie nach meiner ›unverzüglichen Anwesenheit‹. Hier bin ich. Sowohl unverzüglich als auch anwesend.« Ich ziehe die Augen ein klein wenig zusammen. »Werden Sie mir jetzt verraten, warum ich hier bin, oder erwarten Sie, dass ich anfange zu raten?«

»Das wird nicht nötig sein«, sagt Lady Morrell pikiert und sieht mich über ihre Hakennase hinweg an.

Simms nimmt auf seinem Platz eine aufrechtere Haltung an, wodurch die Knöpfe an seinem marineblauen Fischgrätenanzug stark beansprucht werden. »Wir warten noch auf Ihre Majestät, bevor wir anfangen.«

»*Octavia?*«, zische ich. »Was zum Teufel will sie von mir?«

»Achten Sie auf Ihre Ausdrucksweise!«, rügt mich Lady Morrell.

»Verraten Sie mir, was sie will, sonst verschwinde ich durch diese Tür.«

»Prinzessin Emilia, bitte.« Der Fettwulst unter Simms' Kinn zittert bedrohlich. »Es steht uns nicht zu, diese Angelegenheit vor ihrem Eintreffen zu erörtern.«

»Zum Teufel damit.« Ich stehe auf. »Ich habe kein Interesse an irgendetwas, was diese verdammte Schlange zu sagen hat.«

Ich höre, wie Lady Morrell nach Luft schnappt, aber der Laut wird sofort von einer eisigen Frauenstimme übertönt, die das Zimmer wie ein Donnerschlag durchzieht.

»*Hinsetzen.*«

Meine Muskeln spannen sich an. Mit trotzigem Blick drehe ich mich herum, um sie anzusehen – meine heißgeliebte Stiefmutter. Octavia Thorne. Die ehemalige Herzogin von Hightower. Die amtierende Königin von Caerleon.

Ihr rotbraunes Haar ist zu einem eleganten Zopf geflochten, und ihr spindeldürrer Körper steckt in einem züchtigen Designerkleid. Der riesige gelbe Diamantanhänger um ihren Hals – zweifellos eins der berühmten Familienjuwelen der Lancasters aus der Schatzkammer des Palasts – sieht schwer genug aus, um beim Fitnesstraining als Gewicht zu fungieren.

Hass kocht schnell und heftig in mir hoch. Niemand sonst auf dieser Welt hat die Fähigkeit, eine solch negative Reaktion in mir hervorzurufen.

»Ich sagte«, schnauzt sie, während sie auf ihren Stilettos ins Zimmer stolziert kommt. »*Hinsetzen.*«

Ich rühre keinen Muskel. »Ich bin kein Hund, dem man Befehle erteilt.«

»Nein.« Sie lächelt, und der Anblick jagt mir einen Schauer über den Rücken. Sie bleibt weniger als einen Schritt von mir entfernt stehen. Ihre blauen Augen sind so kalt, dass sie mich auf der Stelle zu Eis erstarren lassen. »Du bist ein irreparabler Fleck auf dieser Familie und schadest unserem Ansehen. Etwas, das man mit einer Brosche oder einer Anstecknadel verstecken muss. Wenigstens bis man dauerhaft etwas daran ändern kann. Bis man den Fleck herausschneiden und wegwerfen kann wie ein Stück Abfall.«

Meine Wirbelsäule versteift sich. »Drohst du mir etwa?«

»Warum in aller Welt sollte ich das nötig haben? Du wirst tun, was ich sage, ob dir das nun passt oder nicht.«

»Darauf würde ich mich nicht verlassen.«

»Oh? Was macht dein Freund Mr Harding noch so? Soweit ich unterrichtet bin, hat er bislang noch keine Anklage erhalten, oder?« Ihr Lächeln wird breiter. »Das könnte ich mit einem einzigen Anruf ändern, das versichere ich dir.«

Ich lasse mich von ihr nicht unterkriegen, aber als sie Owen erwähnt, werde ich schlagartig von Unruhe erfasst. Sie bedroht meinen besten Freund nicht zum ersten Mal. Nun, da Mom tot ist, ist er der einzige Mensch, den ich noch als Familie bezeichnen kann.

Zumindest … war das früher mal so.

Auf der Suche nach einem Mittel, mich in der Gewalt zu haben, hatte Octavia in seiner Vergangenheit herumgewühlt und herausgefunden, dass er Verbindungen zu mehreren antimonarchischen Gruppierungen hat. Nichts Extremes – nur gewaltfreie Demonstrationen auf unserem Collegecampus und hin und wieder eine politische Versammlung –, aber das scheint für sie keine Rolle zu spielen. Owen ist in diesem unseligen Machtkampf, in den wir verstrickt sind, zu einem Druckmittel geworden, zu einem Werkzeug, mit dem sie mich unter Kontrolle hält.

Er darf weiterhin in Freiheit bleiben, wenn ich im Austausch dafür mit ihr kooperiere.

Und wann immer ich aus der Reihe zu tanzen drohe, setzt sie ihn wie eine Waffe gegen mich ein.

»Soll ich einen Anruf tätigen?« Sie zieht die Augen zusammen. »Oder sollen wir zur Sache kommen?«

Ich balle die Hände zu Fäusten. Ich würde ihr liebend gern eine davon ins Gesicht rammen. Da ich mich außerstande sehe, in einer angemessenen Lautstärke zu sprechen, sage ich lieber gar nichts.

»Du strapazierst meine Geduld, Mädchen.«

Ich beiße die Zähne zusammen. »Mein Name. Ist nicht. *Mädchen.*«

»Dann verhalte dich auch wie eine Frau und nicht wie ein Kind, das einen Wutanfall hat.«

Sie rauscht an mir vorbei, stolziert zum Kopfende des Tischs und lässt sich graziös auf ihren Stuhl sinken. Ich brauche einen Moment, um meine Atmung unter Kontrolle zu bekommen, meine Fäuste zu lösen und meine Knie zu entkrampfen, damit ich in der Lage bin, mich auf meinen Stuhl sacken zu lassen.

Frostige Stille erfüllt den kleinen Konferenzraum, bis Simms sich mit einem Räuspern bemerkbar macht.

»Also dann. Nun, da alle anwesend sind, können wir uns der aktuellen Angelegenheit widmen.«

Ich halte den Blick die ganze Zeit über auf Octavias Augen gerichtet. »Und die wäre? Die Spannung bringt mich fast um.«

Er ignoriert meine spöttische Bemerkung. »Eure Hoheit, würden Sie es gerne erklären, oder soll ich das übernehmen?«

»Sie dürfen unser …«, sie hält für eine tödliche Sekunde inne, »… Problem erläutern.«

Ich ziehe höhnisch die Augenbrauen hoch. »*Ihr* Problem? Ich denke, dass man das mit einer Dosis Penizillin ganz gut in den Griff bekommen sollte.«

Sie presst die Lippen zu einer flachen Linie zusammen. Hass blitzt in ihren Augen auf.

Für diesen Spruch werde ich bezahlen.

Lady Morrell versucht, ihren erstaunten Aufschrei mit einem Huster in ein besticktes Taschentuch zu überspielen. Simms, als der brave Soldat, der er ist, macht einfach weiter, als wäre nichts passiert.

»Es ist kein Geheimnis, dass die öffentliche Wahrnehmung nach dem jüngsten Attentat von äußerster Wichtigkeit ist. Obwohl sich König Linus nun wieder im Palast befindet, ist uns allen bewusst, dass er seinen Verpflichtungen nicht im gewohnten Maß nachkommen kann. Er musste zahlreiche öffentliche Veranstaltungen absagen. Reden, Einweihungen, militärische Zeremonien und Ähnliches.« Simms rutscht nervös auf seinem Stuhl herum. »Das Volk hat seine Abwesenheit zur Kenntnis genommen. Und nach dem versuchten Mordanschlag während der Krönung letzten Monat scheint es eine wachsende Gruppe innerhalb der Bevölkerung zu geben, die gewisse … *Bedenken* … in Bezug auf die Stabilität des Hauses Lancaster äußert.«

Ich reiße den Blick von Octavia los, um mich auf den beleibten Pressesprecher zu konzentrieren. »Bedenken?«

»In Bezug auf das, was passieren wird, falls sich die Gesundheit des Königs verschlechtert. In Bezug auf die Stabilität unseres Landes, falls die Krone den Besitzer früher als erwartet wechseln wird.«

Ah.

Daher weht der Wind also. Der Rückhalt in der Öffentlichkeit bröckelt, und sie brauchen mich, damit ich die Rolle der Prinzessin spiele. Um die Gunst der Bevölkerung zu sichern, bis Linus wieder bei Kräften ist.

Hmmmm …

Ich wittere eine Gelegenheit, die Bedingungen meiner Gefangenschaft hier im Palast neu zu verhandeln. Sofort nehme ich auf meinem Stuhl eine aufrechtere Haltung ein. Meine Gedanken rasen, während ich meinen nächsten Schritt plane, aber meine Hände sind ein Vorbild an Gelassenheit, als ich sie langsam auf dem Tisch vor mir falte.

»Ich verstehe, was Sie meinen, Simms. Was ich jedoch nicht verstehe, ist, was ich damit zu tun habe.«

Simms blinzelt. Meine Gleichgültigkeit scheint ihn zu verwirren. »Sie sind die Kronprinzessin. Die Thronanwärterin. Wenn das Volk die Stärke Ihres Vermächtnisses anzweifelt … könnte das den Gegnern der Monarchie zu einer noch stärkeren Position verhelfen! Sie könnten den Premierminister davon überzeugen, eine Volksabstimmung durchführen zu lassen.« Er senkt die Stimme zu einem entsetzten Flüstern, so als würde er es nicht wagen, die nächsten Worte laut auszusprechen, damit sie niemand zufällig mit anhören kann. »Das Parlament könnte eine *Abschaffung der Monarchie* verlangen.«

Ich ziehe die Augenbrauen hoch. »Wäre das wirklich so schlimm? Ich für meinen Teil habe nie ein Interesse an der Herrschaft bekundet. Wenn das Volk mit seinem Herrscher nicht mehr zufrieden ist, ist es vielleicht an der Zeit, ihm Gehör zu schenken.«

Er stottert. »Aber … Aber …«

»Was für ein törichtes Geschwätz!«, mischt sich Octavia wütend ein. »Sie redet von Dingen, von denen sie nicht die geringste Ahnung hat!«

»Eigentlich schon: Ich glaube, das nennt man *Demokratie*, Octavia. Du solltest den Begriff mal googeln.«

»Ah, richtig, weil dieses demokratische System ja *so* gut für unsere amerikanischen Verbündeten funktioniert«, kommentiert Simms trocken und beweist damit einen für ihn untypischen Sinn für Humor. »Wie lange wird es wohl dauern, bis ihr Zweiparteiensystem in einen weiteren Bürgerkrieg mündet?«

Ich habe keine Gelegenheit, zu antworten, denn Octavia lässt ihre Wut einmal mehr wie einen Peitschenhieb durchs Zimmer knallen. »Du würdest einfach so ein tausend Jahre altes Vermächtnis zerstören«, keift sie. »Und das alles wozu? Um mich zu ärgern?«

»Du unterliegst einem Irrtum, wenn du glaubst, dass du auch nur den kleinsten Einfluss auf meine Entscheidungen hast.« Ich zwinge mich dazu, mit ruhiger Stimme zu sprechen, aber in meinem Inneren rast mein Puls mit doppelter Geschwindigkeit. Ich spiele ein gefährliches Spiel gegen eine äußerst erfahrene Gegnerin.

Treib es nicht auf die Spitze.
Knick nicht zu schnell ein.

Ich täusche eine Gelassenheit vor, die ich nicht empfinde, und lasse meinen kühlen Blick von Simms zu Lady Morrell und schließlich zu Octavia wandern. Meine Stimme ist vollkommen emotionslos.

»Falls ich mich entscheiden sollte mitzuspielen – wobei die Aussichten darauf nicht allzu groß sind –, was soll ich dann für Sie tun?«

»Im Grunde genommen werden Sie das Aushängeschild der königlichen Familie werden. Sie werden anstelle des Königs offizielle Aufgaben übernehmen, königliche Gunst erweisen und wenn nötig die Presse und die Öffentlichkeit begrüßen.« Simms sieht mich mit großen runden Augen an. »An Ihrem Titel als Kronprinzessin wird sich nichts ändern. Sie werden einfach nur mehr in der Öffentlichkeit erscheinen und die Pflichten eines Mitglieds des Hauses Lancaster übernehmen.«

»Mit einem offenen Ohr für das gemeine Volk«, ergänzt Lady Morrell. »Die Leute brauchen dringend jemanden, hinter den sie sich stellen können. Eine junge und schöne Person, die eine lange und erfolgreiche Zukunft für unser Land symbolisiert.«

Octavia schnaubt. Es wundert mich, dass ihr nicht bereits Rauch aus den Ohren quillt, nachdem sie gerade gehört hat, wie mich jemand als die junge, schöne Retterin ihrer kostbaren Dynastie bezeichnet hat. Ihr Gesichtsausdruck erinnert mich an den der bösen Königin aus *Schneewittchen*, die bis ins Mark erschüttert ist, als sie erfährt, dass sie nicht länger die Schönste im Königreich ist.

Spieglein, Spieglein an der Wand ... wer ist die am meisten Gebotoxte im ganzen Land ...?

Sagen wir mal, dass »in Würde altern« nicht zu ihren Tugenden zählt.

Ich verziehe amüsiert die Lippen. Ich kann nicht leugnen, dass ich es tatsächlich ein wenig genieße zu sehen, wie sich Octavia windet. Zu sehen, wie sich das Blatt wendet, wie sie nun gezwungen ist, *mich* um Hilfe zu bitten. Nach all den schrecklichen Dingen, die sie den Menschen angetan hat, die mir wichtig sind, wünscht sich ein Teil von mir nichts sehnlicher, als zu sehen, wie diese grauenvolle Frau in die Knie gezwungen wird.

Vielleicht bedeutet das, dass ich am Ende doch eine blutrünstige Lancaster bin.

»Prinzessin Emilia ...« Lady Morrell ringt die Hände. »Wenn Sie nicht bereit sind, die Nation zu einen, fürchte ich, dass der Geist Caerleons für immer verloren gehen könnte.«

»Ich verstehe Ihr Dilemma«, murmle ich und setze eine Maske verträumter Unschuld auf. »Und ich verstehe Sie voll und ganz. Aber ich habe eine Frage.«

Simms zieht die Augenbrauen hoch.

»Wie bitte schön soll ich ›die Nation einen‹, wenn ich im Schloss eingesperrt bin?«, frage ich und beuge mich vor. »Wie bitte schön soll ich mich mit dem ›gemeinen Volk‹ anfreunden, wenn sogar meine Freunde bedroht werden und ihnen der Zugang zu den königlichen Wohnsitzen verwehrt wird?«

Ich formuliere das Ganze als Frage, aber jeder im Raum erkennt es als Druckmittel zum Schachern. *Quid pro quo, ihr Drecksäcke.* Ihr wollt, dass ich mich vor den Kameras wie eine Prinzessin aufführe? Meinetwegen. Aber nur, wenn ich im Gegenzug auch etwas bekomme.

»Hier ist mein Angebot.« Ich lege meine Hände flach auf den Tisch. »Ich werde die Vorzeige-Lancaster-Prinzessin spielen, bis sich Linus erholt hat ... Aber dafür werden sich hier ein paar Dinge ändern müssen.«

»Und zwar?«, zischt Octavia.

»Ich will dieses Schloss verlassen dürfen, wann immer mir danach ist. Ich werde mich hier nicht länger als Gefangene festhalten lassen.«

Octavia lacht kalt.

»Sie wissen, dass das nicht möglich ist, Eure Hoheit«, erklärt Simms. »Sie benötigen angemessenen Schutz, bis die Bedrohung abgewendet wurde.«

»Das ist mir klar. Deswegen werden Sie mir meine eigene Truppe zur Verfügung stellen, die ich höchstpersönlich auswähle, einteile und die einzig und allein meinen Anweisungen folgt.«

»Die Königsgarde ist bestens in der Lage, Sie zu beschützen ...«

»Davon bin ich überzeugt. Aber die Mitglieder der Königsgarde befolgen nicht meine Befehle, nicht wahr? *Nein.* Sie befolgen die Befehle meines Vaters.« Ich kneife die Augen zusammen. »Sie hindern mich daran, dieses Schloss zu verlassen. Sie schränken meine Telefonate ein. Sie lesen meine E-Mails. Sie haben auf meinem Laptop eine Firewall installiert, die mir den Zugang zu so gut wie allen Nachrichtenseiten und Social-Media-Plattformen verwehrt. Sie enthalten mir jegliche Informationen über die wahren Bedrohungen für das Königshaus, für mein Leben und für diese Nation vor ...«

»So lauten die Vorschriften«, blafft Octavia. »Nur weil du denkst, dass du über den Regeln stehst, bedeutet das nicht, dass sie sich ändern sollten.«

»Und doch *werden* sie sich ändern, wenn Sie meine Hilfe in Anspruch nehmen wollen. Ich will innerhalb dieses Gefängnisses selbstbestimmt sein. Innerhalb meines eigenen Lebens. Das ist nicht verhandelbar.« Ich lehne mich auf meinem Stuhl zurück und lasse meine Worte in der Luft schwelen.

Simms und Octavia tauschen empörte Blicke aus. Ich habe

den Eindruck, dass sie wortlos darüber debattieren, ob sie meinen Forderungen nachgeben sollen oder nicht. Ich bin mir sicher, dass Octavia in dieser Angelegenheit das letzte Wort hat, wenngleich Simms derjenige ist, der antwortet.

»Nun gut. Wir werden Sie bei der Zusammenstellung Ihrer ... *Prinzessinnengarde* unterstützen.«

»Perfekt.« Ein triumphierendes Grinsen zupft an meinen Mundwinkeln. Ich kann nicht glauben, dass ich sie tatsächlich dazu gebracht habe, sich darauf einzulassen. »Dann wäre da noch eine weitere Sache ...«

»Noch *mehr?*« Octavia verzieht die Lippen. »Das ist absurd.«

»Brauchen Sie meine Hilfe oder nicht?« Mein Tonfall ist süßer als Honig. »Denn ich habe kein Problem damit, bei der nächstbesten Pressekonferenz zum Rednerpult zu marschieren und mich für die Abschaffung der Monarchie auszusprechen.«

Sie verschränkt die Arme vor der Brust und starrt mich an, als wäre ich ein Stück Kaugummi, das an der Sohle ihrer liebsten Prada-Stöckelschuhe klebt. »Und was genau soll das sein?«

»Owen.«

Sie zieht fragend eine rotbraune Augenbraue hoch. »Mr Harding?«

»Ja.« Ich versuche, nicht allzu verbissen zu klingen, während mein Herz in meiner Brust hämmert. »Du wirst deine Hetzkampagne gegen ihn einstellen. Du wirst seine Verbannung aus diesem und allen anderen königlichen Wohnsitzen aufheben. Und du wirst nicht länger versuchen, ihm haltlose Anschuldigungen wegen Intrigen gegen die Krone anzulasten, die jeder Grundlage entbehren.«

An ihrem Auge zuckt ein Muskel. »*Meinetwegen.*«

»Leider werde ich mehr als nur dein Wort benötigen, Octavia. Ich hätte gern eine offizielle Begnadigung, unterschrieben von Eurer Königlichen Majestät, die ihn von jeglichem Fehlverhalten freispricht. Nur für den Fall, dass du auf den Gedanken kommst, dich nicht an diese Vereinbarung zu halten. Betrachte es als … Versicherung. Als eine ›Du kommst aus dem Schlosskerker frei‹-Karte.«

Auf ihrem Gesicht spiegelt sich kaum kontrollierte Wut.

»Nun?«, dränge ich nach einer Minute des Schweigens.

»Du bekommst deinen kostbaren Freund und die offizielle Begnadigung.« Sie spuckt das Wort förmlich aus. Ihre Augen sind scharf wie Klingen, als sie mein Gesicht mustert. »Unter der Bedingung, dass du deine romantische Beziehung mit ihm nicht fortsetzen wirst.«

Mein Magen verkrampft sich schlagartig. »Das wird kein Problem darstellen, da ich keine romantische Beziehung mit ihm *habe*. Er ist ein Freund. Mehr nicht.«

Ihre Augen funkeln. »Bist du sicher, dass er das Gleiche über euch sagen würde?«

»Das geht dich nichts an, Octavia.«

Ihr Lächeln ist niederträchtig. »Eigentlich, Emilia, geht es mich sehr wohl etwas an, mit wem du dich triffst.«

»Verzeihung?«

»Oh, haben wir das nicht erwähnt? Zu deinen neuen royalen Pflichten zählt auch die Brautwerbung.«

»*Brautwerbung?*« Ich schnaube. »Befinden wir uns hier etwa in einem Jane-Austen-Roman?«

»Wir befinden uns hier, wie du offenbar immer noch nicht zur Kenntnis nehmen willst, in einer Monarchie. Einer der ältesten in der Geschichtsschreibung. Jedoch wie in aller Welt wir ausgerechnet an dich als Thronfolgerin geraten konnten …«

Ich verdrehe die Augen. »Könntest du auf den Punkt kommen?«

»Du wirst dich damit einverstanden erklären, dass dir geeignete Junggesellen aus Caerleons Aristokratie den Hof machen.« Sie hebt hochmütig das Kinn. »Die Bewerber werden nach Herkunft, Einfluss und Titel ausgewählt werden.«

Mit anderen Worten: nach ihrem Vermögen.

»Wie romantisch«, sage ich gedehnt.

»Oh, aber es *ist* romantisch, Eure Hoheit! Das Volk liebt nichts mehr als eine gute Liebesgeschichte, bei der es mitfiebern kann.« Lady Morrell lächelt mit unfassbar dünnen Lippen. Der Anblick ist, ehrlich gesagt, ziemlich verstörend, bin ich doch daran gewöhnt, ihre strengen Blicke zu sehen.

»Die Presse wird sich darum reißen«, mischt sich Simms aufgeregt ein. »Und das Schatzamt wird es zu schätzen wissen. Es gibt nichts Lukrativeres als eine königliche Hochzeit ...«

Hochzeit?!

»Ähm ... Ich denke, dass Sie da ein wenig vorschnell sind.«

»Man kann nicht vorbereitet genug sein.« Simms' Doppelkinn wackelt euphorisch, als er heftig nickt. »Eine Verlobung würde zweifellos für große Begeisterung sorgen. Ganz zu schweigen von dem Einfluss auf den Tourismus, was sich wiederum positiv auf unsere Wirtschaft auswirken würde. Dadurch würden wir in der Gunst des Parlaments beträchtlich steigen. Als wir letztes Jahr eine Berechnung der potenziellen Einkünfte aus der bevorstehenden Hochzeit von Prinz Henry und Ava Sterling erstellten, kamen wir auf fast drei Milliarden Dollar.«

»Diese Art von Publicity ist einfach unbezahlbar!« Lady Morrell wirkt überraschend lebhaft für ihre Verhältnisse. »Darüber reden die Leute noch jahrelang.«

Octavia sitzt einfach nur da und beobachtet genüsslich, wie ich mich winde, während sie meine Hochzeit mit einem Mann planen, dem ich nie zuvor begegnet bin.

Großer Gott.

Gerade als ich dachte, die Fäden in der Hand zu halten, entgleiten sie mir wieder. Ich verschränke die Finger fest miteinander, um mich davon abzuhalten, mit der Hand auf die Tischplatte zu schlagen. Ich ziehe die Augen zusammen und nehme Octavia ins Visier. »Du glaubst doch nicht ernsthaft, dass du mich ohne meine Einwilligung zu einer Hochzeit zwingen kannst ...«

Sie zuckt gleichgültig mit den Schultern. »Das werden wir noch sehen, nicht wahr?«

»Und wenn ich mich nicht bereit erkläre, wie eine preisgekrönte Zuchtstute bei einer Auktion herumgeführt zu werden?«

»Dann bekommst du weder die Wachen noch deine Freiheit und auch kein Begnadigungsschreiben. Und ich werde *persönlich* dafür sorgen, dass dein geliebter Mr Harding derjenige ist, der unter den Folgen deiner Renitenz zu leiden hat.«

Ich beiße mir auf die Lippe.

Octavias Augen funkeln. Sie weiß, dass sie mich in die Enge getrieben hat. »Also. Sind wir uns einig?«

Ich atme scharf ein, halte kurz inne und bete, dass ich nicht in mein Verderben renne, als ich schließlich nicke.

»Ausgezeichnet!«, ruft Simms aus.

»Es gibt jede Menge zu tun!« Lady Morrell wirkt plötzlich besorgt. »Sie werden morgen am Volkstrauertag an den Feierlichkeiten zur Einweihung des neuen Militärkrankenhauses in der Hauptstadt teilnehmen. Wir werden jemanden brauchen, der sich um Ihre Haare kümmert. Und Sie werden ein angemessenes Kleid benötigen ... Vielleicht ein graues Etuikleid, das sich mit moderaten Absatzschuhen kombinieren lässt ...«

»Du wirst natürlich für alle öffentlichen Auftritte Vorgaben erhalten, damit du weißt, was du sagen musst. Und du wirst dich *Wort für Wort* daran halten.« Octavias Stimme bebt vor Zorn. Diese Verhandlung geht ihr gewaltig auf die Nerven. »Schließlich kann man sich nicht darauf verlassen, dass du ohne Anleitung angemessen in der Öffentlichkeit zu sprechen verstehst.«

»Nein.«

Sie erstarrt. »Wie bitte?«

»*Nein.*« Ich lächle nachsichtig. »Was daran hast du nicht verstanden?«

»Aber Prinzessin Emilia«, versucht sich Simms einzumischen, doch ich habe es satt zuzuhören.

»Nein. Ich werde mich nicht an irgendwelche Vorgaben halten. Sie können mich gerne beraten, mich nach einer Veranstaltung fragen, wie es gelaufen ist, und mir mit angemessenen Ratschlägen zur Seite stehen ... aber meine Worte lasse ich mir nicht nehmen. Ebenso wenig wie meine Gedanken und meine Taten. Ich bin keine Marionette, an deren Fäden Sie ziehen, und auch keine Schauspielerin, die unter Ihrer Regie steht und ihren auswendig gelernten Text aufsagt.«

Stille senkt sich über den Raum.

»Wenn wir hier dann fertig sind ...« Ich stehe auf und gehe in Richtung Tür. Zu meinem großen Verdruss holt mich Octavias Stimme ein, bevor ich das Zimmer verlassen kann.

»Ich gebe dir einen guten Rat, Mädchen: Du kannst dieses Spiel nicht gewinnen. Nicht gegen mich. Also schlage ich vor, dass du aufhörst, es zu versuchen. Wenn du dich jetzt gleich geschlagen gibst, gelingt es dir vielleicht, einen Teil deines simplen Lebens zurückzugewinnen, wenn das alles vorbei ist.«

Ich mache mir nicht die Mühe, etwas zu erwidern.

Ich soll aufhören, es zu versuchen?

Ich soll mich geschlagen geben?

Bitte.

Ich lasse die Tür mit einem lauten Knall hinter mir zufallen. Mit wütenden Schritten stapfe ich über den Flur, nur allzu erpicht darauf, Abstand zwischen mich und Octavia zu bringen. Ihre Warnung hallt mit jedem Schritt, den ich mache, in meinen Ohren wider.

Du kannst dieses Spiel nicht gewinnen.

Diese königliche Schachpartie, auf die wir uns eingelassen haben, ist kompliziert und verwirrend. Ich lerne immer noch die Regeln und fühle mich wie ein Bauer auf verlorenem Posten, der gegen eine unerbittliche Königin kämpft. Natürlich werde ich immer mal wieder Fehler machen.

Heute habe ich nicht alles bekommen, was ich wollte. Aber mit jeder neuen Runde werde ich besser darin, die Figuren zu lenken. Ich lerne, Strategien zu entwerfen. Taktisch gut zu spielen.

Und eines Tages, das schwöre ich …

Werde ich sie vom Brett fegen.

4. KAPITEL

Auf der ganzen Welt gibt es keine besseren Sicherheitskräfte als die caerleonische Königsgarde. Nicht die britischen Gardisten, die mit ihren riesigen schwarzen Hüten wie zum Leben erwachte Nussknacker vor dem Buckingham-Palast Wache stehen. Und schon gar nicht die farbenfroh gekleidete päpstliche Garde in der Vatikanstadt, deren Mitglieder eher an Zirkusartisten als an aufmerksame Wächter erinnern. Nicht mal die hartgesottene Konoe Shidan des japanischen Kaiserhofs, die dazu ausgebildet wurde, den Kaiser um jeden Preis zu beschützen.

Unsere Königsgardisten sind weltbekannt für ihre zermürbenden Trainingseinheiten und die sorgfältigen Hintergrundüberprüfungen, denen sie unterzogen werden. Nachdem man eine Reihe mentaler und körperlicher Eignungstests bestanden hat, braucht man fünf ganze Jahre, um sich vom einfachen Soldaten zum hochrangigen Mitglied der Garde hochzuarbeiten. Dann dauert es weitere zwei Jahre, bis man sich während des Dienstes im selben Zimmer aufhalten darf wie jemand, der auch nur ansatzweise wichtig ist.

Die wenigen Mitglieder, die die Eliteebene erreichen – diejenigen, die auf dem Palastgelände wohnen und arbeiten und für den unmittelbaren Schutz der königlichen Familie zuständig sind –, haben ihr Leben nur einem einzigen Ziel untergeordnet: die Lancasters abzuschirmen und zu bewachen. Vierundzwanzig Stunden am Tag, dreihundertfünfundsechzig Tage im Jahr. Sie verzichten auf ein normales Leben in einem eigenen Haus mit Ehepartner und Kindern, die im Garten herumtollen. Denn Mitglied der Königsgarde zu sein ist mehr als ein Beruf.

Es ist eine Berufung.

Damit will ich eigentlich nur sagen ... Ich kann nicht mal niesen, ohne dass es irgendwo per Satellit festgehalten wird. Also habe ich nicht die geringste Chance, mich an das Torhaus heranzuschleichen – jenes karge, zweckmäßige Kasernengebäude mit den angrenzenden Ausbildungseinrichtungen am Rand des Schlossgeländes, wo unsere hochrangigen Soldaten ihre dienstfreien Stunden verbringen. Vermutlich wussten sie, dass ich kommen würde, bevor ich auch nur einen Schritt in die kühle Abendluft hinaus gemacht hatte, wo meine Zähne vor Kälte und Nervosität klapperten.

Als ich durch die Vordertür trete, steht die gesamte Truppe in dem großen turnhallenartigen Gebäude in Habachtstellung, den Blick starr auf mich gerichtet, die Wirbelsäulen sind kerzengerade aufgerichtet. Der Anblick von fünfundsiebzig der gefährlichsten, bestausgebildeten Männer des Landes, die in fünf ordentlichen Reihen vor mir stehen und mit militärischer Präzision darauf warten, dass ich sie anspreche, lässt mich beinahe von meinem Vorhaben Abstand nehmen.

Denn das ist alles andere als einschüchternd ...

Ich nehme einen kurzen Atemzug. Die Luft riecht nach Schweiß und Desinfektionsspray und brennt in meiner Lunge. Ich lasse meinen Blick von den gepolsterten Trainingsmatten zu den von der Decke hängenden Boxsäcken und schließlich zu der umfangreichen Sammlung aus Hanteln und Sportgeräten wandern. Hier gibt es weder Kunst- noch Dekorationsgegenstände. Dieser Ort ist so ganz anders als der Rest des Schlosses, der bis zum Bersten mit jahrhundertealten Möbeln und kunstvollem Wandschmuck vollgestopft ist. Ich habe das Gefühl, eine vollkommen andere Welt betreten zu haben.

Und irgendwie stimmt das wohl auch.

Das Torhaus unterscheidet sich sowohl durch seine architektonische Bauweise als auch durch seine täglichen Abläufe nur minimal vom Rest des Waterford-Palasts und funktioniert dadurch größtenteils unabhängig vom Rest der Monarchie. Das Gleiche gilt für die Wachen, die hier leben und trainieren. Wie jeder andere caerleonische Bürger unterstehen sie der Autorität des Königs ... und doch sind sie allein aufgrund ihrer Tätigkeit auch auf einzigartige Weise davon befreit.

Wenn es um den Schutz der Krone geht, gibt es kein Gesetz, das nicht gebrochen werden darf.

Ich bin erst ein einziges Mal hier gewesen, und damals war ich in solch einem Zustand tauber Fassungslosigkeit, dass ich mich kaum an den Besuch erinnere. Er fand drei Tage nach der katastrophalen Krönung statt. Drei Tage nachdem ich meinen Vater in meinen Armen gehalten und dabei zugesehen hatte, wie das Leben aus seinen Augen wich.

Linus war im Krankenhaus. Überall im Land herrschte Panik. Ich selbst stand immer noch unter Schock, wurde von Ängsten heimgesucht und stellte mir endlose Fragen. Und ich war fest entschlossen, Antworten zu finden.

Wer hatte Zugang zu dem Champagnerglas gehabt? Welches tödliche Gift wurde hineingeschüttet, bevor Linus einen Schluck daraus trank? Gab es irgendwelche Hinweise darauf, wer so etwas getan haben könnte? Stand dieses Attentat in Verbindung mit dem Feuer, in dem König Leopold und Königin Abigail ums Leben gekommen waren?

Ich stürmte durch dieselben Türen, durch die ich jetzt gerade getreten bin, um bei demjenigen vorzusprechen, der hier das Kommando hat. Ich war auf der Suche nach Antworten. Ich war auf der Suche nach irgendetwas, das das Unbehagen, das sich in meiner Brust zu einem Knoten verkrampft hatte, lösen mochte.

Stattdessen traf ich auf eine Ziegelmauer in Gestalt von Kommandant Ramsey Bane – einem schmallippigen Mann, der für seinen Mangel an Geduld bekannt ist. Außerdem kennt man ihn überall als Octavias Marionette – und gelegentlichen Liebhaber, sofern man dem Klatsch im Schloss glauben kann. Er ist ihr so treu ergeben, dass er ebenso gut ihr Hund sein könnte.

Er stand da, hatte die Arme vor der breiten Brust verschränkt und blickte ohne den geringsten Hauch von Mitgefühl auf mich herab, während ich ihn anflehte, mir zu sagen, wer das Attentat auf meinen Vater verübt hatte. Trotz meines verzweifelten Flehens weigerte er sich, mir irgendwelche Auskünfte zu geben.

Ich unterstehe Ihnen nicht, Prinzessin, erklärte er mir mit einer Stimme, die vor Geringschätzung nur so triefte. *Wenn Sie nun bitte gehen würden ... wir müssen das Training wieder aufnehmen.*

Mit anderen Worten, die Aussicht auf eine weitere Begegnung mit dem Mann lässt mich nicht gerade in Begeisterung ausbrechen.

Vielleicht wird es dieses Mal anders sein, rede ich mir nicht wirklich überzeugend ein. *Vielleicht wird er mich mit Anstand und neu entdecktem Respekt zu Wort kommen lassen ...*

Während ich auf den Trainingsbereich zugehe und das Geräusch meiner Schritte in der Stille widerhallt, habe ich irgendwie das Gefühl, dass das nicht der Fall sein wird.

Als ich vor den Wachen zum Stehen komme, presse ich die Knie zusammen, damit sie nicht zittern, und hole tief Luft. Ich hoffe inständig, dass ich mutiger aussehe, als ich mich fühle.

Wenn man bedenkt, dass ich kurz davorstehe, mich zu übergeben, liegt die Messlatte nicht besonders hoch.

»Eure Königliche Hoheit«, bellt eine barsche Männerstimme und lenkt meine Aufmerksamkeit auf den bulligen Mann im Kampfanzug, der ein paar Schritte links von mir steht. Er ist Mitte fünfzig, hat kurz geschorenes Haar und stahlgraue Augen. In ihnen liegt nicht der Hauch eines Willkommens.

Bane.

Nomen est omen.

»Wir haben Sie erwartet.«

Ich verziehe die Lippen. »Das sehe ich.«

Ich bilde mir ein, ein Kichern von einer der Wachen zu hören, aber der Laut erstirbt schneller als die Flamme einer Kerze im Sturm, als Bane seinen kalten Blick auf seine Männer richtet. Ungehorsam wird hier nicht geduldet – man könnte meinen, dass ein unerlaubtes Lachen das ganze System ins Wanken bringt.

Der Impuls, die Augen zu verdrehen, ist noch nie so stark gewesen.

Bane schaut wieder zu mir und sieht mich abschätzend an. »Was für eine unerwartete Freude, Sie hier zu haben, Prinzessin.« Sein Tonfall macht jedoch deutlich, dass meine Anwesenheit in seinem Reich nicht die geringste Freude in ihm auslöst.

»Ich entschuldige mich dafür, dass ich Ihre Trainingsstunde gestört habe. Ich verspreche, dass es nicht lange dauern wird.«

»Ich bin bereits über Ihren Wunsch nach einer persönlichen Wache informiert worden.« Seine Miene wird noch steinerner, falls das überhaupt möglich ist. »Bei allem Respekt ...«

Ich ziehe die Augenbrauen hoch. Meiner Erfahrung nach sind die Leute, die einen Satz mit diesen Worten beginnen, diejenigen, die einem am wenigsten Respekt entgegenbringen.

»Das ist ein lächerliches Anliegen, Eure Hoheit.«

»Oh?«, frage ich. Ein Funken von … – Zorn? – erwacht flackernd in mir zum Leben.

»Ich versichere Ihnen, dass diese Einheit nahtlos funktioniert«, sagt Bane mit einer Stimme, die schon deutlich wichtigere Personen als mich eingeschüchtert hat. »Eine sogenannte ›Prinzessinnengarde‹ ist nicht zu Ihrem Besten. Das wird nur dazu führen, dass das System, das wir aufgebaut haben, um Sie zu schützen, gespalten und geschwächt wird. Und ehrlich gesagt weigere ich mich, etwas von meinem ohnehin schon knappen Budget abzutreten, um zusätzliche Mittel für eine solche Farce bereitzustellen.«

»Aber das wird Ihr Budget doch gar nicht zusätzlich belasten, weil sich die Soldaten doch ohnehin schon auf der königlichen Gehaltsliste befinden«, argumentiere ich durch zusammengebissene Zähne. »Ihr Sold wird der gleiche bleiben. Die einzige Veränderung wird darin bestehen, dass ich gern ein kleines Kontingent an Wachleuten hätte, die sich nicht täglich mit dem Dienst abwechseln, sondern ausschließlich mir zugeteilt sind. Eine festgelegte Einheit, die allein mir unterstellt ist, meinen Terminplan genau kennt und jegliche Bedrohung bereits im Keim erstickt.«

»Wie ich schon sagte, das ist lächerlich. So, wie die Dinge jetzt geregelt sind, ist für Ihren Schutz optimal gesorgt.«

Ich verschränke die Arme vor der Brust und lege den Kopf zur Seite. »Wirklich? Ich bin ›optimal‹ geschützt?«

Er nickt steif.

»Wie können Sie das nach den Ereignissen, die sich in den vergangenen zwei Monaten abgespielt haben – noch dazu direkt vor Ihrer Nase! –, sagen?« Ich schüttle ungläubig den Kopf. Entweder stellt er sich absichtlich dumm, oder er leidet einfach nur an Wahrnehmungsstörungen. »Wie können Sie so tun, als wäre ich sicher, wenn jeder in diesem Raum weiß, dass dort draußen jemand herumläuft, der verdammt entschlossen ist, die Lancasters vom Angesicht der Erde zu tilgen?! Und soweit ich das beurteilen kann, hat diese Person ihre Sache bislang ziemlich gut gemacht!«

Er beißt die Zähne so fest zusammen, dass ich fürchte, sie könnten im nächsten Moment zerbrechen. »Prinzessin, ich versichere Ihnen, dass wir jede Maßnahme ergreifen, um für Ihre Sicherheit ...«

»Offensichtlich haben wir sehr unterschiedliche Auffassungen von ›Sicherheit‹, Bane. König Leopold und Königin Abigail sind in diesem Feuer ums Leben gekommen, zusammen mit fünf Mitgliedern des Palastpersonals. Prinz Henry liegt im Krankenhaus und wird möglicherweise nie wieder aufwachen. Mein Vater – *Ihr König* – wurde während seiner eigenen Krönung Opfer eines Giftanschlags.« Ich beuge mich vor und wende den Blick nicht eine Sekunde von ihm ab. »Also denke ich, dass wir alle nur zu gut wissen, dass sich hier einiges ändern muss, ungeachtet dessen, was Sie mir einreden wollen, ungeachtet dessen, was Sie Ihren Männern einreden mögen, ungeachtet dessen, was Sie *sich selbst* einreden mögen ... Denn ich bin nicht bereit, meinen Namen der ständig wachsenden Liste mit Todesopfern aus dem Geschlecht der Lancasters hinzufügen zu lassen. Ich *werde* mich schützen. Und wenn ich Ihnen auf die Füße treten muss, um das zu bewerkstelligen.«

Er zittert förmlich vor unterdrückter Gewaltbereitschaft. Ich bin mir sicher, dass er mir schon längst eine Ohrfeige wegen ungebührlichen Verhaltens verpasst hätte, wenn ich nicht die Prinzessin wäre. Ich bin noch nie so dankbar für meinen Titel gewesen.

»Hören Sie mir gut zu, Mädchen«, zischt Bane aufgebracht. »Ich habe diese Position nun schon seit über zwanzig Jahren inne. Ich stehe bereits länger im Dienst der Krone, als Sie auf der Welt sind. Ich habe Herrscher kommen und gehen sehen und mehr Soldaten ausgebildet, als Sie sich vorstellen können. Ich halte dieses Schloss eisern im Griff. Meine Männer tun nichts ohne meine Zustimmung. Und ich sage Ihnen jetzt in aller Deutlichkeit: Ich unterstütze Ihr Anliegen nicht. Ich werde es *niemals* unterstützen.«

Ich halte für endlose fünf Sekunden den Atem an, denn ich weiß, dass ich die Zeit brauche, um meine Stimme ruhig klingen zu lassen. »Sie scheinen der irrigen Auffassung zu sein, dass ich Sie um Erlaubnis bitte.«

Er bebt sichtlich und ballt die Hände zu Fäusten. »Ihre Dreistigkeit ist erstaunlich! Ich habe gehört, dass Sie unverschämt sind, aber das ist wirklich unglaublich ...«

»Lassen Sie mich raten – unsere geliebte Königin hat wieder mal ein Loblied auf mich gesungen?«

Sein wütender Blick verfinstert sich noch mehr, aber er fällt nicht auf den Octavia-Köder herein. »Ist Ihnen nicht klar, wie beleidigend es ist, hier hereinzuspazieren und anzudeuten, dass wir – die beste Garde in diesem Land – nicht ausreichend in der Lage sind, unsere Prinzessin zu beschützen? Sind Sie wirklich so anmaßend, dass Sie ein seit vielen Jahren bestehendes System anzweifeln wollen?«

»Sind *Sie* wirklich so blind, dass Sie weiterhin an besagtem System festhalten wollen, obwohl es nicht länger funktioniert?« Ich schüttle den Kopf. »Bei dieser Angelegenheit geht es um sehr viel mehr als verletzten Stolz. Tatsache ist, dass Ihre und meine Auffassung von ›Schutz‹ offenbar nicht in Einklang zu bringen sind. In keiner Weise. Sie denken, dass es mich irgendwie schützen wird, mich im Dunkeln zu lassen und mir den Zugang zu wichtigen Informationen zu verweigern. Aber ich bin kein Kind, das die Augen verschließt und so tun kann, als würden die Monster in der Nacht nicht existieren. Ich bin kein kleines Kind, das man vor der harten Realität schützen oder in einem Turm einsperren muss, bis ich alt genug bin, um von Nutzen zu sein.« Meine Stimme zittert vor Entschlossenheit, und ich schlucke schwer, um mich zu sammeln. »Jemanden abzuschirmen und jemanden zu ersticken sind zwei vollkommen unterschiedliche Dinge. Ich brauche Wachen, die mir die Wahrheit sagen, selbst wenn sie furchterregend ist. *Vor allem* wenn sie furchterregend ist. Ich brauche eine Einheit, die Transparenz ebenso sehr schätzt wie Sicherheit. Und das einzig Transparente an Ihnen, Bane, ist die Verachtung, die Sie an den Tag legen, weil ein sogenanntes ›kleines Mädchen‹ Ihre Einstellung hinterfragt.«

Seine Augen blitzen auf, und ich weiß, dass ich einen Nerv getroffen habe. »Sie verfügen nicht über die Autorität, um hier einfach hereinzuspazieren und ein hundertjähriges System auf den Kopf zu stellen …«

»Oh doch, das tue ich.« Ich lächle und deute auf meinen Kopf, als würde darauf ein unsichtbares Diadem sitzen. »Ich bin die Prinzessin, schon vergessen?«

»Das … Das …« Er stottert regelrecht. »So funktioniert das nicht! Ich werde das nicht zulassen!«

Ich lächle süßlich. »Es steht Ihnen frei, zu gehen, wann immer Sie möchten.«

Einer der Wachmänner in der ersten Reihe lacht schnaubend und überspielt es dann schnell mit einem Hustenanfall. Als Bane das Geräusch hört, rast er vor Wut. Er wirbelt herum und hat förmlich Schaum vor dem Mund.

»Eines steht jedenfalls fest: Jeder, der sich dieser Scharade namens ›Prinzessinnengarde‹ anschließt, verliert seinen Platz in dieser Einheit mit sofortiger Wirkung. Ihre Karriere wird vorbei sein. Man wird Ihnen Ihre Rente sowie sämtliche militärischen Verdienste aberkennen. Sie werden allem den Rücken kehren, worauf Sie ein Leben lang hingearbeitet haben.«

Seine Drohung hängt einen Moment lang schwer in der Luft. Auch wenn ich bezweifle, dass Bane tatsächlich über die Autorität verfügt, um solch eine Strafe durchzusetzen, haben die Worte für seine Soldaten eindeutig erhebliches Gewicht. Schließlich ist er ihr Kommandant. Und er ist nicht für leere Drohungen oder haltlose Ultimaten bekannt. Ihrem kommandierenden Offizier den Rücken zuzukehren, um sich auf meine Seite zu stellen, kommt in seinen Augen Verrat gleich.

Jegliche Belustigung, die noch in der Luft gehangen hat, verflüchtigt sich. Als ich mich umdrehe, um die Soldaten anzuschauen, sind ihre Gesichter eine lange Parade aus glatten Stirnen und angespannten Kiefern. Sie sehen aus wie Schaufensterpuppen, die jemand für den Kampf aufgereiht hat. Ein paar von ihnen erkenne ich von früheren Einsätzen wieder – sie haben mich auf meinen morgendlichen Spaziergängen zu den Stallungen begleitet, im Flur vor meiner Suite Wache gehalten und die Grenzen des Schlossgeländes bewacht. Die meisten habe ich jedoch noch nie zu Gesicht bekommen. *Keiner* von ihnen sieht auch nur ansatzweise so aus, als könnte er sich für das, was ich zu sagen habe, erwärmen.

Ich spüre, wie meine Entschlossenheit ein wenig ins Wanken gerät.

Wer bin ich, um das von ihnen zu verlangen?

Wer bin ich, um irgendetwas von ihnen zu verlangen?

Ich räuspere mich und quetsche die Worte aus mir heraus, die ich vorhin vor meinem Badezimmerspiegel einstudiert habe. »Ich will nicht so tun, als wüsste ich viel darüber, wie die Königsgarde funktioniert oder wie man eine königliche Familie beschützt. Wenn ich das wüsste, würde ich Sie nicht belästigen. Tatsache ist, dass Sie alle sehr viel mehr über die Sicherheitsmaßnahmen in diesem Schloss wissen als ich. Und Sie wissen besser als jeder andere, wie diese Monarchie funktioniert. Deswegen vertraue ich darauf, dass Sie trotz der großen Reden, die hier über Ihre Pflichten gehalten werden …«

Bane schnaubt.

Ich ignoriere ihn. »Ich vertraue darauf, dass Sie die Wahrheit kennen. Die Situation ist nicht unter Kontrolle – und zwar schon seit einer ganzen Weile nicht mehr. Wir sind nicht sicher – nicht einmal innerhalb der Mauern dieses Palasts. Und auch wenn es einige Leute verärgern mag … müssen Veränderungen stattfinden. Ansonsten werden weiterhin Menschen sterben.« Ich schlucke schwer. »Also bitte ich Sie um Hilfe. Ich frage Sie, ob irgendjemand von Ihnen bereit ist, direkt für mich zu arbeiten. Mich in Bezug auf das, was wirklich in diesem Schloss und in diesem Land vor sich geht, auf dem Laufenden zu halten.« Ich schaue jedem Einzelnen der Reihe nach ins Gesicht. Ich hoffe, dass sie die Ernsthaftigkeit in meinem Blick erkennen. »Dies ist keine königliche Anordnung. Sie dürfen Nein sagen. Sie dürfen sich dafür entscheiden, Ihre derzeitige Stellung beizubehalten, ohne dass das negative Auswirkungen für Sie hat. Ich möchte nur diejenigen unter Ihnen in meiner persönlichen Garde haben, die sich ihr aus freien Stücken anschließen. Denn … ich hätte lieber niemanden, der auf mich aufpasst, als jemanden, der dazu gezwungen wird. Loyalität, die man anordnen muss, ist keine echte Loyalität.«

Schließlich verstumme ich.

Die Stille ist so dicht, dass sie mich von allen Seiten zu erdrücken scheint. Niemand sagt ein Wort. Niemand regt sich.

Niemand scheint auch nur zu atmen. Das Gewicht von fünfundsiebzig prüfenden Augenpaaren lastet schwer auf mir und sorgt dafür, dass ich mich mit jeder Sekunde, die verstreicht, kleiner fühle. Ich zwinge mich dazu, aufrecht zu stehen, da ich unter ihrer kollektiven Beurteilung keine Schwäche zeigen will.

Können Sie sehen, wie meine Knie zittern?

Ihre Mienen geben nichts preis. Ich habe nicht die geringste Ahnung, wie sie mich wahrnehmen. Vielleicht geht es ihnen wie ihrem Kommandanten, und ich bin auch für sie nicht mehr als ein kleines Mädchen mit lächerlichen Bedenken, das man einfach abweisen kann. Ein anmaßendes, bockiges Kind, das seine Nase in Angelegenheiten steckt, die es nichts angehen.

»Tja. Wenn Ihre Königliche Hoheit hier dann *fertig* ist ...« Banes Stimme hallt laut durch den Raum und trieft nur so vor Selbstgefälligkeit. Meine Rede hat ihn offensichtlich nicht im Geringsten beeindruckt. Er wendet sich an seine Männer. »Danke für Ihre Aufmerksamkeit. Sie dürfen wegtreten.«

Ich bereite mich innerlich auf den Schlag vor, sie gehen zu sehen, aber zu meiner großen Überraschung ...

Regt sich niemand.

Ich atme scharf ein. Links von mir höre ich, wie Bane das Gleiche tut.

»Was stehen Sie noch hier herum?«, schnauzt er. »Ich sagte, wegtreten!«

Sie rühren sich immer noch nicht vom Fleck.

Bane macht drei Schritte auf sie zu. Sein Gesicht ist vor lauter Wut mit roten Flecken übersät. Sein Brüllen ist laut genug, um die Fensterscheiben zum Klirren zu bringen.

»RAUS HIER! Das ist ein direkter Befehl Ihres Vorgesetzten!«

Ich halte die Luft an und warte. Seine Wut verklingt in der Stille. Und in der vollkommenen Reglosigkeit, die darauf folgt, denke ich für einen Augenblick, dass ich es vielleicht, aber auch nur *vielleicht*, tatsächlich geschafft habe. Dass ich diese hartgesottenen Kerle irgendwie überzeugt habe, ihre Befehle zu missachten, mir zur Seite zu stehen und mich vor den Gefahren zu beschützen, die mit jedem Tag näher zu kommen scheinen …

Der Eindruck verflüchtigt sich jedoch gleich wieder, als ich sehe, wie sie alle in ordentlichen Reihen kehrtmachen und in Richtung Tür davonmarschieren. Ein paar von ihnen werfen mir dabei Blicke zu, die entschuldigend wirken, aber die meisten blicken einfach starr geradeaus. Entweder ist ihnen egal, dass sie mich im Stich gelassen haben, oder sie wollen es nicht riskieren, Banes Zorn auf sich zu ziehen. Ein Dolch aus nicht zu leugnendem Schmerz durchbohrt mein Herz, als sie die riesige Arena einer nach dem anderen verlassen, bis ich mit ihrem Kommandanten allein bin. Meine Unterlippe zittert, also beiße ich meine Zähne hinein. Fest.

Spar dir die armseligen Tränen für einen Moment auf, in dem du allein bist, Emilia.

Nachdem die Tür hinter dem letzten Soldaten zugeschlagen ist, herrscht kurz Stille. Ich reiße mich zusammen, kann aber nicht verhindern, dass ich zusammenzucke, als Bane näher an mich herantritt. Er lacht angesichts meiner Niederlage leise in sich hinein.

»Ich habe versucht, Sie zu warnen – meine Männer tun nichts ohne meine Erlaubnis. Haben Sie wirklich geglaubt, dass Sie sie überzeugen könnten, Posten aufzugeben, die sie seit Jahren innehaben? Wenn ja, sind Sie wirklich naiv. Haben Sie tatsächlich …?«

»Eure Hoheit.«

Banes giftige Worte werden von einer anderen Stimme übertönt. Ich schaue ruckartig auf und sehe voller Erstaunen, dass sich die Halle nicht geleert hat – nicht vollständig. Eine einzige Gestalt steht da, wo vorhin noch fünfundsiebzig gestanden haben. Der einzige Soldat, der tapfer genug – oder vielleicht dumm genug – ist, zurückzubleiben und einen direkten Befehl zu missachten. Ich reiße die Augen sogar noch weiter auf, als ich sehe, dass es gar kein Mann ist.

Es ist eine Frau.

Sie war mir vorhin nicht aufgefallen, weil sie in einer der hinteren Reihen stand. Aber sie hätte mir auffallen sollen – Frauen in der Königsgarde sind eine Seltenheit. Tatsächlich sind sie sogar solch eine Seltenheit, dass ich nicht überrascht wäre, wenn sie die einzige in der gesamten Einheit ist.

Jahrelang war es Frauen nicht einmal erlaubt, den körperlichen Eignungstest abzulegen. Man hielt sie für zu zerbrechlich, um in einer solchen Eliteeinheit dienen zu können. Für zu emotional, um mit der nötigen Besonnenheit, die solch ein Job verlangt, Sicherheitsbedrohungen einschätzen zu können.

Und doch …

Ist *sie* der eindeutige Beweis für das Gegenteil.

Ihr dunkelblondes Haar ist in ihrem Nacken zu einem festen Knoten zusammengebunden. Sie steht in Habachtstellung da – die Hände hinter dem Rücken verschränkt, die Schultern gereckt, das Kinn erhoben. Unsere Blicke treffen sich in dem leeren Raum, und ich sehe, dass ihre Augen hellblau sind.

»Galizia«, bellt Bane. »Was machen Sie noch hier?«

Die Soldatin schaut ihn nicht an, als sie mit klarer, fester Stimme antwortet. »Ich warte auf Befehle.«

»Ihr Befehl lautete wegzutreten.«

»Nicht von Ihnen, Sir.« Sie hält inne und blickt mich immer noch unverwandt an. »Von ihr.«

Mein Magen schlägt Purzelbäume.

Könnte es sein …?

»Galizia, so wahr mir Gott helfe …« Bane macht mehrere Schritte auf sie zu und stellt sich direkt vor sie. Ich warte darauf, dass sie in Deckung geht, sich zurückzieht oder einfach davonläuft. Aber sie hebt das Kinn nur noch ein wenig mehr, um ihm direkt in die finsteren Augen zu schauen.

Wie schon gesagt – entweder ist sie bemerkenswert tapfer oder bemerkenswert dumm.

»Wenn Sie mir nicht innerhalb der nächsten fünf Sekunden aus den Augen treten«, knurrt er, »verspreche ich Ihnen, dass Sie die ganze nächste Woche über Toilettenfußböden schrubben werden.«

»Bei allem Respekt, Sir … das ist nicht länger Ihre Entscheidung.«

»Galizia! GALIZIA! Wo wollen Sie hin …?«

Sie schreitet nachdrücklich um ihren brüllenden Kommandanten herum und kommt direkt auf mich zu. Ihre Miene ist vollkommen unbeeindruckt. Man würde nicht meinen, dass nur wenige Schritte entfernt ein Mann steht, der sie lauthals anbrüllt. Ihre Gleichgültigkeit scheint ihn nur noch wütender zu machen.

»Das werden Sie bereuen, Galizia! Hören Sie mich? Sie sollten mir dafür, dass ich überhaupt eine Frau in dieser Einheit zulasse, die Stiefel küssen … Niemand wollte Sie hier haben, aber ich habe es toleriert … und so revanchieren Sie sich bei mir? Mit Fahnenflucht?«

Aus der Nähe betrachtet ist sie umwerfend – groß wie ein Topmodel und mit dieser seltenen, natürlichen Art von Schönheit gesegnet, die nicht das geringste Make-up benötigt. Wenn ich raten müsste, würde ich sie auf Ende zwanzig oder Anfang dreißig schätzen.

Mein Puls hämmert in meinen Venen. Fragen rasen durch meinen Kopf. Aber sie scheint meine Unsicherheit nicht zu teilen. Sie weicht meinem Blick nicht aus, als sie langsam die rechte Hand an die Schläfe hebt, um feierlich vor mir zu salutieren. Als sie spricht, liegt so viel Überzeugung in ihrer Stimme, dass ich weiß, sie meint jedes Wort ernst.

»Eure Königliche Hoheit, ich bin Leutnant B. Galizia. Und falls das Angebot noch gilt … stehe ich Ihnen so lange zu Diensten, wie Sie mich benötigen.«

In ihren Worten liegt kein Zögern. Kein Spott.

Sie meint das *ernst*.

Sie hat tatsächlich vor, die Königsgarde zu verlassen, Banes Zorn zu riskieren, all die Männer im Stich zu lassen, mit denen sie jahrelang trainiert hat, und all ihre Pläne für eine lebenslange Karriere am Hof über den Haufen zu werfen …

Für *mich*.

In diesem Moment will ich mein Ansuchen tatsächlich zurückziehen. Ich will ihr sagen: *Ich bin es nicht wert. Sie wären eine Idiotin, wenn Sie das für mich tun würden.* Und doch bin ich gleichzeitig … so unfassbar dankbar, dass ich sie in meine Arme ziehen und so fest drücken will, dass ihr die Luft wegbleibt. (Da ich mir relativ sicher bin, dass ich damit gegen so ziemlich jedes militärische Protokoll verstoßen würde, unterdrücke ich den Impuls.)

Irgendwo in den Tiefen meiner Psyche muss eine von Lady Morrells Benimmlektionen endlich greifen, denn es gelingt mir, genug Haltung aufzubringen, um würdevoll und königlich zu nicken. Zumindest *denke* ich, dass es mir gelingt.

»Danke, Leutnant Galizia. Ich weiß Ihre Bereitschaft mehr zu schätzen, als ich das mit Worten zum Ausdruck bringen kann.« Ich schaue zu Bane. Er kocht vor Wut, gibt immer noch wüste Beschimpfungen von sich und droht ihr mit Vergeltung, falls sie es wagt, ihren Posten zu verlassen. »Also … Sollen wir so schnell wie möglich von hier verschwinden?«

Galizias ernste Miene verändert sich nicht, aber ich könnte schwören, dass ihre Lippen ein klein wenig zucken. »Das scheint mir eine kluge Entscheidung zu sein, Eure Hoheit.«

Und so lasse ich, während mein Herz mit doppelter Geschwindigkeit rast und ein Mann meinen Namen verflucht, das Torhaus mit meiner aus einer einzigen Frau bestehenden Prinzessinnengarde im Schlepptau hinter mir.

5. KAPITEL

Das Klopfen an der Tür ist leise, so zaghaft, dass ich es beinahe nicht höre. Ich erwarte niemanden. Um fast zweiundzwanzig Uhr an einem Freitagabend sind die einzigen Menschen, mit denen ich mich vor dem Einschlafen austauschen will, fiktiver Natur.

Also ... wer steht da vor meiner Tür?

Ich spanne die Finger an den Seiten meines Buchs an, und mein Herz verkrampft sich vor ungestümer Hoffnung in meiner Brust. Bevor ich mich davon abhalten kann, schaue ich zu der Wand, die meine Suite von Carters trennt ...

Sei nicht albern, rufe ich mich zur Räson und verdränge die verwegenen Gefühle, so gut ich kann. *Er ist heute Abend ausgegangen. Und selbst für den höchst unwahrscheinlichen, statistisch so gut wie unmöglichen Fall, dass Carter Thorne an einem Freitagabend zu Hause hockt ... Er hasst dich, schon wieder vergessen? Nicht in einer Million Jahren würde er an deine Tür klopfen und dich bitten, mit ihm zu plaudern, als wärt ihr alte Freunde.*

Ich rede mir ein, dass es Lady Morrell mit einem Kleid für den morgigen Tag ist oder Simms, der eine Liste mit lästigen Aufgaben vorbeibringen will, oder eine Kammerzofe mit ein paar frischen Holzscheiten für meinen Kamin. Ich hole tief Luft, lege meine Ausgabe von *Der Graf von Monte Christo* beiseite und richte meine Aufmerksamkeit auf die Tür.

»Herein!«

Auch wenn ich mich noch so sehr dagegen wehre, empfinde ich große Enttäuschung, als sich die Tür öffnet und ich einen jungen Pagen sehe, der mit einem dicken Stapel Umschläge in den Händen auf der Schwelle steht. Das sind zweifellos offizielle Briefe. Das gehört alles zu meinen neuen Pflichten als »Aushängeschild der Lancaster-Familie«.

Da kommt Freude auf.

»Verzeihen Sie, Eure Hoheit«, platzt es aus dem Pagen heraus. Sein Gesicht ist kalkweiß. Er sieht aus, als wäre er gerade erst achtzehn und hätte fürchterliche Angst davor, mir in die Augen sehen zu müssen. »Es tut mir leid, Sie um diese späte Stunde zu stören, aber ich habe hier einige Briefe für Sie. Ich sollte sie schon früher abliefern, doch ich wurde durch andere Aufgaben aufgehalten und ...« Er schluckt heftig. »Ich weiß, dass meine Verspätung unverzeihlich ist. Ich verspreche, dass es nicht wieder vorkommen wird, wenn Sie mir nur noch eine Chance geben, mich zu beweisen ...«

»Hey. Entspannen Sie sich. Das ist schon in Ordnung.«

»Nein, das ist es nicht. Das ist ein Entlassungsgrund, wenn Sie mir also einen Verweis erteilen wollen ...«

Ich seufze tief und hebe eine Hand, um ihn zu unterbrechen. »Das mag der Stil meiner geliebten Stiefmutter sein, aber es ist nicht meiner. Sie haben einen Fehler gemacht und sich dafür entschuldigt. Ziemlich *ausgiebig*, wie ich hinzufügen darf.« Ich verziehe die Lippen. »Also legen Sie die Post einfach dort drüben auf den Schreibtisch, damit ich mich wieder meinem Buch widmen kann und wir beide unseren Abend fortsetzen können. Hört sich das gut an für Sie?«

Erleichterung schleicht sich auf sein Gesicht. Sein Adamsapfel hüpft auf und ab, als er erneut schluckt und sich dann zum Schreibtisch vorwagt. »Danke, Eure Hoheit. Vielen Dank.«

Ich nicke und greife nach meinem Buch. Ehrlich gesagt ist es vermutlich unhöflich von mir, dass ich nicht aufgestanden bin, um ihm die Post abzunehmen, aber der Steinfußboden hier im Schloss ist nun, da uns der Winter fest im Griff hat, eiskalt. Und ich sitze gerade so gemütlich in eine weiße Fuchsfelldecke eingewickelt auf meinem Lieblingssessel am Kamin, dass ich mich einfach nicht aufraffen kann – auch wenn Lady Morrell das als unverzeihliches Fehlverhalten betrachten würde.

Ein greller Aufschrei des Pagen sorgt dafür, dass ich das Buch wieder weglege. Ich schaue gerade noch rechtzeitig in seine Richtung, um zu sehen, wie Galizia in mein Zimmer marschiert kommt. Bevor der Junge ihr ausweichen kann, entreißt sie ihm den Stapel mit Briefen. Als sie herumwirbelt, um mich anzusehen, spiegelt sich auf ihrem Gesicht eine Mischung aus Verärgerung und Fassungslosigkeit.

»Eure Hoheit. Rufen Sie immer einfach ›Herein‹, wenn jemand an Ihre Tür klopft, oder ist dies ein Sonderfall von Dummheit?«

Meine Wangen werden heiß, und meine Zunge fühlt sich plötzlich dick an. »Ich … Na ja …«

»Sie, na ja, *was?*« Sie schüttelt den Kopf. »Es hätte jeder sein können, Prinzessin. Er hätte Sie umbringen können, bevor Sie auch nur die Gelegenheit gehabt hätten zu schreien.«

Ich ziehe skeptisch die Augenbrauen hoch. »*Er?* Sprechen wir von demselben Jungen?« Ich schaue zu dem Pagen. »Nichts für ungut.«

»Schon in Ordnung«, flüstert er schwach.

»Mir ist egal, wie kümmerlich und unbeholfen er wirken mag …« *Autsch, Galizia, wir sollten den Jungen nicht verbal kastrieren, während er direkt vor uns steht.* »… Eine Bedrohung kann selbst von der scheinbar harmlosesten Quelle ausgehen.«

»Er arbeitet hier im Palast«, argumentiere ich. »Er stellt offensichtlich keine Bedrohung dar.«

»Wie können Sie das mit Sicherheit wissen?«, kontert sie. »Er könnte genauso gut ein Terrorist sein, der eine Palastuniform gestohlen und sich mit der Absicht hier hereingeschlichen hat, Sie im Schlaf zu ermorden.«

Der Page sieht aus, als würde er sich jeden Moment in die marineblaue Uniformhose mit der tadellosen Bügelfalte machen. »Ehrlich, Ma'am, ich bin hier angestellt …«

Eisige Stille macht sich im Zimmer breit.

Ich verziehe das Gesicht. Eine Elitesoldatin wie Galizia mit »Ma'am« anzusprechen, ist in etwa so, als würde man einen hochrangigen Militärgeneral mit »Alter« anreden. Das gehört sich einfach nicht. Der Page scheint seinen Fauxpas erkannt zu haben, denn er läuft knallrot an und stammelt eine Entschuldigung.

»Tut mir leid … Ich wollte nicht … Das war nicht …«

»Sie können jetzt gehen.« Sie entlässt ihn, ohne auch nur eine Sekunde den Blick von mir zu nehmen. Er stürzt so schnell aus dem Zimmer, dass er nur noch ein verschwommener Fleck aus marineblauem Stoff ist, als er im Flur verschwindet. Als Galizia auf mich zukommt, wünsche ich mir ehrlich gesagt, dass ich ihm nach draußen folgen könnte.

»Hören Sie, es tut mir leid, dass ich nicht überprüft habe, ob es sich bei ihm um einen Attentäter handeln könnte, aber seien wir doch mal ehrlich: Glauben Sie ernsthaft, dass ich auch nur die geringste Chance gehabt hätte, ihn abzuwehren, wenn er ein Attentäter gewesen *wäre*? Die Tatsache, dass er vor meiner Tür und in meiner Suite stand, bedeutet, dass er bereits ein Dutzend Sicherheitsvorkehrungen überwunden haben müsste. Was könnte ich in einer solchen Situation noch tun, um ihn davon abzuhalten, mir die Kehle aufzuschlitzen?«

»Wenn das Ihre Einstellung ist, warum haben Sie sich dann überhaupt die Mühe gemacht, mich anzuheuern? Wenn Sie einfach nur aufgeben und sterben wollen, sobald Sie mit den ersten Anzeichen von Gefahr konfrontiert werden, was zum Teufel mache ich dann hier? Oder ist diese Prinzessinnengarde, die Sie ins Leben gerufen haben, nur Schau?«

»Natürlich nicht!« Mein Puls schlägt schneller. »Mir ist vollkommen bewusst, dass ich keine Expertin darin bin, mich selbst zu schützen. Genau aus diesem Grund brauche ich Sie doch!«

»Und ich werde mein Bestes tun, um Sie zu beschützen. Aber das bedeutet nicht nur, dass ich als Ihr Schutzschild fungieren werde. Es bedeutet auch, dass ich Ihnen beibringen werde, Bedrohungen zu erkennen und sich selbst gegen sie zu wappnen, auch wenn Sie allein sind. Selbst wenn Sie unbewaffnet mit dem Rücken zur Wand stehen, der Angreifer immer näher kommt und keine Hilfe in Sicht ist.«

Mein Magen verkrampft sich. »Nur fürs Protokoll, ich hoffe wirklich, wirklich, wirklich sehr, dass das niemals passieren wird.«

»Fürs Protokoll?« Ihre Miene wird sanfter, und die Schärfe weicht ein wenig aus ihrem Tonfall. »Was das betrifft, sind wir uns einig, Prinzessin.«

Eine ganze Weile lang herrscht Schweigen, während wir einander anblicken. Tatsächlich bin ich ein wenig erschüttert – es ist lange her, dass mir jemand so den Marsch geblasen hat. Es ist lange her, dass mich jemand wie eine normale Collegestudentin behandelt hat – eine junge Frau, die Fehler macht und sich verkalkuliert hat und hin und wieder zu ihrem eigenen Besten in die richtige Richtung gelenkt werden muss.

Seit man mir diese Krone auf den Kopf gestülpt hat, wollen mich die meisten Leute, denen ich begegne, entweder auf ein Podest stellen, eine Marionette aus mir machen oder sich einfach nur vor mir verstecken. Feinde versuchen, mich zu manipulieren, Fremde behandeln mich wie eine Berühmtheit, und die Angestellten haben regelrecht Angst davor, dass ich sie beim geringsten Anlass in den Schlosskerker sperren lasse. (Ich bin mir ziemlich sicher, dass wir längst keine Schlosskerker mehr haben, aber das scheint nicht den geringsten Unterschied zu machen.)

Als Prinzessin, als *Ihre Königliche Hoheit Emilia Victoria Lancaster*, bin ich für die meisten Menschen auf diesem Planeten unantastbar. Sogar Simms und Lady Morrell verbergen ihren Ärger trotz aller Kritik hinter höflicher Konversation, so wie sie ihren Verdruss hinter sorgsam einstudierten Plattitüden verstecken. Aber meine neue Leibwächterin scheint sich nicht im Geringsten für königliche Gepflogenheiten zu interessieren. Und sie macht sich *definitiv* keine Gedanken darum, dass sie mich beleidigen könnte, indem sie offen ihre Meinung sagt.

Das ist eine erfrischende Abwechslung.

»Warum haben Sie es getan?«, frage ich plötzlich.

Sie zieht die blonden Augenbrauen hoch.

»Warum haben Sie eingewilligt, für mich zu arbeiten?« Ich schüttle verwirrt den Kopf. »Alle anderen haben Banes Befehle befolgt. Alle anderen sind der Meinung gewesen, dass der Ärger, den es nach sich ziehen würde, der Königsgarde den Rücken zu kehren, es nicht wert sein würde ... Also. *Warum?* Warum sind Sie das Risiko eingegangen?«

Sie schweigt sehr lange. Ich bin mir schon sicher, dass sie meine Frage nicht beantworten wird, als sie schließlich seufzt und ein leises schnaubendes Lachen ausstößt. »Die Jungs in der Garde – die meisten von ihnen sind toll. Ehrenwert, gut ausgebildet, intelligent. Sie sind genau die Leute, von denen man will, dass sie einem auf feindlichem Gebiet den Rücken freihalten, wenn einem die Munition ausgegangen ist. Sie würden sich ohne Frage für einen Kameraden in die Schusslinie werfen. Aber das bedeutet nicht, dass sie von der Vorstellung, eine Frau stößt zu ihrer Truppe, begeistert waren.«

»Im Ernst? Wir leben doch nicht mehr im letzten Jahrhundert, um Himmels willen. Frauen müssen nicht mehr zu Hause bleiben und am Herd stehen.«

»Glauben Sie mir, ein paar der Jungs haben sehr deutlich gemacht, dass sie der Meinung sind, ich würde mich besser für den Einsatz am Herd als für den Umgang mit einer tödlichen Waffe eignen.«

»Das ist so sexistisch. Sie haben die gleichen Prüfungen abgelegt. Sie haben die gleiche Ausbildung absolviert. Sie haben sich Ihren Platz in der Garde ebenso verdient wie alle anderen.«

Sie zuckt mit den Schultern. »Das spielt keine Rolle. Frauen, die in Männerdomänen arbeiten, werden sich *immer* doppelt so sehr ins Zeug legen müssen, um zu beweisen, dass sie sich ihre Stellung verdient haben. Wissen Sie, wie oft man mich gefragt hat, ob ich mich in die Einheit hochgeschlafen habe? Wissen Sie, wie viele Ausbilder mich gefragt haben, ob ich mich verlaufen habe, wenn ich zu den körperlichen Eignungstests aufgetaucht bin? Wie viele von ihnen die Köpfe geschüttelt, gelächelt und mich als ›niedlich‹ bezeichnet haben, wenn ich sagte, dass ich die erste Offizierin in der Königsgarde werden will?«

Wut kocht in mir hoch. Ich bin regelrecht empört.

»Jeder in der Einheit hat einen Spitznamen«, fährt Galizia fort. »Bane wählt sie während unserer ersten Woche im Dienst aus – so eine Art rückständiges Schikanierungsritual. Yates trägt eine Brille, also heißt er Brillenschlange. Anderson stammt aus einem kleinen Bergdorf, also heißt er Alm-Öhi. Riggs ist unser bester Schütze, also wird er Adlerauge genannt. Sie können sich vorstellen, wie das läuft.«

»Verstehe.«

»Wissen Sie, welchen Namen er mir gegeben hat? Wie man mich unter den Jungs nennt?« Sie presst die Lippen zu einer dünnen Linie zusammen. »*Hocker.* Weil Frauen …« Vor lauter Wut atmet sie rasselnd ein und schluckt ihre Empörung hinunter. »Weil ich mich *hinhocken* muss, um zu pinkeln. Weil sie für mich eine abgetrennte Toilettenkabine in die Kaserne bauen mussten. Weil ich die Frechheit besaß, anatomisch anders gebaut zu sein.«

Ihr eigener Kommandant.

Ihre engsten Kameraden.

Die Männer, denen sie ihr Leben anvertrauen soll.

Die Männer, die sie stärken sollen.

Stattdessen … versuchten sie, sie fertigzumachen.

Ich bin entsetzt, finde aber keine Worte, um sie zu trösten. Es gibt nichts zu sagen, um das wieder in Ordnung zu bringen. »Galizia, es … es tut mir leid. Ich wusste nicht, dass es für Sie so war.«

»Ich habe es Ihnen nicht erzählt, weil ich Ihr Mitleid will. Ich habe es Ihnen erzählt, weil ich wollte, dass Sie verstehen, dass mir die Entscheidung, die Königsgarde zu verlassen, nicht schwergefallen ist. Mein ganzes Leben lang habe ich meinem Land in einer hohen Position dienen wollen, um dort, wo ich am meisten gebraucht wurde, mein Bestes zu geben.« Sie verzieht den Mund. »Von daher scheint mir, dass mein Platz momentan … an Ihrer Seite ist, Eure Hoheit. Sie brauchen jemanden, der Ihnen Rückendeckung gibt. Ich sah diese Gelegenheit und beschloss, sie zu nutzen. So einfach ist das. Ich bereue meine Entscheidung nicht.«

»Trotzdem hätte das nicht jeder getan. Tatsächlich hat sich jeder andere Soldat in der Halle strikt geweigert, es auch nur in Betracht zu ziehen. Also ... danke. Was auch immer Ihre Gründe waren, ich bin froh, Sie zu haben.« Ich halte inne. »Selbst wenn Sie mich anbrüllen.«

»Da wir gerade davon sprechen ...« Sie hebt den Stapel mit Briefen an, den sie immer noch in der Hand hält. »Ich habe dafür gesorgt, dass diese Post auf mögliche Gefahren untersucht wurde, bevor der Page sie in die Finger bekam. Aber von jetzt an werden Sie nichts mehr annehmen, bis Sie nicht sicher sind, dass ich es persönlich überprüft habe. Ein Attentäter könnte problemlos einen Umschlag mit Anthrax oder einem anderen chemischen Kampfstoff präparieren. Ziemlich geschmacklos, ja – aber dennoch eine recht effektive Tötungsmethode.«

Ich spüre, wie ich plötzlich blass werde. »Wird nicht ohnehin alles, was hier ankommt, untersucht? Das gehört doch zu den regulären Sicherheitsmaßnahmen, oder?«

»Angeblich.«

Ich ziehe die Augenbrauen hoch, aber sie führt das nicht weiter aus.

»Schlafen Sie ein wenig, Prinzessin.«

Galizia legt die Briefe auf einen kleinen Beistelltisch, dreht sich um und geht zur Tür. Mit ihren langen Schritten hat sie das Zimmer in wenigen Sekunden durchquert. Auf der Schwelle hält sie inne. Wenn ich mich nicht täusche, liegt nur mühsam zurückgehaltene Belustigung in ihrer Stimme.

»Ich an Ihrer Stelle würde zuerst mit dem Absender des Umschlags mit der Goldprägung ausgehen. Der Kerl mag genau so ein Treuhandfondsidiot wie der Rest der Bande sein, aber wenigstens versucht er sich nicht in scheußlicher, blumiger Poesie wie der Kerl mit der blauen Schönschrift ...«

»Was?«, frage ich, aber sie ist bereits in den Flur entschwunden und schließt meine Tür mit einem resoluten Klicken hinter sich. Erst als ich meine Aufmerksamkeit auf den Stapel aus Umschlägen richte, wird mir klar, was sie meint.

Vorhin lag ich nämlich falsch. Ich ging davon aus, dass die Post offizielle Schreiben enthalten würde, in denen es um bevorstehende Veranstaltungen im Palast, wichtige politische Treffen und Berichte über den aktuellen Stand zu den Ermittlungen bezüglich der Brandstiftung gehen würde ...

Nein.

Die über ein Dutzend Briefe, die ich in meinen Händen halte, stammen ausnahmslos von Leuten, die man nur als ... *Freier* bezeichnen kann.

Geeignete, ausgesprochen wohlhabende caerleonische Freier. Männer mit Ländereien und Titeln und – *du lieber Himmel, dieser erste Brief lässt vermuten, dass Galizia recht hatte* – extrem schlechtem Poesiegeschmack. Mein Entsetzen wächst, als ich einen Brief nach dem anderen durchgehe und die unterschiedlichen Angebote für ein erstes Treffen lese, die alle in ausladender männlicher Handschrift gehalten sind.

Dies ist Ihre Einladung zu dem Festball in Glenn Landing ...

Bitte begleiten Sie mich nächsten Monat zu der Gala anlässlich der Restaurierung der Nelle-River-Brücke ...

Es wäre mir eine Ehre, Sie durch das Naturkundemuseum von Vasgaard führen zu dürfen, da meine Familie mehrere wertvolle Stücke der Diamantenausstellung zur Verfügung gestellt hat ...

Ich verdrehe die Augen. Octavia muss eine Art Bekanntmachung herausgegeben haben: *Die Jagdsaison auf die Kronprinzessin ist offiziell eröffnet, Jungs!* Das ist die einzige Erklärung für diese plötzliche Flut an romantischem Interesse. Es sei denn, ich gebe unbewusst ein Pheromon ab, das ausschließlich Männer unter vierzig anzieht, die der obersten Steuerklasse unseres Landes angehören und mit der Politik verbandelt sind.

Ich zerknülle einen besonders kitschigen Brief und werfe ihn ins Feuer. Ich beobachte, wie die Flammen die Papierkugel verschlingen und sie in Windeseile in Asche verwandeln, und blicke finster drein, als ich an die ausweglose Situation mit meiner bezaubernden Stiefmutter an diesem Nachmittag denke. Ihr versnobter Tonfall hallt immer noch in meinem Kopf wider.

Du wirst dich damit einverstanden erklären, dass dir geeignete Junggesellen aus Caerleons Aristokratie den Hof machen. Die Freier werden ausdrücklich nach familiärem Hintergrund, Einfluss und Titel ausgewählt.

»Das kann sie sich aus dem Kopf schlagen!«, zische ich und stehe auf, wobei ich den Rest der Umschläge ungeöffnet zu Boden werfe. Sie landen kreuz und quer verteilt – wie Konfetti, aus hochwertigstem Briefpapier mit schönsten Handschriften gefertigt. »Sie kann mich auf gar keinen Fall dazu zwingen, mit diesen Schwachköpfen auszugehen ...«

Ich murmle aufgebracht vor mich hin, tigere mehrere Minuten lang vor dem Kamin auf und ab und versuche, jegliche Gedanken an *Brautwerbung* aus meinem Kopf zu verbannen. Als die Uhr in der Ecke meines Zimmers schlägt, um die neue Stunde anzukündigen, halte ich in meinem Wutanfall inne, um nach der Uhrzeit zu sehen. Verblüfft stelle ich fest, dass es bereits Mitternacht ist.

Mist.

In acht Stunden muss ich wie aus dem Ei gepellt im Rahmen der Feierlichkeiten zum Volkstrauertag auf einer Bühne stehen. Lady Morrell hat mir mitgeteilt, dass sie mich um Punkt sechs Uhr wecken würde mitsamt einem Team aus Make-up-Spezialisten und Modeberatern im Schlepptau. Ich hätte schon vor Stunden schlafen gehen sollen. Nun laufe ich

Gefahr, dass die dunklen Ringe unter meinen Augen der erinnerungswürdigste Teil meines ersten öffentlichen Auftritts als Kronprinzessin sein werden.

Erschöpfung überkommt mich. Ich strecke die Arme nach oben, um die Verspannungen in meinem Rücken zu lösen, und ächze, als die Knochen knacken. Mit zwanzig Jahren fühle ich mich bereits wie eine alte Frau.

Egal was alle sagen – Lesen ist ein Kontaktsport. Wenn man sich fünf Stunden am Stück über die Seiten beugt, geht das ganz schön in den Rücken.

Ich gähne ausgiebig, drehe mich zu meinem Bett und verspüre plötzlich das dringende Bedürfnis, die Augen zu schließen und diesen nicht enden wollenden Tag zu den Akten zu legen. Ich bahne mir einen Weg durch das Minenfeld aus herumliegenden Briefen überall auf dem Boden. Was mich betrifft, könnten sie ebenso gut explosiv sein.

Als mein Blick auf einen dicken, hellblauen Umschlag fällt, der ganz oben aus dem Stapel hervorlugt und in einer unübersehbar weiblichen Handschrift an mich adressiert ist, sage ich mir, dass ich einfach weitergehen und ihn ignorieren sollte, aber …

Meine Neugier gewinnt die Oberhand.

Ich beuge mich vor und hebe ihn auf, als könnte er tatsächlich eine Bombe enthalten. Dann lasse ich mit zaghaften Fingern die dicken Pergamentblätter herausgleiten. Auf einem von ihnen befinden sich das Siegel der Königin und ihre Unterschrift in auffälliger Tinte. Ich reiße die Augen auf, während ich die offizielle Begnadigung überfliege.

Mit heutigem Datum, dem einundzwanzigsten November … durch königlichen Erlass … Mr Owen Harding … hiermit von allen Anschuldigungen in Bezug auf terroristische Handlungen gegen das Königshaus freigesprochen …

Sie hat den Brief mit ihrem vollständigen Titel unterschrieben. Die Tinte ist tiefschwarz und die Schrift so verschnörkelt, dass sie die Seite wie ein Spinnennetz überzieht.

Ihre Königliche Hoheit Octavia Thorne, Königin von Caerleon.

Immer noch sprachlos, dass sie meine Forderung in Bezug auf Owen tatsächlich erfüllt hat, blättere ich weiter zur zweiten Seite. Sie ist so gut wie leer. Lediglich eine winzige Notiz verunstaltet die elfenbeinfarbene Oberfläche – allerdings braucht sie wohl nicht mehr als ein paar Worte, um mir zu drohen. Dreizehn sind ebenso wirksam wie dreizehntausend.

»Ich habe mein Versprechen gehalten. Sorg dafür, dass du deins ebenfalls hältst.«

6. KAPITEL

»*Oh mein Gott! Das ist Prinzessin Emilia!*«

»*Prinzessin! Prinzessin! Schauen Sie hierher!*«

»*Wir lieben Sie, Emilia!*«

Ich steige aus der eleganten Rolls-Royce-Limousine und werde von Blitzlichtgewitter und Jubelrufen der Menge empfangen. Ich bin überrascht zu sehen, dass sich so früh am Morgen so viele Menschen eingefunden haben, um an etwas so Langweiligem wie einer Einweihungsfeier für ein Krankenhaus teilzunehmen.

Haben die Leute an einem Samstagmorgen nichts Besseres zu tun, als auf einem Bürgersteig in der Kälte zu zittern?

Ihre Rufe sind ohrenbetäubend, während ich langsam die Kopfsteinpflasterstraße hinuntergehe. Als der Lärm uns umfängt, bekomme ich so langsam den Verdacht, dass sie gar nicht wegen des Krankenhauses hier sind.

»*Sie ist es!*«

»*Das ist die Prinzessin!*«

»*Nicht im Ernst!*«

»*Oh mein Gott!*«

Galizia geht ein Stück hinter mir wie ein Schatten, der einem überallhin folgt.

Simms befindet sich an meiner linken Seite. Sechs weitere Mitglieder der Königsgarde schirmen uns von allen Seiten ab. Sie tragen unauffällige marineblaue Uniformen anstelle der reich verzierten blauen Galauniformen, die sie das letzte Mal anhatten, als ich den Palast verließ – auf König Leopolds und Königin Abigails Beerdigung.

Vermutlich kommen Schwerter, Banner und voller Ornat nur bei formellen Anlässen zum Einsatz.

»Eure Königliche Hoheit!«

»Prinzessin Emilia!«

Die Menge ist unermüdlich – sowohl mit Rufen als auch mit Fotografieren. Ich widerstehe dem Drang, einen Arm zu heben, um meine Augen von dem Blitzlichtgewitter abzuschirmen. Am liebsten würde ich den Kopf einziehen und zurück zur Limousine laufen, um in Deckung zu gehen.

Nachdem ich so lange in dem leeren, hallenden Schloss eingesperrt gewesen bin, fühlt es sich ein wenig schrill an, plötzlich wieder in der echten Welt zu sein. Alles ist irgendwie zu hell und zu heftig. Ich fühle mich wie eine Ameise unter einer Lupe, die langsam durch einen gebündelten Sonnenstrahl verbrannt wird.

»Wir lieben Sie, Prinzessin!«

Als ich mich den Stufen des Krankenhauses nähere, wo das Rednerpult auf mich wartet, entdecke ich mehrere bewaffnete Sicherheitsleute, die auf den umgebenden Dächern stationiert sind und das Geschehen von oben überwachen. Die Gewehre der Scharfschützen, das übermäßige Polizeiaufgebot und die Metalldetektoren, die überall am Straßenrand aufgestellt sind und im grellen Licht der Morgensonne funkeln, sorgen dafür, dass ich mich eher wie eine im Fokus der Öffentlichkeit stehende Gefangene fühle, die vor ihrer Gerichtsverhandlung verlegt wird. Tatsächlich komme ich mir kein bisschen wie ein Mitglied der Königsfamilie vor, das ein neues städtisches Gebäude einweihen soll.

Der komplette Block vor dem Militärkrankenhaus ist für die Feierlichkeiten zum Volkstrauertag abgeriegelt worden. Die Leute säumen die Bürgersteige und drücken sich gegen die Absperrungen, um zum ersten Mal einen Blick auf ihre neue Prinzessin werfen zu können. Die Menge besteht aus Familien, ehemaligen Militärangehörigen, Paaren aller Altersstufen – Leuten, die Lady Morrell zweifellos als »das gemeine Volk« bezeichnen würde.

Sie winken und jubeln, während ich an ihnen vorbeigehe und mir dabei so steif wie ein Roboter vorkomme. Ich habe mich immer noch nicht daran gewöhnt, im Mittelpunkt von so viel Aufmerksamkeit zu stehen, und ich bin mir sicher, dass man mir das bei jedem meiner unbeholfenen Schritte anmerken kann.

»*Prinzessin!*«

»*Prinzessin Emilia!*«

»*Eure Hoheit!*«

Während die Leute mit ausgestreckten Händen nach mir rufen, versuche ich, mich an Simms' Anweisungen zu halten, die er mir auf der Fahrt hierher in der Limousine erteilte.

Lächeln Sie höflich, aber bleiben Sie nicht stehen, riet er mir, während er seine Knopfaugen fest auf mich gerichtet hatte. *Sie sind nur hier, damit Sie sich den Menschen zeigen – es besteht keine Veranlassung, mit ihnen zu sprechen. Wenn Sie das Rednerpult erreichen, sollten Sie lächeln und winken. Sie dürfen eine kurze Begrüßung ins Mikrofon sprechen, aber der Veteranenminister wird die eigentliche Rede übernehmen.*

In der Theorie hörte sich das recht einfach an, aber er hat dabei wohl unterschätzt, wie gespannt die Menge meinen ersten öffentlichen Auftritt erwarten würde. Unter den Zuschauern herrscht eine beinahe fieberhafte Atmosphäre. Die Luft fühlt sich wie elektrisiert an. Ich komme mir vor wie eine

Prominente, die bei einer Preisverleihung über den roten Teppich läuft.

Nach einer Weile wird das ständige Blitzlichtgewitter der Kameras so grell, dass es mich blendet. Ich ignoriere meine brennenden Augen, halte das Kinn hoch erhoben und gehe weiter. Irgendwie gelingt es mir, in den jadegrünen Absatzschuhen, die Lady Morrell für mich zusammen mit einem Etuikleid, schwarzen Strümpfen und einem eleganten Caban ausgewählt hat, nicht zu stolpern.

In diesem Outfit habe ich mich heute Morgen im Spiegel kaum wiedererkannt. Meine Nägel sind in einer angemessen neutralen Farbe lackiert und perfekt poliert. Mein dunkles Haar trage ich mit elegantem Schwung nach hinten gekämmt. Das kunstvoll aufgetragene Make-up betont meine Gesichtszüge und verdeckt die dunklen Ringe unter meinen Augen.

Um das Erscheinungsbild zu vervollständigen, trage ich ein silbernes Diadem aus der Schatzkammer der Lancasters, das mehr als meine Studiengebühren für ein Jahr plus Zinsen kostet. Es ist federleicht und doch ... ist es so schwer, weil in ihm das ganze Gewicht meiner neuen Machtposition liegt, dass ich es kaum schaffe, das Kinn oben zu behalten. Ich glaube, dass ich nun endlich dieses oft bemühte Zitat verstehe.

Schwer ruht das Haupt, das eine Krone drückt.

Trotz meiner zahlreichen Proteste, was die protzige Zurschaustellung von Reichtum betrifft – »*Alle wissen bereits, dass ich eine Prinzessin bin, warum sollten wir es ihnen noch einmal ausdrücklich unter die Nase reiben?*« –, ließ mir Lady Morrell in dieser Angelegenheit keine Wahl.

Unsinn! Königin Abigail trug ebendieses Diadem vor fast fünfundzwanzig Jahren auf der Hochzeit ihrer Schwester in Schweden. Es steht Ihnen ganz wunderbar. Wenn Sie sich doch nur jeden Tag so kleiden würden, Eure Hoheit ... Ich werde niemals verstehen, was Sie an diesen scheußlichen Freizeithosen finden, die Sie unbedingt hier im Palast tragen wollen ...

Ich habe den Mund zu einem gewinnenden Lächeln verzogen, winke und gehe weiter. Bis zum Rednerpult sind es nur fünfzig Meter, aber es fühlt sich eher wie fünfzig Kilometer an. Als ich endlich das Ende dieses Spießrutenlaufs erreiche, bin ich mir nicht sicher, was mehr wehtut – meine Wangen oder meine Füße.

»Die Prinzessin!«

»Seht nur! Prinzessin Emilia!«

Die Rufe der Menge sind größtenteils nicht auseinanderzuhalten – sie sind wie eine Melodie aus Begrüßungen und guten Wünschen, die zu einer Kakofonie aus Lauten verschmelzen. Einer Stimme gelingt es jedoch hervorzustechen: Es ist das schrille Quietschen eines Kindes, rein und süß und erfüllt vom Staunen eines kleines Mädchens.

»Mama! Mama! Sie ist eine echte Prinzessin!«

Ich schaue nach rechts und suche das Meer aus Gesichtern ab, bis ich sie entdecke. Dort, ganz vorne, steht ein kleines Mädchen in einem schäbigen Kleid mit seiner Mutter. Die Frau kann nicht viel älter sein als ich, aber ihr Gesicht ist voller Falten – Spuren der Armut und des Schmerzes. Ihr Mantel wirkt abgewetzt und viel zu dünn für diese winterlichen Temperaturen. Ihre kleine Tochter trägt nicht mal eine Mütze. Ich kann die rosafarbenen Spitzen ihrer Ohren sehen, die unter zwei geflochtenen Zöpfen hervorlugen.

Ein Blick genügt, um zu erkennen, dass sie kein leichtes Leben haben. Und doch liegt in den Augen der Mutter nichts als Liebe, als sie auf ihre kleine Tochter hinunterschaut.

Etwas an ihnen lässt mich abrupt innehalten und sorgt dafür, dass meine Augen in der kalten Morgenluft brennen. Ungebeten stürmen Bilder meiner eigenen Mutter auf mich ein –

wie sie lachte und ein Spiel daraus machte, wenn man uns den Strom abstellte, weil wir die Rechnung nicht bezahlen konnten. *Wir kampieren heute Abend im Wohnzimmer, Emmy! Schnapp dir deine Taschenlampe. Komm, lass uns eine Kissenburg bauen ...* Ich habe tausend Erinnerungen wie diese. Wie sie scherzhaft gegen mein Kinn stupste, als ich traurig war, weil ich keine Ballettstunden nehmen konnte wie die anderen Mädchen in meiner Vorschulklasse. Wie sie meine Bedenken zerstreute, wenn sie ihr Asthmaspray nicht nehmen konnte, weil die Nachfüllampullen zu teuer waren. Ihr Lächeln, mit dem sie den Stress überspielte, wenn ein weiterer Schuldeneintreiber an unsere Tür klopfte. Ihr leerer Teller, wenn sie mir ein komplettes Abendessen vorsetzte.

Mein Herz schmerzt ganz furchtbar.

Mom.

Wir hatten nie viel ... aber wir hatten einander. Und irgendwie war das immer genug. Irgendwie war das alles.

Bleib tapfer, reines Herz.

»Eure Hoheit?«, fragt Simms, den mein plötzliches Innehalten mitten auf der Straße verwirrt hat. »Geht es Ihnen gut?«

Ich schaue ihn nicht einmal an. Ich bin damit beschäftigt, die Worte des kleinen Mädchens zu verstehen, während es sich auf seinen abgewetzten Schuhen vor und zurück wiegt.

»Mama, kann ich auch Prinzessin werden, wenn ich groß bin?«

Die Miene der Mutter trübt sich ein. Sie öffnet den Mund, vermutlich um ihr die schlechte Nachricht mitzuteilen.

Nein, das kannst du nicht, Liebling.

Bevor ich mich davon abhalten kann, habe ich mich bereits in Bewegung gesetzt – ich weiche von meinem Weg zum Rednerpult ab und steuere stattdessen auf die Mutter und das Kind auf dem Bürgersteig zu. Hinter mir gibt Simms einen gequälten Laut von sich, und Galizia zischt etwas Unverständliches. Doch ich ignoriere sie beide, während ich mich der Absperrung nähere.

Die Schreie der Menge werden ohrenbetäubend, als ich nur ein paar Schritte von ihr entfernt stehen bleibe. Alle rufen meinen Namen und versuchen, meine Aufmerksamkeit auf sich zu ziehen. Sie machen unablässig Fotos mit ihren Handys und halten Selfiesticks hoch. Ich behalte die ganze Zeit über die Mutter mit ihrer Tochter im Blick.

»Hi.«

Die Augen der Frau sind so groß wie Untertassen geworden. Das kleine Mädchen starrt ehrfürchtig zu mir herauf. Ich gehe in die Hocke, damit ich mit ihr auf Augenhöhe bin und ihr durch die Metallstangen der Absperrung ins Gesicht schauen kann. Sie ist nicht älter als vier oder fünf. Neben ihrer Nase befindet sich ein wenig Schmutz.

»Wie heißt du?«

Die Kleine schaut zu ihrer Mutter hoch, um sich ihre Zustimmung einzuholen, bevor sie flüstert: »Annie.«

»Hi, Annie. Ich bin Emilia. Es freut mich, dich kennenzulernen. Woher kommst du?«

»Aus Hawthorne.«

Mein Herz verkrampft sich, als sie die Gegend in Vasgaard erwähnt, in der ich aufgewachsen bin. Vor ein paar Monaten hätte sie meine Nachbarin sein können. Vor ein paar Jahren hätte sie *ich* sein können.

»Sind Sie wirklich eine Prinzessin?« Eine leichte Sprachstörung sorgt dafür, dass ihre Konsonanten weicher klingen, wodurch sich ihre Rs in Ws verwandeln. Pwinzessin.

Ich nicke. »Das bin ich.«

»Wohnen Sie in einem Schloss?«

»Ja, das tu ich.«

»Wie in einem Mäwchen!«

»Oh ja. Es ist genau wie in einem Märchen«, lüge ich.

»Wenn ich gwoß bin, will ich auch eine Pwinzessin werden, genau wie Sie!«, verkündet Annie stolz. »Stimmt's, Mama?«

Ihre Mutter läuft tiefrot an. »Es tut mir leid, sie versteht nicht …«

Ich schüttle den Kopf und lächle zum ersten Mal aufrichtig, seit ich heute die Augen geöffnet habe. »Weißt du was, Annie? Ich bin ebenfalls in Hawthorne aufgewachsen.«

Sie zieht die Augenbrauen hoch. »Wiwklich?«

»Wirklich. Und wenn ich eine Prinzessin sein kann, dann kannst du das auch.« Ich greife nach oben und nehme das kleine Diadem von meinem Kopf. Es funkelt strahlend im Tageslicht. Ohne weiter darüber nachzudenken, strecke ich die Hand durch die Gitterstäbe aus und setze es auf Annies blondes Haar.

Ich höre, wie die Zuschauer um uns herum nach Luft schnappen – eine Schockwelle geht durch die Menge. Das kleine Mädchen starrt mich mit grenzenloser Verehrung im Blick an.

»So, das hätten wir«, murmle ich und rücke den filigranen Kopfschmuck mit einem Augenzwinkern gerade. »Wunderschön.«

Annie greift nach oben, um das Diadem zu berühren, und lächelt breit. Ihr fehlt ein Vorderzahn. »Sehe ich jetzt wie eine Pwinzessin aus?«

»Absolut.«

Sie strahlt noch heftiger.

»Kann ich dir ein Geheimnis verraten, Annie?«

»Mm-hm!«

Ich beuge mich vor, damit nur sie meine Worte hören kann. »Dieses Diadem hat Zauberkräfte. Es macht jeden, der es trägt, so tapfer, dass er seine Träume verwirklichen kann. Also will ich, dass du es aufsetzt, wann immer du Angst hast oder unsicher bist. Und ich will, dass du nie vergisst, dass du ein tapferes Mädchen bist und werden kannst, was immer du willst, wenn du groß bist. Okay?« Ich lehne mich ein wenig zurück, um in ihre hellbraunen Augen zu blicken. »Du kannst alles tun, was du willst, Annie. Du musst nur tapfer sein. Verstehst du?«

Sie hat die Augen vor lauter Staunen weit aufgerissen. »Ja, Pwinzessin Emilia.«

Als ich mich aufrichte und die Mutter anschaue, wirkt sie beinahe verängstigt. »Eure Hoheit ... das können wir unmöglich annehmen ...«

Ich winke ab. »Natürlich können Sie das. Außerdem steht es ihr ohnehin viel besser.«

Ich werfe Annie ein letztes Lächeln zu, drehe mich um und gehe zurück auf die Mitte der Straße. Galizia hat die Augenbrauen bis zum Haaransatz hochgezogen. Aus dem Augenwinkel erhasche ich einen Blick auf Simms' verkniffenen Gesichtsausdruck. Ich bin mir sicher, dass er mich später dafür zusammenstauchen wird, dass ich ein unbezahlbares Schmuckstück einfach so weggegeben habe, aber das ist mir wirklich egal.

Das war es wert, denn so konnte ich diesem kleinen Mädchen ein wenig den Tag versüßen. Ich konnte ihr ein kleines bisschen Magie schenken. Und in der Schatzkammer der Lancasters befinden sich genug Juwelen für ein ganzes Leben. Für *mehrere* Leben. Ein kleines Diadem wird da wohl niemand vermissen.

Die Menge hat neue Energie gesammelt. Als ich den Rest des Wegs zum Rednerpult zurücklege, schreien die Leute so laut, dass ich befürchte, einen Hörsturz zu erleiden. Ihre Rufe vermischen sich zu einem donnernden Getöse. Selbst nachdem ich dem Veteranenminister die Hand geschüttelt habe und ans Mikrofon getreten bin, jubeln sie weiter, bis Simms mit einer Geste um Ruhe bittet. Er schaut zu mir, und sein strenger Blick macht seine Anweisungen mehr als deutlich.

Freundlich lächeln. Hallo sagen. Zurücktreten.

Ich versuche, nicht die Augen zu verdrehen, während ich mich an die Menge wende und mich räuspere. »Wow. Danke für diese herzliche Begrüßung!«

Ich zucke zusammen, als ich meine Stimme aus den Lautsprechern dröhnen und von den Gebäuden ringsum widerhallen höre. Es ist ein seltsames Gefühl, so als würde meine Stimme nicht zu mir gehören. Ich lasse den Blick über die vielen Gesichter in der Menge wandern – junge, alte, männliche, weibliche. Ich sehe eine Gruppe grauhaariger Männer in Militäruniformen, die Soldaten aus dem Zweiten Weltkrieg sein müssen, neben einer Gruppe Kinder stehen, die sich auf einem Schulausflug befinden und deren gelbe Grundschulpullover sogar aus dieser Entfernung in den Augen wehtun. Ich sehe ein junges Paar, das Händchen hält und neben einem älteren Paar steht, das sich an die Absperrung drückt.

So viele verschiedene Gesichter, und sie sind alle mir zugewandt. Und sie strahlen alle eines gemeinsam aus.

Hoffnung.

Sie steht jedem Zuschauer in der Menge deutlich ins Gesicht geschrieben. Und als ich das erkenne … kann ich einfach nicht anders, als Demut zu empfinden. Ich kann das, was ich hier tue, unmöglich weiterhin als lästige Aufgabe betrachten, nur um sie auf meiner To-do-Liste abhaken zu können, oder als eine Art königliche Verpflichtung, die ich schnell hinter mich bringen will, ohne auch nur einen weiteren Gedanken daran zu verschwenden.

Sie schauen alle auf dich, Emilia.

Sie jubeln dir alle zu.

Enttäusche sie nicht.

Simms' Plan löst sich in Luft auf. Denn nun weiß ich, dass ich nicht einfach nur kurz Hallo sagen und dann vom Mikrofon zurücktreten kann. Ich schulde ihnen mehr als das.

Ich atme zitternd ein, straffe die Schultern und schlucke meine Nervosität hinunter. Normalerweise probe ich jede öffentliche Rede vorher ausgiebig vor meinem Badezimmerspiegel.

Aber heute ist dafür keine Zeit.

Vermutlich werde ich mich ein paarmal verhaspeln und ein wenig zu schnell sprechen und jede Menge falsche Sachen sagen. Im Vergleich zu anderen Reden wird meine weder wortgewandt noch elegant sein. Weder rhetorisch ausgefeilt noch schön. Trotzdem … werde ich versuchen, es auf meine Weise zu machen. So wie meine Mutter es mir beigebracht hat.

Ich werde mein Herz sprechen lassen.

Ich räuspere mich unbeholfen. »Wie Sie vielleicht wissen, ist mir dieser ganze … Prinzessinnenkram noch recht neu.«

Ich höre einen erstickten Laut von Simms, lasse mich aber nicht aus dem Konzept bringen.

»Ehrlich gesagt habe ich bislang erst eine einzige Rede gehalten, und zwar während meines Rhetorikkurses an der Uni – und ich bin mir sicher, dass Ihnen sowohl meine Mitstudenten als auch Professor Albright nur allzu gerne bestätigen, dass das für mich *nicht* gut gelaufen ist. Also verzeihen Sie mir bitte, wenn ich mich verhaspele.«

Gelächter ertönt, gefolgt von einer Flut aus anspornendem Applaus. Ich höre, wie jemand ganz hinten aus der Menge »Wir lieben Sie, Emilia!« ruft, und mein Lächeln wird ein wenig breiter.

»Heute hier zu stehen, um den Volkstrauertag zu begehen, ist ein Privileg. Tatsache ist, dass Caerleon ohne die tapferen Männer und Frauen, die ihr Leben dem Schutz unseres großartigen Landes gewidmet haben, nicht existieren würde.«

Mehr Applaus ertönt.

»Ich weiß, dass wir alle unterschiedliche Ansichten vertreten, wenn es um Politik oder Religion geht – verdammt, wir sind ja sogar unterschiedlicher Meinung, wenn es darum geht, welche Rugbymannschaft wir unterstützen sollen ...« Simms schnappt angesichts meiner profanen Ausdrucksweise empört nach Luft, aber niemand sonst scheint sich daran zu stören. »Doch wenn es eine Sache gibt, bei der wir uns alle einig sind, dann ist das die Tatsache, dass unser Militär Anerkennung verdient. Und das nicht nur heute, sondern an jedem Tag des Jahres.«

Die Leute nicken zustimmend. Viele haben ihre Handys gezückt und angefangen zu filmen. Ich versuche, nicht zu sehr darüber nachzudenken, und spreche weiter, bevor ich den Faden verliere.

»Wir Menschen neigen dazu, alles viel komplizierter zu machen, als es sein müsste. Aber *das hier* – das ist einfach. Unsere Veteranen haben sich um uns gekümmert. Nun sind wir an der Reihe, uns um sie zu kümmern.«

Die Reaktion der Menge ist überwältigend. Ich muss eine ganze Minute lang warten, bis wieder Ruhe eingekehrt ist und ich weitersprechen kann.

»Um es kurz zu machen ... ich fühle mich geehrt, im Namen meines Vaters, Seiner Majestät König Linus, die feierliche Eröffnung der hochmodernen Einrichtung zu verkünden, die Sie hinter mir sehen. Sie wurde eigens errichtet, um Angehörigen von Luftwaffe, Militär, Polizei und Königsgarde die nötige medizinische Versorgung zukommen zu lassen. Und zwar nicht nur denjenigen, die aktiv ihren Dienst versehen, sondern auch solchen, die sich im Ruhestand befinden, und ihren Familien.« Ich drehe mich zur Seite und deute auf das imposante Glasgebäude. »Meine Damen und Herren, hiermit überreiche ich Ihnen das *Leopold und Abigail Veteranenkrankenhaus und -rehabilitationszentrum*.«

Die Jubelrufe schwellen an, als ich die Namensgeber der Einrichtung erwähne – unseren verstorbenen König und seine Gemahlin, die letzten Monat so plötzlich bei dem verhängnisvollen Brand ums Leben gekommen sind. Ich sehe, wie sich mehrere Leute im Publikum Tränen aus dem Gesicht wischen, da sie von ihren Gefühlen überwältigt werden. Ich sehe, wie Annie und ihre Mutter jubeln. Ich sehe, wie die Veteranen aus dem Zweiten Weltkrieg stolz salutieren. Ich sehe ein Dutzend Schulkinder, die wie verrückt applaudieren.

Und ich kann es nicht leugnen – als eine Blaskapelle ein paar Augenblicke später die caerleonische Nationalhymne spielt und unsere marineblaue und goldene Flagge hoch in den hellen Morgenhimmel gehisst wird … stehe ich mit einer Hand auf meinem Herzen da, und in meinen Augen brennen Tränen, die ganz sicher das Make-up verschmieren werden, an dessen Perfektionierung Lady Morrells Stylistenflotte so hart gearbeitet hat. Ein ungewohnter Anflug von Patriotismus sorgt dafür, dass mir das Herz anschwillt.

Mal ganz abgesehen von Kronen und Thronen und Erbrechten …

Ist das hier mein Land.

Ist das hier mein Volk.

Und ich bin verdammt stolz darauf, eine von ihnen zu sein.

Heute.

Morgen.

Und an all den Tagen, die noch kommen werden.

7. KAPITEL

»Diese Rede war nicht abgesprochen«, murmelt Simms mit angespannter Stimme, als er mich zwei Stunden später zu dem wartenden Rolls-Royce geleitet. Das ohrenbetäubende Geräusch der jubelnden Menge wird ein wenig gedämpft, als der Chauffeur die Tür hinter uns schließt.

»Tut mir leid, Ger.« Meine Wangen schmerzen, also wische ich das Lächeln von meinem Gesicht und lasse mich mit einem scharfen Ausatmen nach hinten gegen den Sitz sacken. Ich bin plötzlich über alle Maßen erschöpft. »Ich habe Sie ja gewarnt, dass ich mich nicht an Ihre Vorgaben halten würde.«

Er sieht mich lange an, mit einem undefinierbaren Ausdruck auf seinem Gesicht.

»Was?«, frage ich, da ich den Ausdruck nicht deuten kann.

»Sie. Sie waren …«

Ich ziehe die Augenbrauen hoch. Ich habe noch nie erlebt, dass der biedere, ernste Simms keinen Ton herausbringt. Und … *errötet* er etwa gerade?

Unmöglich.

»Was ich sagen will, ist …« Er räuspert sich. »Ihr Umgang mit der Menge vorhin war ausgezeichnet, Eure Hoheit. Natürlich. Charmant. Wenn auch ein wenig zu ungeschliffen für meinen Geschmack. Ganz abgesehen von der Tatsache, dass

Sie geflucht haben ... Aber alles in allem hätte es schlechter laufen können.«

»Moment mal – haben Sie mir gerade ein Kompliment gemacht, Simms?«

»Seien Sie nicht töricht. Ich habe lediglich die Fakten dargelegt.« Er rückt seine Fliege zurecht und weicht meinem Blick aus. »Sie scheinen ein angeborenes Talent für derlei Dinge zu besitzen. Mit ein wenig Übung könnten Sie sich mit Leichtigkeit beim Volk beliebt machen.«

Die Hölle muss zugefroren sein. Das ist die einzige Erklärung dafür, dass dieser Mann – einer von Octavias wichtigsten Verbündeten – tatsächlich etwas *gutheißt*, was ich getan habe.

»Allerdings muss ich sagen, die Tatsache, dass Sie ein antikes und so kostbares Diadem an ein Kind verschenkt haben, das es lediglich zu Verkleidungszwecken tragen kann ...« Er schüttelt missbilligend den Kopf. »... war höchst unratsam, Eure Hoheit.«

Und damit kehrt das Universum in seine gewohnten Bahnen zurück. Simms betrachtet mich wieder mit seinem typischen wichtigtuerischen Missfallen, und ich bin wieder die unbesonnene, ungehobelte Thronfolgerin, die er nicht ausstehen kann.

Ich lächle in mich hinein, während wir zurück zum Waterford-Palast fahren, und stelle mir vor, wie das arme kleine Mädchen, das in meiner alten Nachbarschaft wohnt, mit seiner Mom Prinzessin spielt und dabei ein kostbares Diadem auf dem Kopf trägt. Simms mag das nicht gutheißen, aber ...

Das ist *meine* Art von Happy End.

Die Fahrt dauert ungefähr zwanzig Minuten. Wir verbringen sie schweigend. Simms geht auf seinem Handy seine E-Mails durch, und ich starre geistesabwesend aus dem Fenster und lasse die letzten zwei Stunden erneut in meinem Kopf Revue passieren.

Trotz meiner ursprünglichen Vorbehalte, an den Feierlichkeiten zum Volkstrauertag teilzunehmen, war es nicht mal ansatzweise so unangenehm, wie ich gedacht hätte. Nachdem ich die öffentliche Rede erst einmal hinter mich gebracht hatte, konnte ich die Gespräche mit den Militärangehörigen im aktiven Dienst, die Treffen mit den verwundeten Soldaten in dem hochmodernen Labor für Prothesen und Robotertechnik sowie den Rundgang mit dem Veteranenminister durch das neue Trauma-Behandlungszentrum tatsächlich genießen.

Vor zwei Semestern habe ich im Rahmen meines Praktikums für klinische Psychologie mit Patienten, die an posttraumatischen Belastungsstörungen litten, gearbeitet und mich außerdem mit dem Thema Selbstmordprophylaxe auseinandergesetzt. Dadurch konnte ich unmittelbar erfahren, wie wichtig es ist, nicht nur körperliche, sondern auch seelische Verletzungen zu behandeln. Unsere Soldaten müssen Zugang zu emotionaler Unterstützung, Gruppentherapiesitzungen und Verarbeitungsmechanismen haben ... zu allem, was sie brauchen, um gegen die Dämonen anzukämpfen, die ihnen allzu oft vom Schlachtfeld bis nach Hause folgen.

Zu sehen, wie das Geld des Königshauses für einen guten Zweck genutzt wird, anstatt für unnötige Zurschaustellungen von Glanz und Gloria verschwendet zu werden, fühlte sich unglaublich gut an. Dieses Erlebnis führte auch dazu, dass ich darüber nachzudenken begann, welche *anderen* wohltätigen Zwecke ich mithilfe meiner neu gewonnenen Position als Kronprinzessin unterstützen könnte. Ich mag zwar gegen meinen Willen in diese Position gedrängt worden sein ... aber da ich nun einmal hier bin ...

Kann ich ebenso gut etwas Gutes tun.

Die Rädchen in meinem Kopf drehen sich unermüdlich, während ich radikale Ideen austüftele. Plötzlich verlangsamt sich das Tempo unserer Autokolonne auf Schrittgeschwindigkeit, und dann bleiben wir schließlich ganz stehen. Und zwar so abrupt, dass ich gegen den Sicherheitsgurt gepresst werde und Simms' Handy auf dem mit Teppich ausgelegten Boden der Limousine landet. Ich habe das Gefühl, dass wir bereits zurück beim Palast sein müssten … bis ich aus dem Fenster schaue …

Wir parken am Rand des Anwesens auf der schmalen Straße direkt vor dem Haupttor. Verwirrt recke ich den Hals, um durch die getönte Scheibe zu erkennen, was vor sich geht.

»Warum in aller Welt haben wir angehalten …?«

Simms' Frage verliert sich in einem leisen Zischen. Ich spüre, wie auch mir die Luft aus der Lunge weicht, während ich die Szene verarbeite, die sich um uns herum abspielt. Galizia und mehrere andere Wachen sind aus ihrem gepanzerten schwarzen SUV gestiegen und versuchen, die Straße frei zu machen – die offenbar von einer Gruppe Demonstranten blockiert wird.

Mein Herz beginnt zu rasen.

Es müssen zwei Dutzend von ihnen sein. Ihre Gesichter sind zur Hälfte mit Tüchern verdeckt, und sie tragen alle Schwarz. Vorne auf ihren Oberteilen prangt ein weiß-rotes Symbol, das ich aus der Ferne nicht richtig erkennen kann. Sie marschieren auf und ab und recken im Takt ihrer Rufe Schilder in die Luft. Trotz des dicken, kugelsicheren Glases, das uns trennt, sind sie so laut, dass ich jedes Wort ihres eingängigen Slogans hören kann.

»IST DIE MONARCHIE VORBEI,
IST CAERLEON ENDLICH FREI!
LANCASTERS WOLLTEN WIR NIE,
WIR WOLLEN EINE DEMOKRATIE!«

Es dauert nicht lange, bis sie meine Limousine entdecken und erkennen, dass sich darin ein Mitglied der Königsfamilie befindet. Sofort richtet sich ihre Aufmerksamkeit darauf. Mein Puls rast, als sie näher kommen und ihre Rufe immer lauter werden, während sie wie verrückt ihre Schilder schwenken. Bereits im nächsten Moment sind wir von allen Seiten umzingelt – ein Meer aus Wut umgibt uns wie eine unerwartete Flut.

»Bleiben Sie zurück!«, brüllt Galizia mit weit ausgebreiteten Armen, als könnte sie eigenhändig dreißig Demonstranten abwehren. Sie und die anderen Wachen haben eine menschliche Mauer um unsere Limousine gebildet. Ich starre durch mein Fenster auf ihre Schulterblätter und frage mich, wie es ihr gelingt, sie selbst in einer Krisensituation so bemerkenswert ruhig zu halten.

»Ich sagte: *BLEIBEN SIE ZURÜCK!*«

Unsere Wachen versuchen ihr Bestes und tun genau das, wofür sie ausgebildet wurden, aber sie sind eklatant in der Unterzahl. Der kleine Puffer aus Abstand, den sie errungen haben, ist nun alles, was unseren Rolls-Royce von den Demonstranten trennt. Zwei Meter, mehr nicht.

Aus dieser Nähe kann ich die Gesichter der Demonstranten deutlicher erkennen und auch das Symbol auf ihren Oberteilen ausmachen. Es ist das Lancaster-Wappen – der doppelköpfige Löwe –, das von einem blutroten Schwert sauber in der Mitte durchgeteilt wird. Die Symbolik entgeht mir nicht.

Tod der Monarchie.

Ein besonders kühner Demonstrant hechtet auf die Limousine zu und schwenkt inbrünstig sein Schild. Als Reaktion darauf legen mehrere Wachen die Hände an die Holster – eine deutliche Warnung, dass er nicht näher kommen sollte.

»Wenn Sie dieses Fahrzeug berühren, werden Sie verhaftet!«, ruft Galizia. Ihre Stimme hallt über die anhaltenden

Sprechgesänge der Demonstranten hinweg. »Ihr Recht auf friedliche Demonstration schließt nicht die Zerstörung königlichen Eigentums ein!«

Ich atme erleichtert aus, als die Demonstranten ein paar Schritte zurückweichen. Bislang bleiben sie auf Abstand.

Aber wie lange noch?

»IST DIE MONARCHIE VORBEI, IST CAERLEON ENDLICH FREI!« Sie stoßen ihre Sprechgesänge aus, und ihre Augen brennen sich mit einer seit ewigen Zeiten angestauten Feindseligkeit durch die getönten Scheiben. »LANCASTERS WOLLTEN WIR NIE, WIR WOLLEN EINE DEMOKRATIE!«

»Mein Gott, was für eine Dreistigkeit!«, schnauzt Simms, aber seine Stimme zittert. »Man sollte sie alle ins Gefängnis werfen ...«

Ich werfe ihm einen Blick zu. »Streng genommen haben sie nicht Illegales getan, Simms.«

Er schnaubt. »*Noch* nicht.«

Meine Knie zittern vor nervöser Anspannung, als ich aus meinem Fenster auf die ausweglose Situation starre – auf das aufgewühlte Meer aus Demonstranten und die standhaften Wachen mit ihren steinernen Mienen. Es ist nur eine Frage der Zeit, bis sie aufeinanderprallen. Es ist nur eine Frage der Zeit, bis ...

Ein Scheppern ertönt.

Das plötzliche metallisch knirschende Geräusch sorgt dafür, dass die Zeit für einen Augenblick einzufrieren scheint. Alle drehen sich herum, um zu sehen, was passiert ist – sowohl die Wachen als auch die Demonstranten. Ich kann durch die dichte Menge nichts erkennen, also brauche ich einen Augenblick, um zu begreifen, dass das scheppernde Geräusch vom Schlosstor herrührt, das langsam aufschwingt.

Jemand kommt heraus.

Die Demonstranten weichen von der Limousine zurück, und durch eine Lücke in der Menge entdecke ich etwas, das dafür sorgt, dass sich mein Magen verkrampft.

Nein.

Nein, nein, nein.

Ein komplettes Kontingent der Königsgarde marschiert auf die Straße hinaus. Sie tragen schwarze Kampfanzüge, Helme und Stahlkappenstiefel. Sie haben ihre Waffen nicht gezogen, aber sie haben schwere Schutzschilde und Schlagstöcke bei sich, während sie sich den Demonstranten nähern.

Was.

Zum.

Teufel?

Das müssen an die hundert Mann sein. Es ist eine eindeutige Machtdemonstration – so als würde man einen Feuerwehrschlauch einsetzen, um eine Kerze zu löschen.

»*Bane*, Sie verdammter Idiot«, murmle ich finster.

»Eure Hoheit! Achten Sie auf Ihre Ausdrucksweise!«

Ich ignoriere Simms und behalte das Geschehen draußen am Tor fest im Blick. »Was in aller Welt *denkt* er sich nur dabei? Soll er nicht angeblich so eine Art Taktikexperte sein?«

»Ich verstehe nicht, was Ihr Problem ist, Prinzessin. Unsere Soldaten sind hier, um dieser lächerlichen Ansammlung aus undankbaren und gewaltbereiten Bürgern ein Ende zu machen ...«

»Aber so deeskaliert man keinen Konflikt.« Ich schüttle den Kopf. »Das ist das genaue *Gegenteil* von dem, was man tun sollte.«

Herrgott, ich bin zwar nur eine verdammte Studentin, aber sogar *ich* weiß, dass das Aufmarschieren in Kampfausrüstung die sicherste Methode ist, um eine friedliche Demonstration in einen handfesten Krawall zu verwandeln. Das ist so sicher wie das Amen in der Kirche. Wenn man jemanden wie einen Verbrecher behandelt, dann wird er sich auch wie einer benehmen.

Bane hat gerade Benzin auf die Funken geschüttet, die er löschen wollte.

Der Anblick der Kampftruppe zeigt sofort Wirkung – die Unruhe der Demonstranten erreicht ihren Höhepunkt. Ich kann die Veränderung in der Luft spüren, die plötzliche Gewaltbereitschaft, die sich unter den Demonstranten breitmacht. Die Sprechchöre werden zunehmend aggressiver, während die Demonstranten der herannahenden Einheit übelste Beleidigungen entgegenschleudern.

FASCHISTENSCHWEINE!

TOD DER MONARCHIE!

LANCASTER-ABSCHAUM!

Mein Herz hämmert gegen meine Rippen, während ich beobachte, wie sie mit den Mittelfingern wedeln und ihre Augen über den Tüchern vor ihren Gesichtern wütend aufblitzen. Als sich der Abstand zwischen den beiden Gruppen verringert, werfen sie mit ihren selbst gebastelten Schildern nach den Soldaten – dünne Pappgeschosse, die an den Schutzschilden abprallen und zu Boden fallen, nur um unter einem Ansturm aus schweren Stiefeln zerdrückt zu werden.

Bitte, um Himmels willen, niemand soll eine Waffe abfeuern oder Tränengas einsetzen, denke ich und atme kaum. *Bitte, niemand soll dafür sorgen, dass die Situation noch weiter eskaliert.*

Meine Gebete werden erhört. Die Demonstranten scheinen zu erkennen, dass sie diesen Kampf nicht gewinnen können – zumindest nicht heute –, und ziehen sich endlich zurück. Sie entfernen sich langsam von der Autokolonne und verteilen sich auf dem Bürgersteig.

Die Einsatzkräfte folgen ihnen auf Schritt und Tritt und lösen ihre Marschformation auf, um Schulter an Schulter die Straße zu säumen. Sie bilden einen Schutzwall um unsere Limousine, der sich bis zum Tor erstreckt. Ihre Schilde haben sie immer noch erhoben, für den Fall, dass die Demonstranten erneut versuchen sollten, auf die Straße zu strömen, um uns abermals zu umzingeln.

Für einen Augenblick herrscht angespannte Stille, während sich die beiden gegnerischen Seiten gegenüberstehen – Demonstrationsplakat gegen taktischen Einsatzschild, simples Stoffoberteil gegen Kampfausrüstung, Halstuch gegen kugelsicheren Helm – und sich einfach nur anstarren. Ich werde irgendwie das Gefühl nicht los, dass wir auf dem Rand eines Pulverfasses balancieren und dabei eine Schachtel Streichhölzer in den Händen halten. Eine falsche Bewegung auf einer der beiden Seiten ... und alles wird in die Luft fliegen.

Bitte, bitte, bitte, bete ich und bohre die Fingernägel in meine Handflächen. *Niemand soll etwas Dummes tun.*

Galizia gibt unserem Chauffeur ein Zeichen, schaut dann direkt auf mein Fenster und nickt beruhigend, obwohl sie mich durch die getönte Scheibe nicht sehen kann. Sie weiß, dass ich alles im Blick habe.

Jetzt ist alles gut, Prinzessin.

Mir ist nicht klar gewesen, dass ich den Atem angehalten habe, bis ich ausatme, als sich die Limousine wieder in Bewegung setzt. Meine Erleichterung ist jedoch nur oberflächlicher Natur. Innerlich frisst mich meine wachsende Besorgnis förmlich auf.

Für den Augenblick mögen wir in Sicherheit sein, aber dem, was ich gerade erlebt habe, nach zu urteilen ... wird dieses Problem nicht so bald aus der Welt geschaffen sein. Selbst durch die Barriere aus Schutzkräften kann ich die Blicke der wütenden Augenpaare spüren, die vermutlich alle auf mein Fenster gerichtet sind. Ihr Hass ist mit Händen greifbar und so stark, dass er mich förmlich verschlingen könnte.

Tod der Monarchie!

Simms seufzt, als wäre das alles nur eine kleine Unannehmlichkeit. »Lassen Sie sich von denen nicht beeindrucken, Eure Hoheit. Diese radikalen Gruppen machen immer mal wieder auf sich aufmerksam.« Er schüttelt missbilligend den Kopf, aber seine Aufmerksamkeit ist bereits wieder auf die Inhalte seines E-Mail-Postfachs gerichtet. »Sie werden zurück in ihre Löcher kriechen, wenn ihnen klar wird, dass solche Aktionen nur törichte Zeitverschwendung sind. Sie werden schon sehen.«

Ich wünschte, dass ich seinen Mangel an Besorgnis teilen könnte.

Ich wünschte, dass mir der Anblick dieser Männer, die lautstark nach meiner Auslöschung verlangt haben, keine kalten Schauer der Vorahnung über den Rücken jagen würde.

Ich wünschte, dass ich ignorieren könnte, wie sich mir vor lauter Angst der Magen zusammenkrampft, sobald ich mir vor Augen führe, dass meine Wachen töten können – und werden –, um mich zu beschützen.

Aber vor allem wünschte ich, dass ich mir die Demonstranten, die unsere Limousine umzingelt haben, nicht ganz so genau angeschaut hätte. Ich wünschte, dass ich nicht den wirren Blondschopf ganz vorne in der Menge erkannt hätte oder die vertrauten braunen Augen, die über einem schwarzen Tuch direkt in meine Richtung geblickt haben, oder die breiten Schultern, die in dem Anti-Lancaster-Shirt steckten.

Doch ich habe das alles erkannt.

Ich würde meinen besten Freund überall erkennen, auch wenn das hier der letzte Ort auf der Welt ist, an dem ich ihn erwartet hätte.

Owen, denke ich hilflos, als das Schlosstor scheppernd hinter der Autokolonne zufällt und mich sicher in meinem goldenen Käfig einschließt. *Oh, Owen …*
Was in aller Welt hast du getan?

8. KAPITEL

»*HILFE! BITTE, JEMAND MUSS UNS HELFEN!*«

Tränen strömen über meine Wangen und verschmieren mein Make-up zu Streifen. Ich rühre mich nicht und wische sie auch nicht weg. Meine Hände liegen auf Linus' Brust und schütteln ihn.

»*WACH AUF! DU MUSST AUFWACHEN!*«

Ich hinterlasse blutige Handabdrücke auf seinem weißen Smokinghemd.

Sein Keuchen wird schwächer.

Seine Augen werden glasig.

Ihn dort liegen zu sehen – mit schlaffem Kiefer und leerem Blick – treibt einen Schrei aus den Tiefen meiner Seele. Er hallt im Thronsaal wider, ein Klagelaut des Schmerzes, der ...

»Emilia!«

Ich schlage um mich, immer noch halb in dem Traum gefangen, und spüre, wie meine Faust gegen etwas Hartes stößt.

»Au! Verdammt!«

Meine schrillen Schreie lassen nicht nach, während sich weiterhin Bilder vor meinen Augen abspielen. Blut und Tod und Schrecken.

»Emilia, *wach auf!*«, befiehlt die raue Stimme. Starke Hände umfassen meine Handgelenke und halten meine zappelnden Gliedmaßen davon ab, noch mehr Schaden anzurichten. Im

Halbschlaf bekomme ich nur vage mit, wie mein Körper gegen etwas Festes gelehnt wird.

»Verdammt, Emilia.« Er hält kurz inne, und seine Stimme wird leiser. »Du machst mir Angst, Schätzchen. Wach auf.«

Ein gequältes Wimmern entringt sich meiner Kehle, als ich endlich zu mir komme. Mein Herz hämmert an meinen Rippen wie eine wilde Kreatur, die verzweifelt ihrem Käfig zu entrinnen versucht. Meine Haut ist gerötet und verschwitzt, mein Atem geht zu schnell, um meine Lunge angemessen zu füllen. Ich spüre, dass mich zwei Arme umschlungen halten. Mit einem gedämpften Keuchen wird mir klar, dass ich auf Carters Schoß sitze und mein Rücken fest an seine breite Brust gepresst ist.

»Carter?« Ich klinge wie ein verirrtes kleines Mädchen – eine Hülle meiner selbst.

»Schhh«, murmelt er. »Alles gut. Ich bin bei dir.«

Mein Körper erschlafft, als die ganze Anspannung mit einem Mal von mir abfällt. Tränen laufen über meine Wangen und tropfen auf meine Brust. Als ich die Hand heben will, um sie wegzuwischen, stelle ich fest, dass Carter immer noch meine Handgelenke umklammert hält.

Er lässt mich sofort los, und seine Hände sinken auf die Bettdecke. »Du hast um dich geschlagen. Ich hatte Angst, du würdest dich verletzen …«

»Danke«, flüstere ich und wische mir mit zitternden Fingern übers Gesicht. »*Wieder einmal.*«

Er erwidert nichts.

Ich sitze immer noch auf seinem Schoß. Ich weiß, dass ich das nicht tun sollte, aber ich habe irgendwie noch nicht die Kraft dafür aufbringen können, um mich zu erheben. Der Albtraum hat mich erschöpft – emotional wie körperlich. Und es fühlt sich so gut an, seinen Körper an meinem zu spüren. Seine

Hitze und seine Stärke aufzusaugen, bis sich die Schreckensbilder, die durch meinen Kopf jagen, in Dunst aufgelöst haben.

Mein Seufzen ist kaum hörbar. »Ich dachte, dass du mich beim nächsten Mal schreien lassen wolltest.«

Carter schweigt eine ganze Weile. »Das dachte ich auch.«

Ich danke ihm nicht dafür, dass er es sich anders überlegt hat, und er erklärt auch nicht, warum er seine Meinung geändert hat. Bevor ich es mir anders überlegen kann, lasse ich den Kopf nach hinten gegen seine Schulterbeuge sinken. Meine rechte Hand landet flach auf seiner Brust, direkt oberhalb seines Herzens. Ich kann es unter meiner Handfläche donnern spüren, und die Geschwindigkeit passt zu meinem rasenden Puls. Ich schließe die Augen und versuche, meinen flatternden Atem zu normalisieren.

Ich könnte ebenso gut an einer Statue lehnen, denn Carter hinter mir rührt sich nicht. Ein Mann, der aus Marmor und stahlharter Entschlossenheit gemeißelt wurde. Ich kann die Anspannung spüren, die jeden Muskel in seinem Körper zum Beben bringt, während mein Körper entspannt und total ausgelaugt ist.

Ich bin mir fast sicher, dass er mich von sich stoßen wird, um mich in der Dunkelheit zurückzulassen, wo ich mich meinen Dämonen allein stellen muss. Doch dann ... nach einer gefühlten Ewigkeit ... legt er mit einem schweren Seufzen, bei dem sich sein Brustkorb hebt, seine Hand auf meinen Kopf. Ich bin wie erstarrt, als er anfängt, mein Haar zu streicheln, genau wie meine Mom es stets machte, um mich als Kind zu trösten, wenn ich krank war oder vor irgendetwas Angst hatte.

Es ist fast schon komisch – wir haben seit Wochen nicht mehr richtig miteinander gesprochen. Tatsächlich bin ich mir ziemlich sicher, dass er mich für alles, was zwischen uns passiert ist, hasst. Für all die Worte, die unausgesprochen geblieben sind, für all die Entschuldigungen, die wir nie ausgesprochen haben. Aber mit jedem beruhigenden Streicheln seiner Hand fühle ich mich ein bisschen besser.

Ich weiß nicht, wie lange wir so sitzen bleiben. Lange genug jedenfalls, um meine Atmung zu beruhigen. Lange genug, dass ich nicht mehr zittere. Lange genug, um das bisschen Kraft, das mir noch geblieben ist, aus meinen Gliedern sickern zu lassen.

Die Anspannung des gestrigen Tages hat mich offiziell eingeholt – die Rede, die ich gehalten habe, die Demonstranten auf der Straße, der Anblick meines ehemals besten Freundes in ihren Reihen … Ich bin komplett ausgelaugt. Leer wie eine Trommel. Ich habe keine Willenskraft mehr, um gegen meine eigene schmerzhafte Realität anzukämpfen. Der Blutstrom in meinen Venen ist schwach und stockend.

Kann ich für immer hierbleiben?

Sicher und beschützt in Carters Armen?

Träume zerren erneut mit schweren Klauen an mir und begraben mich unter sich. Ich bin an seiner Brust halb eingeschlafen, als ich mit kaum vernehmbarer Stimme seinen Namen murmle.

»Was ist los, Emilia?«

»Bitte … Bitte verlass mich nicht.«

Seine Hände erstarren. Ich höre, wie er scharf einatmet.

Bevor er Gelegenheit hat, etwas zu erwidern, bevor ich etwas sogar noch Dümmeres sagen kann … schlafe ich gnädigerweise ein. Das Letzte, was ich höre, als ich mich dem Schlaf ergebe, ist eine tiefe, raue Stimme.

Ein einzelnes Wort.

Ein Wort, bei dem ich mir nicht mal sicher bin, ob es echt oder der Splitter eines Traums ist.

»Niemals.«

Als ich am nächsten Morgen aufwache, liege ich allein in den zerwühlten Laken. Ich setze mich auf und schaue mich nach Hinweisen auf Carter blinzelnd im Zimmer um, finde aber keine.

War er wirklich hier?

War er nur ein Traum?

Diese Frage wird mich nur in den Wahnsinn treiben. Ich klettere aus dem Bett, gehe ins Bad und ziehe auf dem Weg dorthin mein Baumwolltanktop und meine kurze Schlafanzughose aus. Unter der Regendusche lehne ich die Stirn an die gekachelte Wand und schließe die Augen. Es gibt nicht genug heißes Wasser, um das Gefühl wegzuwaschen, in Carters Armen zu liegen. Das Gefühl seiner Hände in meinem Haar. Seiner Stimme in meinem Kopf.

»Niemals.«

Die Erinnerung löst in meinen Nervenenden ein Feuerwerk aus.

Ich schiebe die Gedanken an ihn beiseite und konzentriere mich darauf, mich auf meinen morgendlichen Ausritt vorzubereiten. Es schneit ein wenig, also ziehe ich mich entsprechend an – dicke cremefarbene Leggings, kniehohe Lederstiefel sowie eine maßgeschneiderte schwarze Jacke, die mit Gänsedaunen gefüttert ist. Ich bin auf halbem Weg zur Tür, als jemand anklopft.

Mit hochgezogenen Augenbrauen reiße ich die Tür auf und finde im Flur denselben nervösen Pagen vor, der mir letztens meine Post gebracht hat.

»Sie schon wieder«, sage ich trocken.

Sein Mund klappt auf, während er von einem Fuß auf den anderen tritt. Ich warte darauf, dass er etwas sagt, aber er scheint kein einziges Wort herausbringen zu können.

»Kann ich Ihnen irgendwie helfen oder …?«

»Ja. Ähm. Eure Hoheit …«

Ich ziehe die Augenbrauen hoch.

Er schluckt heftig. »Der … Der …«

»Hey. Wie heißen Sie?«

»Derrick.«

»Okay. Tja, ich werde Sie nun bitten müssen zu atmen, Derrick. Denn wenn Sie vor meiner Tür in Ohnmacht fallen, werde ich die Botschaft, die Sie mir so dringend übermitteln wollen, niemals erhalten.«

Seine Panik verflüchtigt sich ein wenig dank meines scherzhaften Tonfalls. »Ja. Tut mir leid. Der König … König Linus. Er hat um Ihre sofortige Anwesenheit in seinem Arbeitszimmer gebeten.«

Mein Magen rutscht mir in die Kniekehlen. »Sind Sie sicher?«

»Ja, Eure Hoheit.« Er windet sich und sieht aus, als wäre er lieber an jedem anderen Ort auf der Welt, nur eben nicht hier.

Damit sind wir schon zu zweit.

»Danke«, sage ich und seufze resigniert. »Sie können jetzt gehen, Derrick.«

Er verschwindet wie der Blitz den Flur hinunter. Ehrlich gesagt würde ich ihm gerne folgen. Ich bin mir nicht sicher, was Linus von mir will, aber es muss etwas Ernstes sein. Mein Vater und ich verbringen nicht unbedingt zwanglos Zeit miteinander.

Seit dem versuchten Mordanschlag auf ihn habe ich ihn nur zweimal gesehen – einmal im Krankenhaus und einmal an dem Tag, an dem er in den Palast zurückkehrte – und beide Male war er von einem Geschwader aus Ärzten, Assistenten und bewaffneten Wachen sowie seiner bezaubernden Ehefrau umgeben.

Das war nicht wirklich das ideale Szenario, um eine Beziehung zwischen Vater und Tochter aufzubauen.

Seitdem hat er sich in seinen Privatgemächern im Südflügel eingeigelt und empfängt keine Besucher, abgesehen von seinem Leibarzt und natürlich Simms, der ihn über sämtliche Belange des Königshauses auf dem Laufenden hält.

Bezüglich der Frage, wer an seiner Stelle das Land regiert … blitzt Octavias selbstgefällige Miene vor meinem inneren Auge auf, und ich blicke finster drein. Die Vorstellung, dass diese Frau Entscheidungen trifft, die Auswirkungen auf eine ganze Nation haben, ist wahrhaft beängstigend.

Ich habe inständig gehofft, dass Linus seiner Frau die Zügel der Macht wieder aus der Hand nimmt … aber mittlerweile ist bereits ein Monat vergangen, und bislang scheint er damit zufrieden zu sein, an seinem ruhigen Rückzugsort zu verweilen. Ich weiß, dass ich mehr Verständnis aufbringen sollte. Immerhin wäre der Mann beinahe gestorben. Da muss man ihm ein wenig Zeit zugestehen, sich wieder zu erholen – ich wünschte mir nur, dass er nicht *so viel* Zeit brauchen würde, um wieder zu Kräften zu kommen.

Was die Frage betrifft, warum er mich so plötzlich sehen will, muss ich gestehen, dass ich keinen blassen Schimmer habe. Sogar vor dem Attentat auf ihn hätte man unser Verhältnis nicht wirklich als *innig* bezeichnen können. Zu meiner Verteidigung muss ich jedoch sagen, dass man nur schwer ein inniges Verhältnis zu jemandem haben kann, der einen bei der Geburt im Stich gelassen hat und später dazu zwingt, die Rolle der Kronprinzessin einzunehmen, und zwar unter der Drohung, das Zuhause zu verkaufen, in dem man aufgewachsen ist, wenn man sich nicht fügt.

Schöne Zeiten.

Meine Reitstiefel klappern laut auf dem Marmorfußboden, als ich von meiner Suite über den Flur und um eine Ecke gehe, um schließlich eine gewaltige Steintreppe hinunterzusteigen.

Ich höre, wie Galizia hinter mir auftaucht, um mich zu begleiten. Mein treuer Schatten.

»Ich gehe nur zu Linus. Sie müssen mir nicht folgen.«

Sie erwidert nichts.

»Sie sollten mal eine Pause machen. Essen Sie etwas, machen
Sie ein Nickerchen. Entspannen Sie sich ein wenig, Galizia. Ich
meine, Sie können ja ohnehin nicht mit mir hineingehen. Mein
lieber Herr Vater hat um eine *Privataudienz* gebeten, weiß der
Himmel, worum es dabei geht …«

»Ich warte gerne auf dem Flur.«

»Wissen Sie, als ich Sie als meine persönliche Leibwächterin angeheuert habe, meinte ich damit nicht, dass Sie mich auf
Schritt und Tritt rund um die Uhr bewachen müssen. Jetzt mal
im Ernst … gönnen Sie sich nie ein wenig Zeit für sich?«, frage
ich mich hochgezogenen Augenbrauen.

»Ich gönne mir eine Menge Zeit.«

»Wann?«

»Wenn Sie schlafen.«

»Und doch schaffen Sie es in den wenigen Stunden irgendwie, *auch noch* meine Post zu überprüfen, zu trainieren, zu duschen, das Schloss nach Bedrohungen abzusuchen und sich
um Ihr komplettes Privatleben zu kümmern. Wie machen Sie
das?«

»Ich bin effizient.«

»Mh-mh. Klar. Seien Sie ehrlich – Sie sind eine Mischung
aus Mensch und Roboter, die keinen Schlaf benötigt, oder?
Mir können Sie es verraten. Ich bin verschwiegen.«

Wie vorauszusehen, lässt sich Galizia nicht zu einer Antwort herab.

Ich seufze und gehe weiter.

Als wir den Thronsaal durchqueren, vermeide ich es, den gewaltigen Thron anzuschauen, der auf der gegenüberliegenden

Seite des Raums auf einem erhobenen Podest steht und dessen kunstvoll verzierte Oberfläche mit einer geradezu unanständig großen Menge Gold überzogen ist. Ich gehe unter dem bogenartigen Durchgang hindurch und bewege mich in Richtung des antiken Teils des Schlosses – des Südflügels.

Die Steine hier sind älter und ihre Beschaffenheit ist irgendwie gröber. Der Boden unter meinen Stiefeln ist ganz glatt getreten, weil im Laufe von Tausenden von Jahren Tausende von Füßen darübergelaufen sind. Schmale, schlitzförmige Fenster, die gebaut wurden, um mittelalterlichem Beschuss mit Pfeilen standzuhalten, sind in unregelmäßigen Abständen in die Wände eingelassen. Man kann sich ohne Weiteres vorstellen, dass man um die nächste Ecke mit einer in ein Korsett gekleideten Hofdame aus alten, längst vergangenen Zeiten zusammenstößt.

Ich bin erst ein einziges Mal hier gewesen, an dem Tag, an dem Linus nach Hause kam. Damals hatte ich kaum Gelegenheit, mich umzuschauen, da ich auf der einen Seite von Simms und auf der anderen von Lady Morrell eskortiert wurde. Neugier erwacht in mir, als ich durch die verzweigten Flure wandere. Ich bewundere die kunstvoll verzierten Gaslampen, die meinen Weg beleuchten, und luge vorsichtig durch offene Türen.

Galizias Anwesenheit in meinem Schlepptau ist mir vollkommen bewusst, daher versuche ich, meine Schnüffelei nicht zu offensichtlich aussehen zu lassen, während ich die private Bibliothek des Königs, ein Billardzimmer sowie einen Salon voller antiker Waffen passiere. Irgendwann finde ich mich vor zwei schweren Eichentüren ganz am Ende des Korridors wieder. Die Türknäufe sind wie Löwenköpfe geformt. Das Gleiche gilt für den kunstvollen Klopfer, der in das Holz eingelassen ist.

Ich hebe eine Hand, um den Klopfer gegen die dafür vorgesehene Platte zu schlagen. Die Tür öffnet sich beinahe umgehend. Ein Diener mit weißen Handschuhen zieht sie auf, um mir Zugang zum Allerheiligsten meines Vaters zu gewähren. Ich trete über die Schwelle und schaue mich im Zimmer um. Es ist ein beeindruckendes Arbeitszimmer – die Bücherregale reichen vom Boden bis zur Decke, die riesigen Fenster bieten eine Aussicht auf die bewaldeten Außenanlagen, und ein riesiger Schreibtisch dominiert den Raum.

Zu meiner Überraschung sitzt Linus nicht dahinter. Stattdessen thront er auf einem rotbraunen Ohrensessel am prasselnden Kaminfeuer. Er hat ein Plaid über den Knien und einen dicken Stapel Papiere auf dem Schoß.

»Emilia! Komm herein, komm herein.«

Ich versuche, mir meinen Schock nicht anmerken zu lassen, als ich auf ihn zugehe, aber es fällt mir schwer, meine Emotionen unter Kontrolle zu halten. Da er schon dreiundsiebzig ist, habe ich ihn nie als ein Inbild perfekter Gesundheit wahrgenommen … Aber jetzt, dort am Feuer, sieht er so furchtbar gebrechlich aus. So unglaublich anders als der Mann, dem ich vor nur wenigen Wochen zum ersten Mal begegnet bin.

»Ich würde ja aufstehen, um dich zu begrüßen, aber …« Seine Worte verlieren sich in einem Hustenanfall.

Ich lasse mich auf den Sessel sinken, der seinem gegenübersteht, und bin mir nicht sicher, was ich sagen soll.

Er lässt den Blick zur Tür schweifen. »Charles, Sie dürfen gehen. Es sei denn …« Er schaut wieder zu mir. »Hättest du gern einen Tee? Oder Kaffee?«

Ich schüttle den Kopf.

»Dann benötigen wir Ihre Dienste momentan nicht, Charles. Bitte sorgen Sie dafür, dass uns niemand stört.«

Die Tür schließt sich mit einem entschiedenen Klicken, und wir sind allein. Für einen kurzen Moment ist das einzige Geräusch im Zimmer das Knistern der Holzscheite im Kamin.

Ich räuspere mich heiser. »Du siehst gut aus.«

Der Anflug eines Lächelns huscht über seine Lippen. »Und du bist eine Lügnerin.«

»Nein, ich …«Ich verstumme. Er weiß, dass ich nicht die Wahrheit sage. Es hat keinen Zweck, die Fassade länger aufrechtzuerhalten. »Wie fühlst du dich?«

»Wie ein schwacher, alter Mann, wenn du es unbedingt wissen willst.«

Ich verziehe das Gesicht.

»Verschwende deine Sorgen nicht an mich, Emilia. Mit meiner Gesundheit steht es schon eine ganze Weile nicht mehr zum Besten. Lange bevor jemand beschloss, meinen Champagner mit einer Dosis Curare zu versehen.«

»Curare?«

»Das ist ein Gift. Normalerweise ist es tödlich. Ich hatte Glück.«

»An deiner Definition von ›Glück‹ muss ein wenig geschraubt werden.«

Seine Lippen zucken. »Das stimmt.«

»Gibt es immer noch keine Hinweise darauf, wer hinter dem Anschlag stecken könnte?«

Er schüttelt den Kopf. »Bane versichert mir, dass sie mit Hochdruck nach einer Lösung suchen. Aber bislang haben sie keine gefunden.«

»Glaubst du, dass es zwischen der Person, die versucht hat, dich zu töten, und demjenigen, der das Feuer gelegt hat, in dem König Leopold und Königin Abigail ums Leben gekommen sind, irgendeine Verbindung gibt?«

»Ich denke, dass es töricht wäre, diese Möglichkeit auszuschließen.« Er hustet erneut – es ist ein feuchtes, scheußliches Geräusch, und sein ganzer Körper verkrampft sich. Ich versuche, nicht zusammenzuzucken, während ich darauf warte, dass er weiterspricht. »Wenn es sich tatsächlich um dieselbe Person handelt, habe ich keinen Zweifel, dass sie erneut zuschlagen wird. Das Motiv ist offensichtlich – es geht darum, das Haus Lancaster ein für alle Mal auszulöschen. Und wenn man bedenkt, dass mein Bruder unter der Erde ist, Prinz Henry immer noch mit schweren Verbrennungen im Koma liegt und ich ebenfalls stark geschwächt bin … scheint der Täter bislang erschreckend erfolgreich zu sein.«

Mir läuft ein Schauer über den Rücken.

»Deswegen habe ich dich herbestellt, Emilia.« Er zieht die Augen zusammen und sieht mich an. »Ich habe mit Octavia gesprochen …«

»Ah, dann ist ja alles gut.«

»Emilia. Bitte. Ich bin nicht so naiv zu glauben, dass du und meine Frau euch je verstehen werdet. Allerdings hoffe ich, dass ihr zwei mit der Zeit lernen werdet, einander zu respektieren. Wenn auch nur widerwillig.«

»Ich würde mir nicht allzu große Hoffnungen machen, wenn ich du wäre.«

»Auch wenn es dir nicht so vorkommen mag, tut Octavia stets das, was sie für das Beste für die Familie hält. Sie würde alles tun, um das Vermächtnis der Lancasters zu schützen.«

»Egal wer dabei überrollt wird?« Ich schüttle den Kopf. »Das einzige Mitglied dieser *Familie*, das ihr wichtig ist, ist sie selbst. Die Dinge, die sie getan hat – die sie mir oder ihren eigenen Kindern angetan hat …«

Seine Stimme wird schärfer. »Was hat sie dir angetan?«

Ich schüttle den Kopf, da ich ihn nicht belasten will, solange er in diesem Zustand ist. »Die genauen Einzelheiten spielen keine Rolle, aber das ändert nichts an den Tatsachen: Sie will mich *loswerden*, und sie wird alles tun, um dieses Ziel zu erreichen.«

»Das ist einfach nicht wahr, Emilia.«

»Ja, okay.« Ich verdrehe die Augen gen Himmel. »Du hast mich überzeugt.«

Linus seufzt. »Sie kam zu mir, weil sie sich Sorgen um dich macht.«

Ich schnaube. *Laut.*

»Sie wollte mich wissen lassen, dass du dich mit den Wachen, die dir aktuell zugeteilt sind, nicht sicher fühlst. Dass du darauf bestanden hast, dir eine eigene Einheit zusammenzustellen. Und sie ist nicht die Einzige, die mich auf diesen Umstand hingewiesen hat.«

»Lass mich raten – Bane ist hier gewesen, um ebenfalls seine tiefe Zuneigung zu mir zum Ausdruck zu bringen? Im Ernst, die beiden sollten darüber nachdenken, einen offiziellen Emilia-Fanclub zu gründen ...«

»Er war ziemlich aufgebracht.« Linus führt seine gefalteten Hände an den Mund. »In all den Jahren, die ich ihn nun schon kenne, habe ich ihn noch nie so erlebt.«

»Ich neige dazu, auf frauenfeindliche, machthungrige Kleingeister diese Wirkung zu haben.«

Er stößt ein bellendes, raues Lachen aus.

»Ich schätze, dass du das ebenfalls für eine absurde Idee hältst, oder?«, frage ich mit Verbitterung in der Stimme. »Meine Prinzessinnengarde?«

»Im Gegenteil. Ich unterstütze sie voll und ganz.«

Ich ziehe die Augenbrauen hoch. »Ach wirklich?«

»Ja.« Um seine grünen Augen herum bilden sich Falten, als er lächelt. »Ich will unbedingt, dass du dich in diesem Palast sicher fühlst, Emilia. Ich habe von der Sache mit den Demonstranten draußen vor dem Tor gestern gehört. Und ich weiß, dass meine Krönung nicht so gelaufen ist wie geplant ...«

Wieder schnaube ich. »Das könnte man so sagen.«

»Ich weiß, dass dir die Sicherheitsvorkehrungen übertrieben vorkommen müssen. Dass du das Gefühl haben musst, eingesperrt zu sein, um es milde auszudrücken. Aber ich will nicht, dass du dich hier wie eine Gefangene fühlst. Ich will, dass du dich fühlst … nun ja, als wäre das hier dein Zuhause.«

Zuhause?

Ich lache beinahe.

Mein Zuhause ist ein heruntergekommenes zweistöckiges Haus in der Peach Street in Hawthorne mit einem verblichenen Briefkasten, auf dem in Moms schräger Handschrift LENNOX geschrieben steht. Mein Zuhause ist eine ausgeleierte Matratze in einem blauen Schafzimmer mit knarrenden Bodendielen und schlechter Wärmedämmung, das kaum größer als ein Kleiderschrank ist. Mein Zuhause ist direkt neben dem der Hardings, in deren Garten ich viele Nachmittage damit verbracht habe, mit einem blonden Jungen, den ich einst als meinen besten Freund bezeichnet habe, in einem Baumhaus zu sitzen.

Dieses kalte Steinschloss wird niemals mein Zuhause sein.

Linus muss mir die Gefühle von meinem Gesicht abgelesen haben, denn er seufzt erneut. »Ich hatte gehofft, dass du hier nicht vollkommen unglücklich sein würdest. Wie ich sehe, habe ich mich geirrt.«

Schuldgefühle überkommen mich. »Es ist nicht so, dass ich unglücklich bin. Ich bin nur … ein wenig gelangweilt.«

»Aber ich habe gehört, dass du fast jeden Tag mit Hans ausreitest. Und du hast deine Stiefgeschwister als Gesellschaft. Ich dachte, dass du dich gut mit Chloe und Carter verstehst.«

Wenn du nur die Hälfte wüsstest …

»Ich verstehe mich gut mit ihnen, aber sie sind mit ihrem eigenen Leben beschäftigt. Außerdem bin ich mit meiner Kursarbeit für dieses Semester fertig. Ich schätze, dass ich mir ohne diese Aufgabe ein wenig nutzlos vorkomme.« Ich kaue auf meiner Unterlippe herum. »Du musst das verstehen – ich habe dreieinhalb Jahre auf *ein einziges* Ziel hingearbeitet. Ich wollte Psychologin werden. Und jetzt hat das, was ich tue, keinerlei Bedeutung mehr. Nichts, was ich tue, dient irgendeinem Zweck oder hat irgendwelche Konsequenzen.«

»Das stimmt einfach nicht.«

Linus greift nach der Zeitung, die neben ihm auf dem Beistelltisch liegt. Mit einem sanften Lächeln hält er sie mir hin. Nach kurzem Zögern strecke ich meine Hand aus und greife danach. Ich reiße die Augen auf, als ich die fett gedruckte Schlagzeile auf der Titelseite lese.

DIE PRINZESSIN DES VOLKES:
IHRE KÖNIGLICHE HOHEIT EMILIA BEZAUBERT
DIE MENGE BEI DEN FEIERLICHKEITEN ZUM
VOLKSTRAUERTAG

Unter der Überschrift befindet sich ein Farbfoto von mir, wie ich auf der Straße hocke und durch die Absperrung greife, um Annie mein Diadem aufzusetzen. Weiter unten entdecke ich ein anderes Foto, das mich während meiner Rede auf dem Podium zeigt. Den Ausdruck auf meinem Gesicht habe ich so noch nie bei mir gesehen – er ist voller Leidenschaft. Voller Energie und nicht zu leugnendem Enthusiasmus.

Ich erkenne mich kaum wieder.

Ich blättere die Seite um und finde eine ganze Reihe von Fotos, wie ich durch die Flure des Krankenhauses gehe. Wie ich die Hand eines Veteranen aus dem Zweiten Weltkrieg schüttle. Wie ich im Traumazentrum aufmerksam einem Experten für posttraumatische Belastungsstörungen lausche. Selbst ein oberflächlicher Blick auf den dazugehörigen Artikel reicht aus, um mir zu verraten, dass hier ein extrem schmeichelhaftes Porträt von Caerleons neuestem Mitglied der königlichen Familie verfasst wurde.

»Du siehst also«, murmelt Linus, »dass deine Handlungen sehr wohl Bedeutung haben, und zwar für sehr viele Menschen. Du erfüllst einen Zweck, Emilia. Er mag einfach nur anders sein als der, den du zuvor für dich ausgewählt hattest.«

Mein Herz verkrampft sich. Ich schaue zu ihm hoch und fühle mich verwirrter als je zuvor. »Aber … das hier? Politik und Prinzessinnenpflichten? Ich habe keine Ahnung von dem, was ich tue.«

»Ganz genau. Deswegen lieben sie dich.«

Ich falte die Zeitung zusammen und lege sie beiseite, damit ich mir die Fotos nicht länger ansehen muss. »›Lieben‹ erscheint mir ein wenig übertrieben.«

Tatsächlich wäre »hassen« deutlich angemessener – vor allem in den Kreisen gewisser Monarchiegegner, wie ich erst gestern am eigenen Leib erfahren durfte. Ich frage mich nur, warum es in der Zeitung keine Fotos von *dieser* charmanten Episode mit der Menge gibt.

Unter normalen Umständen würde ich Linus vielleicht danach fragen – wie oft solche Proteste vorkommen, ob er irgendeine Möglichkeit hat, Banes exzessive Gewalteinsätze zu zügeln, ob es irgendwelche Möglichkeiten gibt, die Konflikte mit den Monarchiegegnern zu lösen. Aber als ich beobachte, wie er immer wieder schwach in sein Taschentuch hustet, verwerfe ich diesen Gedanken, weil ich ihm nicht noch zusätzliche Qualen bereiten will.

»Emilia.« Mein Vater räuspert sich und verzieht das Gesicht, so als hätte bereits dieses schwache Hüsteln große Schmerzen bei ihm ausgelöst. »Ich denke, dass du vergisst, dass du im Begriff bist, eine der einflussreichsten Monarchinnen der Welt zu werden. Viele Menschen werden dich allein dafür bewundern. Aber du könntest dir mehr als ihre Bewunderung verdienen. Du könntest dir mit Leichtigkeit auch ihre uneingeschränkte Verehrung verdienen.«

Ich schüttle den Kopf, um seine Worte zurückzuweisen. »Das bezweifle ich stark.«

»Dann wirf noch mal einen Blick in diese Zeitung!« Seine Stimme ist plötzlich sehr nachdrücklich. »Du stehst gerade erst am Anfang und hast bereits die Herzen der Presse und der Öffentlichkeit erobert. Das beweist, dass du das natürliche Charisma einer wahren Anführerin hast.«

»Hör zu, ich denke einfach nicht, dass ich dafür gemacht bin, *irgendjemandes* Anführerin zu sein. Ich bin zwanzig Jahre alt! Mein Leben ist ein verdammtes Chaos. Niemand sollte von mir erwarten, dass ich Entscheidungen für andere Menschen treffe.«

»Emilia, selbst die besten Anführer zweifeln an sich. Sie hinterfragen, ob sie die beste Person für diese Aufgabe sind und ob sie den Erwartungen gerecht werden können. Das ist nur natürlich. Mit der Zeit wirst du lernen, auf deine Instinkte zu vertrauen – und auf deine Fähigkeiten. Du wirst zu der Person werden, von der sie glauben, dass du sie sein kannst.«

Ich schaue wieder auf die Zeitung und fühle mich ganz und gar unwohl, während ich das Foto von mir betrachte, das sich über die Titelseite erstreckt. All diese aufgeregten Gesichter in der Menge, die allem Anschein nach von ihrer neuen Prinzessin begeistert sind …

Die Prinzessin des Volkes.

»Alle anderen bringen dir einen Vertrauensbonus entgegen«, murmelt Linus leise. »Warum fällt es dir so schwer, das ebenfalls zu tun?«

Ich schüttle den Kopf und bin nicht in der Lage, einen Laut von mir zu geben. In meiner Kehle steckt ein neuer Kloß fest, der aus Unbehagen und noch etwas anderem besteht – etwas, mit dem ich mich noch nicht näher auseinandersetzen will.

»Sie glauben an dich. Ich glaube an dich.« Linus' Stimme ist nun sogar noch sanfter. »Warum kannst du nicht an dich glauben?«

»Ich weiß es nicht, okay?« Die Worte sind so schwer, dass ich sie kaum über die Lippen bekomme. »*Ich weiß es nicht.*«

»Tja, ich schlage vor, dass du einen sehr langen und gründlichen Blick in den Spiegel wirfst und es herausfindest.« Er hustet erneut, und es klingt elend. So als würde er an der Flüssigkeit in seiner Lunge ertrinken. So als könnte jeder Atemzug, den er macht, sein letzter sein. »Besser früher als später, meine Liebe.«

9. KAPITEL

»Au!«

Ich presse meine pochende Hand an meine Brust und starre den Sandsack böse an. Er macht nicht einmal den Anschein, auch nur ansatzweise zu schwingen, obwohl ich mich gerade mit meinem ganzen Körpergewicht dagegengeworfen habe. Ich bin mir ziemlich sicher, dass der einzige Schaden, den ich mit meinem Schlag verursacht habe, mir selbst zugefügt wurde.

Galizia gibt einen missbilligenden Laut von sich. »Ihr Griff ist schon wieder falsch.«

»Was Sie nicht sagen«, blaffe ich und schüttle meine geschwollenen roten Knöchel aus. »Können wir jetzt Schluss machen? Es ist schon nach zehn. Wir machen das hier seit zwei Stunden, und ich habe den Eindruck, dass ich nur schlechter werde.«

»Prinzessin, wenn Sie nur halb so viel Zeit damit verbringen würden, an Ihrem Griff zu arbeiten, wie Sie aufs Jammern verwenden, hätten Sie nicht so große Schmerzen. Jetzt versuchen Sie es noch mal, aber machen Sie es dieses Mal so, wie ich es Ihnen gezeigt habe – indem Sie den Daumen *außen* um die Knöchel legen und ihn nicht innen einklemmen. Fest, aber nicht so fest, dass Sie sich den Blutfluss abschnüren. Die Füße locker, die Schultern gestrafft. Bewegen Sie sich mit dem

Sandsack. Und denken Sie daran, dass sich die stärksten Knöchel Ihrer Hand an Ihrem Zeige- und Mittelfinger befinden. Auf diese beiden müssen Sie sich konzentrieren, wenn Sie mit dem Schlag etwas bewirken wollen.«

»Ja klar. Was auch immer. Schweben wie ein Schmetterling, stechen wie eine Biene.«

»Sarkasmus wird Ihre Technik nicht verbessern, Muhammad Ali.«

Ich verdrehe die Augen und passe meine Haltung an. Meine nächsten paar Schritte sind geringfügig besser, aber man kann wohl mit Sicherheit sagen, dass ich noch einen langen Weg vor mir habe, bis ich für meinen ersten Boxkampf bereit bin. Trotzdem muss ich zugeben, dass Galizia recht hatte – mit der Faust gegen einen Sandsack zu schlagen und dabei die Anspannung, die im Körper gefangen ist, aus sich herauszuschwitzen, hat etwas Reinigendes.

Nach dem Treffen mit meinem Vater an diesem Morgen konnte ich seine Worte einfach nicht aus meinem Kopf bekommen, egal wie viele Runden ich ruhelos durch meine Zimmer gedreht oder wie viele Stunden ich damit verbracht habe, in Gingers Box zu stehen, ihr glänzendes Fell zu striegeln und sie nach unserem zweistündigen Ausritt mit Zuckerwürfeln zu füttern.

Du hast bereits die Herzen der Presse und der Öffentlichkeit erobert.

Du hast das natürliche Charisma einer wahren Anführerin.

Du bist im Begriff, eine der einflussreichsten Monarchinnen der Welt zu werden.

Die ganzen Verpflichtungen, die mit meiner neuen Aufgabe verbunden sind, haben mich so sehr beschäftigt, dass ich gar nicht wirklich über die Möglichkeit nachgedacht habe, dass ich tatsächlich *gut* darin sein könnte. Darin, mehr als eine Studen-

tin mit wirren Haaren, kleinen Träumen und einem festgeleg-
ten Karriereplan zu sein.

Darin, eine Lancaster zu sein.

Ein Mitglied der Königsfamilie.

Eine Königin.

Ich muss wohl nicht erwähnen, dass das eine ganze Menge
Zeug war, das ich erst mal verdauen musste.

Als Galizia in meine Gemächer kam, um an diesem Abend
ein letztes Mal nach mir zu sehen, erwischte sie mich dabei,
wie ich bereits einen Trampelpfad in den Fußboden gelaufen
hatte. Mein Abendessen stand unangetastet auf einem Tablett
in der Nähe des Balkons, und ich hatte die Hände an den Seiten meines Körpers zu Fäusten geballt. Sie warf einen Blick auf
mich und befahl mir, ihr zu folgen.

Das Letzte, was ich erwartet hätte, war, dass sie mich ins
Torhaus bringen würde. Seit meiner Auseinandersetzung mit
Bane bin ich nicht mehr hier gewesen, und auch nur einen Zeh
in sein Territorium zu setzen – selbst während der dienstfreien
Zeit, wenn sonst niemand hier ist –, macht mich mehr als nur
ein wenig nervös.

Dank Galizia befand ich mich jedoch schon bald in ihrer Version einer Grundausbildung. Oder wie ich es nennen
würde: *in den schmerzhaftesten zwei Stunden meines Lebens.* Ich
schwöre, dass mir die Arme abfallen werden, wenn wir damit
noch viel länger weitermachen.

Zum Glück werden die Türen zum Trainingsbereich aufgerissen, bevor sie mir noch mehr Befehle erteilen kann. Ich bereite mich auf den Sturm aus Verachtung vor, der in Form von
Bane über mich hereinbrechen wird, doch stattdessen erlebe
ich eine angenehme Überraschung, als eine vertraute Gestalt
den Raum betritt.

»Hier bist du!«, ruft Chloe aufgebracht. Sie wirft ihr langes rotes Haar über die Schulter ihrer stylishen, mit Pelz besetzten Jacke und marschiert mit ihren Stilettostiefeln auf uns zu. »Ich habe dich überall gesucht!«

»Tja, du hast mich gefunden. Du bist eine wahre Meisterdetektivin, Chloe.«

»Ich musste mit einem hypernervösen Pagen flirten, um an die Information zu gelangen. Ich bin mir nicht sicher, ob man das als echte Detektivarbeit bezeichnen kann, aber ...« Sie rümpft die Nase. »Was hat es überhaupt mit dieser spätabendlichen Trainingsstunde auf sich? Du trainierst doch gar nicht. Und schon gar nicht so spät am Abend. Normalerweise bist du um diese Uhrzeit in der Küche und bestichst unsere Köchin Patricia, damit sie dir noch eine Extraration Kekse mit Schokostückchen gibt ...«

»Glaub mir, das würde ich jetzt sehr viel lieber tun. Aber *jemand* ...«, ich werfe Galizia einen finsteren Blick zu, »... besteht darauf, dass ich in Form bleibe, damit ich vor Meuchelmördern davonlaufen und tödlichen Bedrohungen ausweichen kann und so weiter und so fort ... Wie bescheuert ist das bitte?«

Ich rechne damit, dass Chloe lacht oder mit einer witzigen Bemerkung antwortet, aber sie sagt nichts. Vermutlich liegt das daran, dass sie ihre Aufmerksamkeit mittlerweile auf Galizia gerichtet hat. Sie starrt die hochgewachsene Blondine mit unverhohlener Neugier an.

»Und wer sind *Sie?* Ich glaube nicht, dass wir uns schon mal offiziell begegnet sind ... und ich dachte, dass ich jede attraktive Person im Schloss kennen würde.«

Galizia, die stets professionell ist, nimmt Haltung an und nickt ihr knapp zu. Für sie ist das eine formvollendete Begrüßung. »Leutnant B. Galizia. Ich unterstehe direkt Ihrer Königlichen Hoheit.«

Chloes Grinsen ist schamlos. »Wissen Sie … für den Fall, dass Sie sonst noch nach jemandem suchen, dem Sie ›direkt unterstellt‹ sein können … dann melden Sie sich das nächste Mal, wenn Sie dienstfrei haben, gern bei mir …«

»Chloe! Belästige nicht meine persönliche Leibwächterin.«

»Ach, entspann dich. Ich will sie doch nur ein bisschen auf den Arm nehmen.« In ihren Augen funkeln versteckte Anspielungen. »Da wir gerade davon sprechen, ›Auf den Arm nehmen‹ ist zufällig eine meiner Spezialitäten … falls Sie je Interesse an einer Demonstration haben sollten …«

Ich verdrehe die Augen. »Hör auf. Galizia ist nicht interessiert. Und selbst wenn Sie es wäre … ist sie eine Nummer zu groß für dich.«

»Wie *unhöflich!* Niemand ist eine Nummer zu groß für mich. Ich bin eine Prinzessin ehrenhalber!«

»Ich bin mir ziemlich sicher, dass es das gar nicht gibt.«

»Genau genommen bin ich von königlichem Blut! Durch familiäre Verbindungen!«

»Schön für dich. Sie ist trotzdem nicht interessiert.«

Chloe schnaubt. »Woher willst du das wissen?«

Ich schaue zu meiner Wache. »Galizia?«

»Heute Abend bin ich lediglich daran interessiert, Ihre extrem schlechte Boxtechnik zu korrigieren, Eure Hoheit.« Sie hält inne, und ihre Lippen zucken. »Ich werde jetzt nach nebenan in die Umkleidekabine gehen, um etwas Eis für Ihre Knöchel zu holen, bevor sie anschwellen. Kehren Sie nicht ohne mich zum Schloss zurück, verstanden?«

Ich salutiere vor ihr. »Sir, ja, Sir!«

Sie seufzt müde, so als wäre ich ein unglaublich anstrengendes Kind, auf das sie aufpassen muss. Dann macht sie mit ihren schweren Stiefeln kehrt. Ich warte, bis sie außer Hörweite ist. Erst dann schaue ich Chloe in die Augen.

»Ich will dir ja nicht mit ›Ich habe es dir ja gesagt‹ kommen, aber …«

Sie blickt finster drein und lässt sich auf einen Stapel Turnmatten plumpsen. Dann fischt sie einen perfekt gerollten Joint aus ihrem BH, zündet ihn an und nimmt einen langen Zug. Eine Sekunde später kräuseln sich spiralförmige Rauchfäden aus ihren Nasenlöchern und schweben zur hohen Decke hinauf.

»Also, warum hast du überhaupt nach mir gesucht?«, frage ich und verziehe das Gesicht, als ich das Schutzband von meinen wunden Knöcheln wickele. »Normalerweise bist du um diese Uhrzeit doch irgendwo in der Stadt unterwegs.«

»Stimmt«, pflichtet sie mir bei. Ihre Stimme ist vom Gras ganz kratzig. »Aber ich habe mir Sorgen um dich gemacht.«

»Um mich? Warum?«

»Ein kleines Vögelchen hat mir gezwitschert, dass du nicht so gut geschlafen hast …«

Ich erstarre und runzle die Stirn. »Dieses kleine Vögelchen ist nicht zufällig dein älterer Bruder, oder?«

»Schon möglich.«

»*Wow!*« Ich werfe das Knöchelband auf den Boden und tigere in engen Kreisen umher. »Wow. Wow. Wow. Er hat einfach … Ich glaube es einfach nicht … *Wow.*«

»Liebste Schwester, wie wär's mit einem anderen Wort zur Abwechslung.«

»Ich habe keine Worte!« Ich werfe die Hände in die Luft. »Ich bin zu …«

»Wütend? Jedenfalls siehst du so aus.«

»Ich *bin* wütend. Ich meine, was fällt ihm ein, mit dir über mich zu reden? Ich bin nicht sein Problem, um das er sich kümmern muss. Ich bin kein kleines Mädchen, das Betreuung braucht. Und ich will ganz sicher nicht, dass er durchs Schloss läuft und jedem, der ihm Gehör schenkt, von meinen privaten Angelegenheiten erzählt.« Ich senke die Stimme, um sein raues Flüstern nachzuahmen. »*Wisst ihr schon das Neueste? Unsere arme, kleine Prinzessin wacht mitten in der Nacht schreiend auf. Wie erbärmlich.*«

»Sollte das Carter sein? Das klang eher wie ein zweitklassiger Schauspieler, der in einer dieser schrecklichen Nachmittagssoaps die Rolle eines an Mesotheliom Erkrankten spielt ...«

»Das ist jetzt nicht besonders hilfreich.«

»Ernsthaft, E., du regst dich grundlos auf. So war es gar nicht. Er weiß, dass du mir wichtig bist und dass ich mir Sorgen um dich machen würde, wenn ich wüsste, was mit dir los ist ...«

»Ich habe deine Sorge zur Kenntnis genommen und weiß sie zu schätzen. Aber es geht mir wirklich gut.«

»Da sagt Carter was anderes.«

»Carter soll sich um seine eigenen verdammten Angelegenheiten kümmern!«, blaffe ich und bin plötzlich so wütend, dass ich mein Training mit dem Sandsack wiederaufnehmen will.

Chloe starrt mich mit einem wissenden Funkeln in den Augen an. »E., ich behaupte nicht, dass ich verstehe, was da heimlich, still und leise unterschwellig zwischen euch abläuft ... Aber ich kenne ihn ziemlich gut. Und deswegen weiß ich, dass er mir mit seiner dreißigminütigen Beschwerde darüber, wie rücksichtslos es von dir ist, ihn Nacht für Nacht mit deinen Albträumen vom Schlafen abzuhalten, eigentlich etwas anderes mitteilen will ... Das ist ein Code dafür, dass er in Wahrheit verdammt besorgt um dich ist.« Sie zuckt leicht mit den Schultern. »Er ist nicht besonders gut darin, seine Gefühle auszudrücken. Vielleicht liegt das in der Familie. Aber wenn es ihm doch so wichtig ist, dass er sogar zu mir gekommen ist, um mit mir darüber zu reden ... kann ich das nicht einfach so ignorieren. Ich musste mich vergewissern, dass es dir wirklich gut geht.«

»Wie ich schon sagte: Es geht mir gut.«

»Mh-mh.« Sie nimmt einen weiteren Zug von ihrem Joint. Einen Augenblick lang herrscht Schweigen. Sie lässt den Rauch in ihrer Lunge herumrollen und bläst ihn dann in einem langen, hypnotisierenden Schwall aus dem Mundwinkel. »Darf ich etwas anmerken, ohne dass du gleich wieder ausflippst und nur noch ›Wow‹ sagst?«

Ich hole tief Luft, setze mich neben sie auf den Mattenstapel und starre auf meine dunkelgraue Trainingshose hinunter. »Betrachte den Ausdruck als aus meinem Wortschatz entfernt.«

Sie hält inne, und ich habe das Gefühl, dass sie für das, was sie als Nächstes sagen will, nach den richtigen Worten sucht – was so sehr im Gegensatz zu ihrer üblichen Direktheit steht, dass ich ganz nervös werde und ein Kribbeln in der Magengegend verspüre.

»Spuck es einfach aus, Chloe. Du machst mir langsam Angst.«

»Okay! Herrgott.« Sie schnippt gegen das Ende ihres Joints, und ein kleiner Funkenregen rieselt zu Boden. »Ist dir klar, dass du immer nur dann so aufgebracht bist ... dass du *nur dann* komplett auszurasten scheinst ... wenn wir über meinen dämlichen Bruder reden?«

Ich öffne den Mund. Schließe ihn. Und öffne ihn wieder.

»Ich meine, wann immer ich in einer Unterhaltung auf ihn zu sprechen komme, hast du plötzlich diesen seltsamen Ausdruck im Gesicht ... und dein ganzer Körper verspannt sich ...« Sie schaut mir in die Augen. »So wie jetzt gerade.«

Mit äußerster Anstrengung zwinge ich meine Muskeln dazu, sich zu entkrampfen. Mein Versuch, ein unbekümmertes Lächeln aufzusetzen, ist mehr als durchsichtig. »Chloe, es ist nicht ...«

»Hör zu, ich bin keine Idiotin. Ich habe Augen im Kopf. Und Carter verhält sich genauso, wenn ich über dich rede.«

Tut er das?, frage ich mich, und mein Magen schlägt Purzelbäume.

»Demzufolge stellt sich mir also die Frage ... warum ist das so?« Chloe mustert mich neugierig. »Warum seid ihr beide so verdammt eigenartig, wenn ihr aufeinandertrefft? Wenn ich es nicht besser wüsste, würde ich denken, dass ihr ineinander verliebt seid oder so was.«

Mein Puls hämmert zwischen meinen Ohren. Ich suche nach einer Antwort – *irgendeiner* Antwort –, finde aber keine. Ratlos strecke ich eine Hand aus und nehme Chloe den Joint weg, um ihn an meinen Mund zu führen und einen langen Zug zu nehmen.

Der Rauch kracht in meine Lunge wie ein Güterzug. Ein Güterzug, der Kohlebriketts geladen hat, um genauer zu sein, denn es fühlt sich an, als hätte ich soeben den halben Inhalt eines Hochofens geschluckt. Ein heftiger Hustenanfall explodiert aus meinem Mund und reizt meine Kehle, während Rauchwölkchen aus meinem Körper quellen.

»Ganz ruhig, du Boxchampion«, sagt Chloe, nimmt mir den Joint ab und tätschelt sanft meinen Rücken. »Du machst das zum ersten Mal und nimmst gleich den größten Zug aller Zeiten? Das war nicht besonders klug von dir, aber ich gebe dir Punkte für deinen Mumm ...«

»Warum ...«, keuche ich. »Würde irgendjemand ...« Ein weiteres Keuchen. »Das jemals ...« Ich huste wieder. »*Freiwillig* tun?«

»Wenn du richtig einatmest, brennt es nicht in deiner Kehle. Und die Nachwirkungen sind ziemlich angenehm …« Sie hebt den Joint an ihren Mund und hält ihn vorsichtig zwischen den Fingern. »So – schau zu, wie ich es mache.«

Ich beobachte ihre Bewegungen, ihre leicht gespitzten Lippen und die Art, wie sie die Wangen nach innen zieht, während sie ein klein wenig einatmet. Als sie mir den Joint zurückreicht, nehme ich ihn zögerlich entgegen.

»Mach dieses Mal langsam«, sagt sie und schaut mir bei meinem zweiten Versuch zu. »So ist es richtig – nicht zu viel auf einmal! Jetzt behalte den Zug auch für ein paar Sekunden in deiner Lunge, und lass ihn seine Wirkung entfalten …«

Ich bin nicht in der Lage, das brennende Gefühl in meiner Brust zu ertragen, und huste einen Schwall Rauch aus. Zum Glück ist meine Reaktion darauf diesmal viel weniger heftig. Meine Kehle fühlt sich immer noch wie ein Aschenbecher an, aber wenigstens tränen meine Augen nicht so sehr.

»Schon viel besser!«, lobt mich Chloe. »Wenn du so weitermachst, bist du bald ein Profi.«

»Das bezweifle ich.« Meine Stimme ist ein Krächzen.

»Übung macht den Meister.«

»Danke, aber ich glaube, ich verzichte lieber.«

Obwohl ich mir nicht sicher bin, ob ich mir die Wirkung nur einbilde, aber tatsächlich fühle ich mich wenig später bemerkenswert entspannt. Die ganze Welt ist an den Rändern ziemlich verschwommen.

Als ich mich in dem leeren, grell beleuchteten Trainingsraum umschaue, breitet sich ein verträumtes, wie vom Rausch benebeltes Lächeln auf meinem Gesicht aus.

War es hier drinnen schon immer so hübsch? Ich will hier nie wieder weg! Sieh sich einer nur mal den glänzenden Boden an! Die endlos hohe Decke! Und all diese unterschiedlichen Hanteln.

Ha.

Hanteln.

Warum nennt man die Dinger überhaupt Hanteln?

Das ist ein seltsamer Begriff.

Hanteln.

Han-teln.

Hat das was mit Händen zu tun, weil man sie damit hochhebt?

Quatsch.

Derjenige, der sich den Begriff ausgedacht hat, war ein Dummkopf.

Ein richtiger Idiot.

Hihihiiii.

Ich kichere vor mich hin und lehne mich nach hinten auf meine Ellbogen. Ich fühle mich seltsam – so als wäre ich in ein impressionistisches Gemälde getreten. Die ganze Welt ist ein einziger großer pastellfarbener Klecks aus Licht und Geräuschen.

Ich lebe in einem van Gogh!

Hm.

Van Gogh.

Der hat vermutlich eine Menge Gras geraucht.

Sternennacht *hat er auf keinen Fall nüchtern gemalt.*

Als ich Chloe diese Beobachtung mitteile, lacht sie glucksend. »Oh Mann, dich hat es aber umgehauen.«

Ich werfe einen Blick auf meine Beine, die ich vor den Matten ausgestreckt habe, auf denen wir sitzen. »Eigentlich habe ich mich von selbst hingesetzt.«

»So habe ich das nicht gemeint.«

»Chloe.«

»Was?«

»Eine ernste Frage.«

»Raus damit.«

»Warum heißen die Dinger Hanteln?«

Sie kichert, und das Geräusch ist so ansteckend, dass ich einfach nicht anders kann, als mitzulachen. Mein Gelächter spornt sie nur noch mehr an, und schon bald sitzen wir vornübergebeugt da, schnappen nach Luft und haben Tränen in den Augen. Erst als uns Galizia wenige Augenblicke später findet, gelingt es uns endlich, uns zusammenzureißen.

»Soll das Ihr Ernst sein?« Meine Leibwächterin schaut mit missbilligender Miene auf uns herab. »Da lasse ich Sie beide mal für zehn Minuten allein, und Sie nutzen die Zeit, um sich zuzudröhnen?«

Wir kichern wieder wie von Sinnen.

»Kommen Sie. Stehen Sie auf.« Galizia zerrt uns beide auf die Füße und scheucht uns zu den Türen des Trainingsgebäudes. Ihr tiefes Seufzen dringt nur schwach durch den Nebel in meinem Kopf, während wir auf den Ausgang zusteuern. »Ich schätze, dass Sie das Eis für Ihre Hand jetzt wohl nicht mehr brauchen, oder, Prinzessin? Sie spüren sicher nicht mehr viel von dem Schmerz.«

»Gar nichts!« Ich grinse und hebe triumphierend meine wunde Hand, um eine Faust in die Luft zu recken.

»Morgen wirst du welchen spüren«, verkündet Chloe schadenfroh und hakt sich bei mir unter. »Zumindest in deinem Kopf.«

Galizia schnaubt und hält die Türen für uns auf. Chloe schaut sie an, als wir nach draußen auf das dunkle Gelände hinausschlüpfen.

»Haben Sie einen Freund?«

Galizia hält inne. »Nein.«

»Eine Freundin?«

»Nein.«

»Einen Hund? Eine Katze? Einen Vogel?«

»Nein.«

»Sind Sie von hier?«

»Nein.«

»Wo kommen Sie her?«

Galizia ignoriert die Frage, aber Chloe ist hartnäckig.

»Wie alt sind Sie?«

Galizia geht einfach weiter.

»Wofür steht das B in Ihrem Namen?«

Keine Antwort.

»Ist es Beth?«, rät Chloe. »Belinda! Bonnie. Bethel?«

»Bellatrix!«, rufe ich aufgeregt.

»Nur mit der Ruhe, J.K. Rowling.« Chloe schnaubt. »Bianca? Betty? Brittany? Bridget?«

»Ich habe mal einen Waschbären in meiner Nachbarschaft Bridget genannt«, murmle ich.

Sowohl Galizia als auch Chloe schauen mich skeptisch an.

»Was?«, frage ich und gehe in die Defensive. »Ich hatte nie ein Haustier.«

»Nun …« Chloe verzieht das Gesicht. »Diese spezielle Geschichte solltest du vielleicht lieber für dich behalten, E. Vor allem wenn die Presse in der Nähe ist.«

Ich stoße ihr meinen Ellbogen in die Seite.

Galizia schüttelt den Kopf, als wären wir einfach nur nervig, und geht weiter über den dunklen Weg, der zurück zum Schloss führt. Es ragt in der Ferne wie ein gewaltiger, finsterer Schatten auf, der immer größer wird, je näher wir darauf zugehen. Ich richte den Blick fest auf den höchsten Turm, dessen Silhouette vor den Sternen prangt mit dem abnehmenden Mond wie ein Leuchtfeuer direkt dahinter.

Ich wette, dass die Sternbilder von da oben unglaublich aussehen. Ich wette, dass man die Hand ausstrecken und sich einfach so einen vom Himmel pflücken könnte.

Chloe rattert immer noch Namen herunter. »Bree? Barbara? Oh, was ist mit …?«

»Chloe, du verschwendest deine Zeit. Galizia ist wie eine verschlossene Truhe. Ich habe versucht, ihr persönliche Informationen zu entlocken, seit wir uns kennengelernt haben, was ungefähr eine Million Jahre her ist …«

»Eine Woche«, korrigiert mich Galizia trocken.«

Ich fahre unbeirrt fort. »… und sie erzählt mir *nie* etwas über sich.«

»Hmpf. Schön. Was auch immer.« Mit einem mürrischen Brummen gibt Chloe ihre Inquisition endlich auf.

Für eine Weile sind der Klang unserer Schritte, die sich knirschend über den gefrorenen Kies bewegen, und das leise Flüstern des Winds, der durch die blattlosen Bäume weht, die einzigen Geräusche weit und breit. Wir haben fast den Eingang des Schlosses erreicht, als Chloe mit entschlossener und tiefernster Miene einen Blick auf meine Leibwächterin wirft.

»Ihr Name ist Babbette, nicht wahr?«

Ich breche erneut in Gekicher aus.

Als ich wieder in meiner Suite bin, wälze ich mich im Bett hin und her und kann nicht schlafen. Ich habe immer gedacht, dass man von Gras träge wird, aber auf mich hat es genau den gegenteiligen Effekt. Egal wie sehr ich versuche, die Augen geschlossen zu halten, ich scheine mich einfach nicht entspannen zu können. Es ist zu still. Zu dunkel.

Zu alles.

Nachdem sie uns sicher in unsere jeweiligen Zimmer geführt hat, ist Galizia zu den Kasernen des Torhauses zurückgekehrt, um zu schlafen. Chloe hatte offensichtlich keine Probleme damit, sofort wegzuschlummern, aber ich starre nun schon seit fünfundvierzig Minuten an meine Zimmerdecke und bin immer noch hellwach.

Mein Kopf hat angefangen, sich zu drehen, und meine Atemzüge werden immer kürzer, je länger ich hier in der Dunkelheit liege. Aber das könnte mehr mit dem süßlichen Blumengeruch zu tun haben, der die Luft in meinem Schlafzimmer erfüllt, als mit den Drogen in meinem Kreislauf.

Ich werfe einen Blick auf meinen Beistelltisch, auf dem ein kunstvoll arrangierter Strauß aus hellblauen caerleonischen Lilien steht. Direkt dahinter auf meiner Kommode prangen ein Dutzend pinkfarbene Rosen, die so grell sind, dass ich sie sogar in der Dunkelheit erkennen kann. Ich weiß, dass ich nur den Kopf drehen muss, um ein Arrangement aus Orchideen zu sehen, das die breite Fensterbank schmückt ... und Wildblumen drüben neben dem Stuhl ... und Margeriten auf dem Kaminsims ...

Ich ziehe mir ein Kissen über den Kopf, um meinen Schrei zu dämpfen.

Gestern ging es damit los, dass ein Blumenstrauß nach dem anderen eintrudelte. Ständig kam ein Page herein und brachte ein weiteres Prachtexemplar in mein Zimmer. Es waren so viele, dass es schon fast lächerlich war. So viele, dass man denken könnte, dass eine Art Massenmitteilung an jeden heiratsfähigen Mann im Land rausgegangen sein muss.

Sie hat nicht auf eure Nachrichten reagiert ... Dieses Mal versucht ihr es besser mit Blumen, Jungs!

Mittlerweile habe ich den Überblick darüber verloren, wie viele Sträuße geliefert wurden. Auf jeder verfügbaren Oberfläche in meiner Suite steht eine Vase – oder auch mehr –, und das schließt noch nicht einmal die Sträuße mit ein, die ich gestern jedem Dienstmädchen in die Hand gedrückt habe, das mir in den Fluren des Schlosses über den Weg gelaufen ist.

Bitte nehmen Sie die Blumen mit nach Hause. Erfreuen Sie sich daran. Mir ist der Platz ausgegangen.

Sogar Hans, der mürrische Stallmeister, bekam nach meiner morgendlichen Reitstunde einen Strauß, den er für seine Frau mitnehmen sollte. Er wollte ihn nicht annehmen, aber meine Entschlossenheit, die Pollenbelastung in meinem Zimmer auf jede nur mögliche Weise zu reduzieren, war so stark, dass er keine Chance hatte.

Wenn ich klug gewesen wäre, hätte ich eine verdammte Allergie vorgetäuscht. Zu dumm, dass mir diese Ausrede nicht einfiel, als die erste Lieferung eintraf. Ich hatte ja keine Ahnung, dass noch fünfzig weitere folgen würden.

Wenn es nach mir ginge, würde ich sie einfach in den Müll werfen … Aber ich weiß, dass das zweifellos für jede Menge Schlosstratsch sorgen würde. Verdammt, wahrscheinlich würde man sogar in den landesweiten Nachrichten über diese Verschwendung berichten. Ich kann den Kommentar förmlich hören.

Prinzessin Emilia hat all die schönen Blumen der Freier weggeworfen. Ist sie nicht ein undankbares Luder?

Nicht, dass ich die Geste nicht zu schätzen weiß. Ich bin nur einfach nie ein großer Blumenfan gewesen. Meiner Meinung nach ist das Überreichen eines Blumenstraußes eine seltsame Art, seine Liebe auszudrücken.

Hier, nimm diese hübschen Dinger, die ich in der Blüte ihres Lebens abgeschnitten habe, und sieh zu, wie sie im Verlauf der nächsten paar Tage langsam verkümmern, bevor du sie in den Müll wirfst, wo sie verrotten werden.

Wer hat überhaupt entschieden, dass Blumen die beste Möglichkeit sind, seine amourösen Absichten zum Ausdruck zu bringen? Man kann mich ruhig für verrückt erklären, aber … für mein Empfinden wäre es weitaus romantischer, eine Topfpflanze geschenkt zu bekommen. Etwas, das wachsen und gedeihen kann, statt zu verwelken und einzugehen. Etwas, das man über Jahre hinweg pflegen kann. Und immer wenn ich die Pflanze anschaue, würde ich an die Person denken, die sie mir geschenkt hat ...

Aber das ist sentimentaler Quatsch. Schließlich geht es bei diesen speziellen Sträußen nicht wirklich um Liebe. Sie sind eher eine deutliche Erinnerung an die Abmachung, die ich mit Octavia getroffen habe. An das Versprechen, das ich ihr gegeben habe, aber noch einhalten muss.

Die gefürchtete Brautwerbung.

Trotz meiner inständigen Hoffnung, dass das Problem sich einfach in Wohlgefallen auflösen würde, wenn ich es nur lange genug ignoriere ... kann ich ihm nicht mehr aus dem Weg gehen. Ich habe an diesem Nachmittag eine offizielle Nachricht von Lady Morrell erhalten. Mein vom Palast abgesegneter Freier wird sich morgen Nachmittag mit mir treffen, um mit mir in aller Öffentlichkeit und ausgesprochen publikumswirksam am Ufer des Nelle River spazieren zu gehen.

Ich habe nicht nach Einzelheiten gefragt. Nicht mal nach seinem Namen.

Wer er ist, spielt keine Rolle. Denn selbst wenn er ein fünfundvierzigjähriger ewiger Junggeselle mit Schmerbauch und Geheimratsecken ist ... komme ich aus dieser Nummer nicht mehr raus.

Im Grunde genommen bin ich eine Prinzessin im Turm, wie sie im Buch steht.

Mit einem wütenden Schnauben reiße ich mir das Kissen vom Gesicht und schleudere es blindlings quer durchs Zimmer. Dabei verfehle ich nur knapp eine große Vase mit lilafarbenen Schwertlilien. Der irrationalen, emotionalen Hälfte meines Gehirns würde es vielleicht gefallen, sie auf dem Stein-

fußboden zersplittern zu sehen. Doch die etwas vernunft-
begabtere Hälfte weiß, dass das laute Scheppern vermutlich
sämtliche diensthabenden Wachen veranlassen würde, mit
Vollgas und gezückten Waffen in meine Gemächer zu stürmen, um mögliche Eindringlinge zu eliminieren.

*Hey! Vielleicht würden sie mich versehentlich erschießen. Dann
müsste ich morgen nicht zu dieser Verabredung ...*

Ich schlage die dicke Bettdecke zurück, schwinge die Beine
auf den Boden und schlüpfe in ein Paar Lammfellpantoffeln.
Ich kann nicht länger in diesem Zimmer sein, in dem mir nur
sterbende Blumen Gesellschaft leisten. Das ist, als würde man
in einer Leichenhalle schlafen, um Himmels willen.

Ich brauche frische Luft.

Ich brauche kalten Wind.

Ich muss den Kopf freibekommen.

*Zum Glück kenne ich einen Ort, der für derartige Zwecke per-
fekt geeignet ist ...*

Mein Zimmer ist dunkel – das Feuer im Kamin ist längst
erloschen –, aber meine Füße kennen den Weg. Ich bewege
mich wie von selbst. Ich gehe zu meinem Schreibtisch und finde den kleinen Schlüssel, den ich vor fast einem Monat in der
oberen Schublade verstaut habe. Ich schnappe mir meine Reit-
jacke von der Stuhllehne und schlüpfe hinein. Ich gehe zur Tür
und ziehe sie quälend langsam einen Spaltbreit auf, während
ich bete, dass sie nicht knarrt, damit die Wachen, die durch die
Korridore patrouillieren, nicht auf den Plan gerufen werden.

Irgendwie habe ich das Gefühl, dass sie es nicht besonders
toll finden würden, wenn ich mitten in der Nacht allein um-
herwandere.

Ich verziehe das Gesicht, als die Tür hinter mir mit einem
Klicken ins Schloss fällt. Das war ein wenig zu laut für mein
Empfinden. Einen Augenblick lang warte ich an der Schwelle

und lausche angestrengt auf das Geräusch herannahender Schritte. Ich höre nichts. Im Gang ist es vollkommen still. Und auch dunkel – abgesehen von der ein oder anderen spärlich glimmenden Wandleuchte scheint das komplette Schloss in tiefste Dunkelheit gehüllt zu sein.

Ich schaue hastig in jede Richtung, hole tief Luft, um mich zu beruhigen, und mache mich auf den Weg. Meine Pantoffeln verursachen auf dem Steinfußboden keinen Laut. Ich bleibe in den Schatten und weiche den wenigen Lichtquellen so gut wie möglich aus, nur für den Fall, dass unerwartet eine Wache um die Ecke kommt.

Das Glück ist jedoch auf meiner Seite – ich schaffe es bis zum Wandteppich, ohne entdeckt zu werden. Selbst in der Dunkelheit ist das Wappen der Lancasters darauf deutlich zu erkennen. Ich streiche mit einem Finger über das Profil des stolzen Löwen und muss beinahe lächeln.

Wenn man sich den Wandteppich so anschaut, würde man niemals vermuten, dass sich dahinter ein geheimer Durchgang befindet. Und selbst wenn man zufällig auf das Geheimnis stoßen würde … ist die Tür fest verschlossen. Ohne den Schlüssel kommt man nicht hindurch.

Doch dank Alden Sterling bin ich nun im Besitz dieses Schlüssels.

Ich halte ihn fest umklammert, schiebe den Wandteppich zur Seite und huste, als mir eine Staubwolke ins Gesicht weht. Hier ist seit einer ganzen Weile niemand mehr gewesen. Vermutlich nicht mehr, seit mich Alden zum ersten Mal nach oben auf den Turm geführt hat.

Seit der Krönung habe ich ihn nicht mehr persönlich gesehen, aber er schickte mir vor einigen Wochen den Schlüssel, zusammen mit einer recht unverblümten Nachricht, die mir die Schamesröte in die Wangen trieb.

Für den Fall, dass meine Prinzessin jemals aus ihrem Schloss entkommen muss ... darf sie sich jederzeit meinen Lieblingsturm ausborgen. Und falls sie je ein offenes Ohr oder eine Schulter zum Anlehnen braucht ... darf sie sich auch meinen Körper ausborgen. Ich stehe voll und ganz zu Ihrer Verfügung, Eure Königliche Hoheit.

Er hatte die Nachricht mit seinem offiziellen Siegel sowie seiner privaten Telefonnummer unterzeichnet. Damals war ich mir sicher, dass er mir Avancen machte ... Doch rückblickend betrachtet bin ich mir nicht sicher, ob er mit mir flirten wollte oder einfach nur nett war, weil ich so viel durchgemacht hatte. Schließlich war auch er an dem Abend, an dem mein Vater vergiftet wurde, anwesend gewesen. Er sah, wie verzweifelt ich war, als Linus mit Schaum vor dem Mund auf diesem Podest zusammenbrach. Er hat meine schrillen Entsetzensschreie unmittelbar miterlebt ...

Ich schüttle die Erinnerungen ab und stecke den Schlüssel ins Schloss. Als ich versuche, ihn zu drehen, stoße ich auf Widerstand. Er steckt fest.

Verdammt.

Ich beuge mich ein wenig herab und kneife die Augen zusammen, um das Schlüsselloch in der Dunkelheit auszumachen, während ich den Schlüssel hin und her rüttele. Wenn ich nur den richtigen Winkel treffen würde ...

Ich konzentriere mich so sehr auf meine Aufgabe, dass ich auf nichts anderes mehr achte. Deswegen höre ich die Schritte nicht, die näher kommen. Auch das leise Ausatmen, das in dem verlassenen Korridor über die Lippen einer anderen Person kommt, höre ich nicht. Ich höre gar nichts, abgesehen von dem leisen Klicken, als das Schloss endlich nachgibt, und dem dumpfen Quietschen der uralten Scharniere, als sich die Tür öffnet und mir Zugang gewährt.

»Ja!«, stoße ich in einem unterdrückten, aber triumphieren-
den Flüsterton aus.

Mein Triumph ist jedoch nur von kurzer Dauer.

So schnell, dass ich keine Zeit zum Schreien habe, so schnell,
dass ich nicht mal Zeit zum *Blinzeln* habe … presst jemand ge-
konnt eine Hand auf meinen Mund und zerrt mich zurück in
die Schatten.

Verdammt.

10. KAPITEL

Mein Rücken prallt gegen eine steinharte Brust. Ich zappele in dem eisernen Griff der Arme, die mich gefangen halten, aber es hat keinen Zweck. Wer auch immer mich geschnappt hat, ist viel zu stark, als dass ich ihn abschütteln könnte.

Oh, warum nur hast du dein Zimmer mitten in der Nacht verlassen? Herrgott, Emilia, legst du es etwa darauf an, ermordet zu werden?

Angst durchfährt meine Glieder wie ein Blitzschlag und elektrisiert jedes meiner Nervenenden. Mein Verstand rast und zeigt mir eine Montage aus all den Möglichkeiten, wie ich zu Tode kommen könnte. Die Bilder flackern in schneller Abfolge vor meinen Augen auf.

Ist das der verrückte Brandstifter, der das Feuer gelegt hat?

Ein Monarchiegegner mit einer geschärften Axt?

Ein verärgerter Palastangestellter, der auf Rache aus ist?

Ich verfluche mich dafür, dass ich so unvorsichtig war. Ich verfluche Chloe dafür, dass sie mir Drogen gegeben hat, die mein Urteilsvermögen beeinträchtigt haben. Aber vor allem verfluche ich den geheimnisvollen Angreifer, der kurz davor ist, mir das Genick zu brechen und meine Leiche in diesem verlassenen Korridor zurückzulassen.

Ich denke an all die Dinge, die ich zurücklassen werde. Morgendliche Ausritte und blutrote Sonnenuntergänge. Erste Küsse und erste Streitereien. Den Geruch alter Bücher und frisch bezogener Bettwäsche. Sternenklare Nächte und warme Brisen. Mit jemandem, den man liebt, so lange lachen, bis einem die Tränen kommen. Wegen einer Person, die man hassen sollte, weinen, bis man lacht.

Ich denke an die Menschen, die ich nun niemals richtig kennenlernen werde. Meinen Vater. Meine Stiefschwester. Meinen besten Freund. Meine Leibwächterin. Meinen ... Ich habe kein Wort für Carter, aber auch er ist in meinen Gedanken. Seine blauen Augen haben sich unauslöschlich in meine Erinnerung eingebrannt.

Und am überraschendsten ist sicher, dass ich als Letztes tatsächlich ... an mein Land denke. An mein wunderschönes Caerleon, das durch den Verlust seiner letzten Hoffnung einen weiteren schweren Schlag hinnehmen muss. Ich denke an die Gesichter meiner Landsleute, an all die Dinge in ihrem Leben, die ich als ihre Kronprinzessin hätte verändern können, an all die Dinge, die ich eines Tages als ihre Königin hätte tun können.

Ich bin nicht bereit zu sterben.

Ich hätte noch so viel verändern können.

Mein Angreifer presst die Hand fester auf meinen Mund, um meine Schreie zu unterdrücken. Mit dem Arm, den er um meine Taille gelegt hat, drückt er mich so fest an sich, dass es einfach zwecklos ist, sich zu wehren. Als seine Lippen mein Ohrläppchen streifen, überkommt mich reine Panik, und ich erstarre wie ein Reh im Scheinwerferlicht und warte darauf, dass mein Schicksal seinen Lauf nimmt.

Doch die Panik weicht verblüffter Sprachlosigkeit, als ich meinen Angreifer ein paar Sekunden später sprechen höre. Seine raue Stimme ist mir schmerzlich vertraut.

»Im nächsten Flur stehen zwei Wachen. Wenn du also nicht

willst, dass dieses nächtliche Abenteuer ein vorzeitiges Ende nimmt … wenn du nicht zurück in dein Zimmer verfrachtet und von jetzt an rund um die Uhr bewacht werden willst … schlage ich vor, dass du den Mund hältst, wenn ich meine Hand wegnehme. Verstanden?«

Schlagartig erkenne ich, mit wem ich es zu tun habe. Ich bin gleichermaßen erleichtert, dass ich nicht sterben werde, und wütend auf ihn, weil er mich fast zu Tode erschreckt hat.

Argh.

ARGH!

Dieser verfluchte Kerl …

Ich würde ihn liebend gerne umbringen. Noch lieber würde ich ihn *anschreien*, so laut ich kann … Aber er hat recht. Ich will auf keinen Fall, dass mich die Königsgarde dabei erwischt, wie ich nachts durch den Palast schleiche. Das wird Bane nur die Rechtfertigung verschaffen, die er braucht, um mich erneut komplett unter Verschluss zu halten. Dann wird alles wieder so sein, wie es vor meiner erfolgreichen Verhandlung um mehr Freiheit war.

Carter schüttelt mich sanft. »Hast du mich verstanden?«

Ich nicke.

Er nimmt die Hand von meinem Mund, und ich wirbele sofort herum, um ihn anzuschauen. Trotz der Dunkelheit kann ich jeden seiner irritierend perfekten Gesichtszüge ausmachen. Diese gerunzelte Stirn, diesen ausgeprägten Kiefer. Sein vom Schlaf zerzaustes Haar. Und vor allem diese kühnen blauen Augen, die er so durchdringend auf meine gerichtet hat, dass ich den Blick in jeder Zelle meines Körpers spüre.

Er trägt einen dicken Seemannspullover und eine dunkelgraue Jogginghose. Eine ganze Minute lang stehen wir einfach nur schweigend da und starren uns an. Einerseits will ich mich abwenden, andererseits will ich mir jedes winzige Detail von ihm einprägen, bis hin zu der kleinen Narbe, die seine linke Augenbraue teilt, und der leichten Wölbung seiner Unterlippe.

Je länger ich ihn anschaue, desto größer wird der Schmerz in meiner Brust. Es ist der gleiche Schmerz, den ich immer dann verspüre, wenn ich im Flur an ihm vorbeigehe und mich zwingen muss, ihm nicht in den Weg zu treten – der gleiche Schmerz, der mich überkommt, wenn ich mich zwei Schritte von ihm entfernt befinde und weiß, dass ich meinen Mund nicht auf seinen pressen kann.

Ich frage mich, ob je der Tag kommen wird, an dem mich der bloße Anblick von Carter Thorne nicht umhaut, als hätte man mir einen unerwarteten Schlag in die Magengrube verpasst.

Ich bezweifle es ernsthaft.

Ich schlucke schwer, verdränge diese Gedanken und konzentriere mich stattdessen auf meine Wut – die ist deutlich sicherer als die anderen Emotionen, die momentan durch meinen Körper rauschen.

»Du hast mich fast zu Tode erschreckt!«, zische ich ihn an.

Er zuckt nur vollkommen ungerührt mit den Schultern.

»Bist du mir hierher gefolgt?«

Carter schnaubt unverbindlich. Seine Miene bleibt steinern.

»Was zum Teufel stimmt nicht mit dir?«

Er zieht die Augenbrauen zusammen. »Mit mir? Ich bin nicht derjenige, der sich mitten in der verdammten Nacht aus dem Bett schleicht.«

»Ich bin nicht *geschlichen*.« Ich verdrehe die Augen. »Ich brauchte ein wenig frische Luft.«

»Auf einem verfluchten Turm? Bist du dir jetzt etwa schon zu fein für gewöhnliche Balkone? Oder hast du womöglich darauf gehofft, dass dich dort oben irgendein Märchenprinz entdeckt und dann herbeigeeilt kommt, um dich zu erobern? Das würde dieses kleine Märchenszenario, das du dir zurechtgelegt hast, geradezu komplettieren ...«

»Herrgott!«, blaffe ich, und die Lautstärke meiner Stimme passt sich meiner Laune an. »Du bist ein so unglaubliches Arschloch, dass es manchmal nicht zu fassen ist.«

Bevor ich auch nur mit der Wimper zucken kann, legt er einen Finger auf meine Lippen – eine unmissverständliche Warnung, dass ich leise sein soll. Ich suche nach weiteren Worten, aber sie haben sich alle aus meinem Kopf verflüchtigt. Meine Gedanken entgleisen, sobald er mich berührt.

Carter scheint zu merken, was er angerichtet hat, denn ihm bleibt der nächste Atemzug im Hals stecken, und schon im nächsten Moment senkt er den Blick, um auf meinen Mund zu starren.

Sein Finger.

Meine Lippen.

Mein Herz rast und pocht so heftig, dass ich befürchte, er könnte es hören. Ich beobachte, wie der Puls in seinem Hals schlägt, und frage mich, ob er ebenso schnell geht wie meiner.

»Du solltest nicht allein da raufgehen«, murmelt Carter schließlich. Seine Stimme ist rauer als sonst. Er hat immer noch nicht die Hand von meinen Lippen genommen, also berührt jedes meiner Worte seine Fingerspitze, als es mir endlich gelingt, eine Erwiderung hervorzubringen.

»Dann komm mit mir.«

Ich bin mir nicht sicher, warum ich das sage – vielleicht bin ich immer noch high. Vielleicht bin ich aber auch einfach nur verrückt. Denn es gibt absolut keinen Grund, warum ich Carter Thorne auffordern sollte, mit mir mitten in der Nacht auf den höchsten Turm des Schlosses zu steigen. Und es gibt absolut keinen Grund, warum er einwilligen sollte – nicht wenn man bedenkt, wie die Dinge aktuell zwischen uns stehen. Nicht wenn alles so unterkühlt und angespannt und kompliziert ist.

Und doch …

Die prompte Ablehnung, die ich erwartet habe, bleibt aus. Er steht einfach nur da und schaut mich mit unschlüssiger Miene an. Ich kenne den inneren Kampf, den er austrägt – Selbstkontrolle gegen Selbstsabotage. Ich kenne ihn, weil ich nun schon seit einer ganzen Weile den gleichen Kampf austrage.

Und *verliere,* wie ich hinzufügen sollte.

Bevor er mir geradeheraus eine Abfuhr erteilen kann, trete ich einen Schritt zurück, wende mich dem Wandteppich zu und schiebe ihn erneut zur Seite. In der Dunkelheit taste ich nach dem Türknauf. Als ich die Tür aufschiebe, halte ich kurz inne, bevor ich durch die Öffnung hindurchschlüpfe.

»Ich werde da raufgehen, mit dir oder ohne dich«, flüstere ich und wünschte, dass meine Stimme nicht so zittern würde. »Wenn du mitkommen willst, schön. Wenn nicht, tja … Ich brauche keinen Babysitter. Ich bin durchaus in der Lage …«

»Oh, hör schon auf zu reden.«

Sein tiefes Knurren dringt an meine Ohren. Eine Sekunde später spüre ich seine Brust an meinem Rücken, und bevor ich weiß, wie mir geschieht, schiebt er mich in Richtung Treppe. Meine Füße geraten auf dem unebenen Steinboden ein wenig ins Stolpern. Carter stützt mich automatisch, indem er sanft meinen Oberarm packt. Irgendwie spüre ich diese Berührung bis in jeden Winkel meines Körpers. Dabei entgeht es mir nicht, dass er seine Hände ein wenig länger an meinem Arm verweilen lässt, als es unbedingt nötig wäre, bevor er mich loslässt. Oder vielleicht bilde ich mir das auch nur ein.

Die Tür schwingt zu und schließt uns in der engen Kammer ein. Ohne das schwache Licht der Wandleuchten aus dem

Flur ist es stockdunkel. Ich kann die Treppenstufen vor mir nicht sehen, ganz zu schweigen von dem Mann, der immer noch dicht hinter mir herumlungert.

»Hast du vielleicht darüber nachgedacht, so etwas wie eine Taschenlampe mit auf dein halsbrecherisches Abenteuer zu nehmen?«, fragt er leise.

Ich wühle in den Taschen meiner Jacke herum, aber sie sind leer.

Mist!

Wie zum Teufel konnte ich eine Taschenlampe vergessen?

Meine Wangen brennen vor Verlegenheit, und plötzlich bin ich dankbar dafür, dass es so dunkel ist, dass er mein Gesicht nicht sehen kann. »Tja ... Ich ...« Ich schlucke schwer. »Ich kann zurück in mein Zimmer laufen und ...«

Er seufzt tief. »Vergiss es.« Seine Hitze an meinem Rücken verschwindet, und ich rechne damit, dass er einfach kehrtmacht ... bis ich höre, wie er mit den Händen über die Wand streicht und nach etwas tastet. »Vielleicht ist sie noch hier ...«

»Wonach suchst du?«

»Es ist eine Weile her, seit ich sie hier versteckt habe ...«

»Seit du *was* versteckt hast?«

»Ah.« Ich höre das unverkennbare Kratzen eines Steins, der herumgedreht wird. »Hier ist sie.«

Eine Sekunde später blinzle ich, als er ein Streichholz anzündet und eine helle Flamme aufflackert. Der scharfe Geruch von Schwefel erfüllt den schmalen steinernen Durchgang und hüllt uns ein. Carters Gesicht ist eine Impression aus Licht und Schatten, während er die Flamme an den Docht einer Kerze hält.

»Es werde Licht«, murmelt er, als die Kerze hell lodert.

»Woher wusstest du, dass sie dort ist?«

»Ich bin derjenige, der sie dort versteckt hat.«

»Also bist du schon mal dort oben gewesen?« Ich deute vage mit dem Kinn in die entsprechende Richtung.

Er schnaubt. »Was glaubst du, wer diesen Ort entdeckt hat? Der Turm war mein Versteck, lange bevor Henry oder Alden ihn für sich beanspruchten.«

»Oh. Das wusste ich nicht.«

Er hat die Augen wieder auf meine gerichtet. »Es gibt einiges, was du nicht über mich weißt.«

Ich öffne den Mund, bringe aber nur ein zitterndes Ausatmen zustande.

Carter seufzt. »Steig einfach die Treppe hoch, Emilia. Wir haben eine Menge Stufen vor uns, und ich habe nicht die ganze Nacht Zeit für diesen Zirkus.«

Ich nicke, wende ihm den Rücken zu und drehe mich in Richtung der mit Spinnweben verhangenen Wendeltreppe. Die Luft ist abgestanden, weil hier nie gelüftet wird, und es riecht ein wenig modrig. Diese Wände sind nicht isoliert, also ist es hier kälter als in einem Kühlschrank. Selbst durch die dicken Steinmauern höre ich das sanfte Pfeifen des Windes, der draußen um das Schloss fegt, und sofort wird mir klar, dass es oben an der Spitze noch kälter sein wird.

Carters Murmeln klingt spöttisch. »Das ist die letzte Gelegenheit, umzukehren …«

Ich ignoriere seine Stichelei, straffe die Schultern, hole tief Luft und mache die ersten Schritte. Die Stufen sind alt und uneben und sogar bei guter Beleuchtung tückisch. Da wir nur eine flackernde Kerze als Lichtquelle haben, geht unser Aufstieg quälend langsam vonstatten.

Wir reden nicht. Ich weiß nicht, was Carter denkt, und wage es nicht, ihn anzuschauen, um seine Miene zu deuten. Ich stehe immer noch unter Schock, dass er mir von meiner Suite aus gefolgt ist und vor allem dass er eingewilligt hat, mit mir auf den Turm zu steigen. Normalerweise kann er es gar nicht erwarten, mich loszuwerden.

Was ist heute Nacht anders? Diese Frage stellt sich mir unweigerlich. *Warum ist er plötzlich bereit, wieder Zeit mit mir zu verbringen?*

Ein Teil von mir ist überzeugt, dass dies alles ein Traum ist. Dass ich jeden Moment in meinem Bett aufwachen und feststellen werde, dass dieser surreale Aufstieg nur das Produkt meiner allzu lebhaften Fantasie war.

Bitte sag mir, dass es kein Traum ist.

Sag mir, dass wir nicht länger Todfeinde sind.

Sag mir, dass wir aufhören können, in angespanntem Schweigen miteinander zu leben.

Mehr als einmal gerate ich auf einer unebenen Stufe ins Wanken, aber Carter ist immer zur Stelle und fängt mich mit seiner freien Hand auf, bevor ich fallen kann. Jedes Mal murmle ich ein zögerliches »Danke« in die schale Luft hinein und gehe weiter. Ich bin mir nicht sicher, ob meine hastigen Atemzüge auf die körperliche Anstrengung oder auf meinen emotionalen Aufruhr zurückzuführen sind.

Nach einer gefühlten Ewigkeit erreichen wir endlich die Turmspitze. Ich schiebe die Holztür auf, trete in die kalte Nacht hinaus … und schnappe nach Luft, als sich mir der magische Anblick eröffnet, der mich dort empfängt. Eine Galaxie aus Sternen ist über uns ausgebreitet, und sie scheinen so nah zu sein, dass ich das Gefühl habe, mit den Fingerspitzen über ihre Oberfläche streichen zu können.

Ich lache begeistert und laufe zum Geländer am anderen Ende des Turms, um mich hinüberzulehnen und den Anblick zu genießen. Dank der Brise gibt es keine Wolken, die die Aussicht auf die vielen Sternbilder oder die Lichter von Vasgaard weit unter uns verdecken könnten. Die allgegenwärtige Gebirgskette ragt in der Ferne auf, doch trotz des hellen Sternenlichts ist es zu dunkel, um Einzelheiten zu erkennen.

»Das ist so schön!«, quietsche ich, während mein Atem kleine Wölkchen in der kalten Luft bildet. Ich grinse wie ein kleines Kind. Eine solche Begeisterung habe ich seit Ewigkeiten nicht mehr empfunden. Es ist, als hätte in mir jemand ein Feuerwerk gezündet. Ich wirbele herum und halte nach Carter Ausschau, weil ich sehen will, ob er den Anblick ebenso sehr zu schätzen weiß wie ich …

Abrupt halte ich inne.

Er steht direkt hinter mir. Die Kerze hält er immer noch in der Hand, aber der Wind hat die Flamme ausgeblasen. Er hat einen sanften, beinahe zärtlichen Ausdruck auf dem Gesicht, den ich noch nie zuvor an ihm gesehen habe. Allerdings … sind seine Augen auf mich gerichtet, nicht auf die Sterne.

Mein Lächeln gerät ins Wanken, als er die Kerze vorsichtig neben seinen Füßen ablegt, dann aus meinem Gesichtsfeld verschwindet, um sich schließlich zu seiner vollen Größe aufzurichten und auf mich zuzukommen.

»Warum wolltest du unbedingt hier hochkommen?«

»Das habe ich dir doch schon gesagt«, flüstere ich und klinge ohne jeden Grund nervös. »Ich brauchte frische Luft.«

Er macht einen weiteren Schritt in meine Richtung. Nun trennen uns nur noch ein halbes Dutzend Schritte.

»Ich habe in letzter Zeit nicht gut geschlafen«, füge ich hinzu. »Wie du nur zu gut weißt. Schließlich habe ich dich jede Nacht vom Schlafen abgehalten.«

Er macht einen weiteren langsamen Schritt.

»Was mir übrigens leidtut. Ich glaube, ich habe mich nie dafür entschuldigt …«

Ein weiterer Schritt. Nun ist er nur noch einen guten Meter von mir entfernt.

»Wenn ich damit aufhören könnte, würde ich es tun.« Mein Lachen klingt selbst in meinen Ohren gezwungen. »Ich weiß, dass das für dich wahrscheinlich ziemlich nervtötend ist, aber für mich ist das auch nicht gerade angenehm, glaub mir ...«

»Emilia?«

»Mmm?«

»Du musst dich nicht für Dinge entschuldigen, die du nicht kontrollieren kannst.«

»Oh.« Ich klemme meine Unterlippe zwischen die Zähne und kaue darauf herum. Ich wünschte, ich könnte zu Atem kommen. »Okay.«

Carter macht einen weiteren Schritt auf mich zu und befindet sich nun innerhalb meiner Reichweite. Ich müsste nur die Arme ausstrecken. Er starrt mir die ganze Zeit über fest in die Augen. Ich will mich abwenden, den Blickkontakt unterbrechen, aber ich kann es nicht. Ich versinke in einem tiefblauen Meer und bin nicht in der Lage, wiederaufzutauchen.

»Warum bist du wirklich hier oben?«, murmelt er. Die Frage klingt sowohl sanft als auch streng.

»Das habe ich dir doch gesagt ...«

»Du hast gelogen.«

»Das habe ich nicht!«

»Dann hast du mir eben nicht alles erzählt.« Er beugt sich vor, und die ganze Welt steht still. Ich gerate mit jeder Sekunde ein wenig stärker ins Wanken und kann nichts dagegen ausrichten. »*Warum*, Emilia?«

»Weil ich da unten ersticke, okay?«, blaffe ich so laut, dass ich beinahe schreie. »In diesem Schlafzimmer, in diesem Leben. Je länger ich da unten bin, je länger ich als eine Lancaster lebe, je länger ich über meine Zukunft nachdenke … desto mehr scheinen mich diese Wände zu erdrücken. Und ich kann nicht atmen! *Ich kann nicht atmen, Carter.*«

Ich schüttle den Kopf und versuche, meine Emotionen in den Griff zu bekommen, bevor ich vor ihm einen totalen Zusammenbruch erleide. Trotz meiner Bemühungen kann ich spüren, wie sich Tränen in meinen Augen sammeln. Ich rede mir ein, dass das am Wind liegt und nicht an der Grube aus Verzweiflung, die sich in meinem Inneren auftut. In den vergangenen paar Wochen habe ich alles versucht, um diese Grube geschlossen zu halten. Ich habe sie mit aller Macht ignoriert, weil ich es mir nicht leisten konnte zusammenzubrechen. Nicht während so viele Augen auf mich gerichtet sind und jede meiner Bewegungen beobachten. Nicht während sich so viele Feinde in meiner Nähe aufhalten. Nicht während die Zukunft eines ganzes Landes allein auf meinen Schultern ruht.

Meine Stimme bricht. »Vor zwei Monaten war ich eine ganz normale junge Frau. Einfach … Emilia. Keine Titel, keine Erwartungen. Nur eine Collegestudentin mit lilafarbenem Haar und einem geradlinigen Plan für die Zukunft. Aber jetzt …« Ich hebe den Blick zu den Sternen, um nicht in Tränen auszubrechen. »Jetzt weiß ich nicht mehr, wer ich bin. Ich erkenne die Frau, die mich mit meinen Augen aus dem Spiegel anschaut, nicht einmal. Ich reiße mich zusammen, so gut ich kann, aber jeden Tag werden die Risse in meiner Seele ein wenig tiefer, und ein weiterer Teil der Person, die ich einst war, bröckelt von mir ab und fliegt davon. Schon bald werden nur noch die glänzenden neuen Teile übrig sein, die Simms und Lady Morrell mit so viel Eifer zusammenschustern, um eine richtige Prinzessin aus mir zu machen.«

Carter beobachtet mich aufmerksam, aber seine Miene lässt

keinerlei Rückschlüsse zu. Er zeigt nicht das geringste Maß an Mitgefühl oder Verständnis. Nicht mal einen Hauch von irgendetwas, das einer menschlichen Emotion ähneln könnte. Wie alles andere auf diesem Turm ist er aus unzerstörbarem Stein gemacht. Er ist ein kalter Winterwind. Ein rasanter Sturz aus schwindelerregender Höhe.

»Ist es das, was du hören wolltest?«, frage ich, und Verbitterung füllt die brüchigen Stellen in meiner Stimme. Eine Träne rinnt über meine Wange. »Bist du jetzt zufrieden, Carter?«

»Ob ich zufrieden bin?« Sein Tonfall ist ebenso verbittert wie meiner. Vielleicht sogar noch mehr. »Fragst du mich das ernsthaft?«

»Ja, ich *frage dich das ernsthaft!* Wie sollte ich es denn sonst in Erfahrung bringen? Es ist ja nicht so, als würdest du je mit mir reden oder mich auch nur anschauen oder sonst irgendwie zur Kenntnis nehmen, dass ich existiere, es sei denn, es geht darum, dass du mich um drei Uhr nachts davon abhältst, wie am Spieß zu schreien!«

Sein Gesicht ist eine Maske aus dunklem Zorn. »Und woran liegt das wohl, Emilia? Warum können wir nicht zivilisiert miteinander umgehen? Warum kann ich meine neue Stiefschwester nicht einmal eine Sekunde anschauen, ohne ein Loch in etwas schlagen zu wollen?« Er kommt einen weiteren Schritt auf mich zu. Nun stehen wir uns fast Brust an Brust gegenüber. »Ich denke, dass du es weißt.«

»Ich … Ich …« Ich verstumme, da ich nicht in der Lage bin, ihm zu widersprechen. Ich bin nicht mal in der Lage, zu denken, wenn er mir so nah ist, mich bedrängt und mich anstarrt, als würde er mich von diesem Turm werfen wollen. »Ich weiß, dass das hier … Ich bin einfach …«

»*Was*, Emilia?«

Die Wahrheit ist, dass er recht hat. Ich weiß es – ich weiß genau, warum es zwischen uns so schwierig ist. Ich erinnere mich an jedes lebhafte Detail des Abends, der unsere Beziehung für immer verändert hat.

»Hör zu, denkst du, für mich ist das leicht?« Ich blinzle krampfhaft und versuche, die Tränen zurückzuhalten. »Denkst du, mir gefällt dieses angespannte Verhältnis zwischen uns? Denkst du, dass ich es nicht bereue …« Ich verstumme, bevor ich den Satz beenden kann.

Sein Blick wird noch finsterer. »Hör nicht gerade jetzt auf zu reden. Was bereust du, Emilia? Ich würde es liebend gern erfahren.«

Ich beiße mir auf die Lippe und wende mich ab, da ich nicht in der Lage bin, ihm in die Augen zu schauen, wenn er mich mit solcher Verachtung behandelt.

Als er wieder spricht, zittert seine Stimme vor lauter Heftigkeit. »Du sagst, dass du dich kaum noch wiedererkennst? Dass du dich machtlos fühlst? Dass du das Gefühl hast zu ersticken, weil alle versuchen, dich mit Gewalt in jemanden zu verwandeln, der du nicht sein willst? Das nennt man Leben. Das nennt man Erwachsensein und Verantwortung tragen.« Er lacht, aber der Laut entbehrt jeder Fröhlichkeit. »Du hast nicht länger den Luxus, tun zu können, was immer du willst? *Den hat niemand.* Ob man nun ein Prinz auf einem Thron oder ein verdammter Bettler auf der Straße ist, irgendwann ist jeder gezwungen, sich zu verändern – normalerweise durch miese Umstände, auf die man keinen Einfluss hat. Also tut es mir leid, dass sich dein Leben nicht so entwickelt hat, wie du es dir in deinem perfekten Plan ausgemalt hast, Eure Hoheit. Aber zeig mir eine Person auf diesem verdammten Planeten, die ihren Plan zu hundert Prozent umsetzen konnte.«

Ich drehe den Kopf und schaue ihn an. Mein Herz hämmert

so heftig, dass ich befürchte, es könnte Prellungen an meinen Rippen hinterlassen. »Hast du mich nur deswegen gebeten, ehrlich zu dir zu sein, damit du mich anschreien kannst? Damit du mir das Gefühl geben kannst, dass ich egoistisch und unbedeutend bin? *Gratulation!* Das ist dir gelungen.«

»Ich schreie dich nicht an, um dich herabzusetzen, Emilia. Ich schreie dich an, weil ich will, dass du verstehst, dass du nicht vor Veränderungen gefeit bist, nur weil du jetzt zur Königsfamilie gehörst. Ich schreie dich an, weil dir nicht klar zu sein scheint, dass Veränderungen nicht bloß in einer Richtung verlaufen. Auch du hast die Macht, Dinge zu verändern.«

»*Macht?* Aber ja doch, lass uns darüber reden. Denn ich habe ja *angeblich* so viel davon. Richtig?« Ich lache, obwohl die Situation alles andere als lustig ist. »Ich habe einen Titel und ein Geburtsrecht und eine großartige Zukunft, in der Krone, Thron und Krönung auf mich warten … All die Insignien der Macht. Nur dass ich nicht *wirklich* die Macht habe, etwas auszurichten. Es ist nicht *wirklich* eine Waffe, wenn man sie nicht führen kann. Also sag mir … Wie zum Teufel soll ich auch nur eine verdammte Sache verändern, Carter? Indem ich höflich darum bitte?«

»Ich habe nie behauptet, dass es leicht sein würde. Natürlich wird es nicht leicht sein. Weil es das Schwerste auf der Welt ist – herauszufinden, wer man ist, und dazu zu stehen. Man selbst zu sein, auch wenn der Gegenwind noch so groß ist.« Er macht den letzten Schritt, sodass sich unsere Gesichter fast berühren. Seine Stimme ist vor lauter Anspannung ganz leise. »Es gefällt dir nicht, dass die Leute Teile von dir wegreißen und sie durch Eigenschaften ersetzen, die sie gerne an dir sehen würden? Dann *hol dir diese Teile zurück*. Erschaffe dich neu. Und wenn du das tust, sorg dafür, dass du starke, unzerstörbare Materialien benutzt. Eisen und Blut und Stein. Benutze etwas, das so hart ist, dass sie dich nie wieder in Stücke reißen können.«

Zwei Tränen rinnen links und rechts über meine Wangen. Ich hebe eine Hand, um sie wegzuwischen, aber Carter kommt mir zuvor – er umfasst mein Gesicht mit seinen großen Händen und streicht sanft mit den Daumen über meine Haut. Ich fühle seine Berührung überall. Sie strahlt durch meinen Körper und wärmt mich trotz des bitterkalten Winds, der um uns herumpeitscht. Ich brauche meine ganze Willenskraft, um mich nicht in diesem Gefühl zu verlieren. In seinen Armen.

»Carter«, flüstere ich zitternd und weine immer noch.

»Was?«

Ich blinzle zu ihm hoch. Er ist mir nah – so unerträglich nah – und doch immer noch so weit entfernt. »Als ich vorhin gesagt habe, dass ich es bereue ...«

Er lässt die Hände von meinem Gesicht gleiten, und ich vermisse sie sofort. »Ich erinnere mich«, presst er hervor.

»Ich habe nicht gemeint, dass ich es bereue, mit dir zusammen gewesen zu sein. Dieser Abend, das, was wir miteinander geteilt haben – das werde ich niemals bereuen.« Ich schlucke und überlege, wie ich das, was ich sagen will, am besten zum Ausdruck bringe. Meine Worte sind vorsichtig und so leise, dass ich mir nicht mal sicher bin, ob er sie hören kann. »Was ich bereue, und zwar mehr, als ich es je ausdrücken kann ... ist die Tatsache, dass sich danach alles zwischen uns so drastisch verändert hat. Was ich bereue, sind die Folgen. Was ich bereue, ist die unerträgliche Distanz zwischen uns. Ich weiß nicht, wie ich sie überwinden soll. Und ich will nicht, dass irgendetwas zwischen uns steht, Carter. Ich kann es nicht ertragen, dass ...«

Ich bringe den Satz nicht zu Ende.

Denn Carter streckt die Hände nach mir aus, zieht mich in seine Arme, presst seinen Mund auf meinen ... und löscht in dieser einen Sekunde, innerhalb dieses einen kühnen blauen Augenblicks jegliche Distanz aus, die je zwischen uns geherrscht hat.

II. KAPITEL

Carter Thorne küsst mich.

Hält mich.

Berührt mich.

Endlich, *endlich* berührt er mich, und ich kann zum ersten Mal seit Wochen wieder frei atmen. Er berührt mich, und meine Welt dreht sich wieder.

Mir war nicht mal klar gewesen, dass sie angehalten hatte.

Er vergräbt die Hände in meinem Haar und schiebt seine Zunge in meinen Mund. Mir ist nicht bewusst, dass ich mich bewege, aber plötzlich ist mein Rücken gegen eine der steinernen Mauern des Turms gepresst, und er drückt sich fest an mich und lässt unsere erhitzten Körper miteinander verschmelzen. Ich schlinge die Arme um seinen Rücken und ziehe ihn noch näher an mich heran, so nah, wie es physisch möglich ist. Ich muss unbedingt seinen starken, mich beschützenden Körper an meinem spüren.

Er ballt die Hände in meinem Haar zu Fäusten und zieht meinen Kopf nach hinten, damit er besseren Zugang zu meinem Mund hat. Sein Kuss ist hart, heiß und fordernd. Es ist weniger ein Kuss, sondern vielmehr die Verkündung eines Besitzanspruchs. Er ergreift Besitz von mir, macht mich zu seinem Eigentum und übernimmt mich mit jeder Bewegung seiner Zunge ein wenig mehr. Und ich erhebe keinen Einspruch.

Wenn überhaupt, sporne ich ihn an. Denn hiernach habe ich mich in den letzten Tagen jede Sekunde gesehnt. Ohne es mir einzugestehen, war dieser Kuss von Carter das, was ich brauchte.

Ich schiebe die Hände unter seinen dicken Pullover und suche nach nackter Haut und glatten Muskeln. Ich streiche mit den Fingern über seinen starken Rücken und genieße das Beben, das meine Berührung in ihm auslöst.

Vielleicht erhebe ich auch Anspruch auf ihn.

Für einen sehr, sehr langen Augenblick verlieren wir uns ineinander – vergessen, wo wir sind, vergessen, *wer* wir sind. Wir sind Gefühl und Verlangen. Wir sind umherwandernde Hände und verschlingende Münder, mit Haut und Haaren in einem gestohlenen Augenblick gefangen. Zeit hat keine Bedeutung für uns. Genauso wenig wie die eisige Kälte, die um uns herum herrscht. Oder die Tatsache, dass das, was wir hier tun, vermutlich die schlechteste Idee aller Zeiten ist.

Irgendwann finden meine zitternden Hände den Weg zu Carters Brust. Ich streiche über die Wölbungen seines Waschbrettbauchs, spiele mit dem Gummibund seiner Jogginghose und folge der Spur aus Haaren, die ich dort finde, immer weiter nach unten, bis ich die Finger schließlich einige Zentimeter weit unter den Stoff gleiten lasse. Als ihm klar wird, was ich vorhabe, zuckt Carter abrupt zurück und reißt dabei seinen Mund von meinem los.

Ich lasse die Arme sinken und ziehe die Augenbrauen hoch. »Was ist los? Warum hast du aufgehört?«

Er starrt mich mit geschwollenen Lippen an. Seine Augen schimmern vor Lust. Sein Atem kommt stoßweise. Ich kann sehen, wie sehr er mich will – verdammt, ich konnte *fühlen*, wie sehr er mich will. Mir geht es doch genauso. Also weiß ich, wie schwer es ihm fällt, sich jetzt zurückzuziehen. Mich macht es ebenfalls vollkommen fertig.

Ich weiß nicht, warum er aufgehört hat. Aber um ehrlich zu sein, bin ich verzweifelt genug, mich nicht darum zu scheren.

»Küss mich«, flehe ich und neige mein Gesicht in seine Richtung. Doch er tut es nicht. Stattdessen lässt er den Kopf mit einem Ächzen in meine Halsbeuge sinken. Seine schnellen Atemzüge fühlen sich an meiner Haut heiß an.

»Carter? Was ist los?«

»Wir müssen es ein wenig langsamer angehen lassen.«

»Aber ich will es nicht langsamer angehen lassen.«

Ich will weitermachen, bis ich all die Gründe vergesse, aus denen wir einander fernbleiben sollten. Bis ich all die katastrophalen Auswirkungen vergesse, die unsere letzte intime Begegnung nach sich zog, als wir dem gleichen Impuls an einem dunklen Herbstabend in einem mondlichtdurchfluteten Gewächshaus nachgaben …

»Herrgott, Emilia.« Er lacht, aber es klingt gequält. »Du machst mich fertig.«

»Du wirst dich besser fühlen, wenn du mich küsst, das schwöre ich …«

Er hebt den Kopf, um mir in die Augen zu schauen. Und zum ersten Mal sehe ich unter der Lust noch etwas anderes. Etwas, das mehr ist als bloße körperliche Chemie oder sexuelle Anziehung. Etwas zutiefst Ernstes.

Es in seinen Augen zu sehen sorgt dafür, dass mir der Atem stockt.

Es in seinen Augen zu sehen erschreckt mich fast zu Tode.

Carter senkt die Stirn an meine, sodass wir uns Auge an Auge und Nase an Nase befinden.

»Als wir das das letzte Mal gemacht haben, haben wir es falsch gemacht«, murmelt er so dicht an meinem Gesicht, dass ich jedes Wort auf meinen Lippen spüren kann. »Dieses Mal will ich nicht, dass wir es vermasseln.«

Ich straffe meine Schultern. »Carter …«

»Ich werde das nicht aufs Spiel setzen, indem ich erneut überstürzten Sex mit dir habe. Es ist zu wichtig.« Er hält inne. »Du bist zu wichtig.«

Mein Herz verkrampft sich schmerzhaft in meiner Brust. Ich kann fühlen, wie mein Blutdruck mit jedem schicksalhaften Wort, das über seine Lippen kommt, steigt. Erneut rinnen Tränen aus meinen Augenwinkeln, und ich weiß, dass er sie feucht an seinen Wangen spüren kann.

»Carter.« Sein Name zersplittert auf meinen Lippen. »*Bitte nicht.*«

»Was soll ich nicht tun?«

»Sprich nicht weiter«, flüstere ich. »Küss mich einfach. Kann das für den Moment nicht genügen? Küss mich einfach und … Bitte, was auch immer du tust … sag diese Dinge nicht mehr zu mir.«

Er zieht sich zurück, und zwischen seinen Augen bildet sich eine Falte, als er endlich den Ausdruck auf meinem Gesicht und die Anspannung meines Körpers wahrnimmt. Seine Stimme ist herzzerreißend verletzlich, als er flüstert: »*Warum nicht?*«

»Weil es das nur schwerer machen wird.«

»Was wird es schwerer machen?«

Meine Kehle zieht sich in einem heftigen Muskelkrampf zusammen. Ich versuche, die Worte mit klarer Stimme auszusprechen, aber sie bricht auf halbem Weg. »Zu gehen.«

Der Ausdruck von Schmerz und Verrat, der über sein Gesicht huscht, wird mich für den Rest meines Lebens verfolgen.

»*Verstehst du es denn nicht?*«, will ich schreien. »*Beim letzten Mal war es nur Sex, und dich zu verlassen hätte mich beinahe umgebracht. Wenn du also jetzt all diese wundervollen Dinge zu mir sagst … Wenn wir zulassen, dass es hier um mehr als nur körperliches Verlangen geht … Wenn wir zulassen, dass unsere Herzen zu*

unseren Körpern aufholen … dann denke ich nicht, dass ich es über-
leben werde, wenn das unvermeidliche Ende kommt.«

Er zieht die Hände zurück, als hätte ich ihn verbrannt. Dann
weicht er einen Schritt vor mir zurück, als könnte er es nicht
länger ertragen, mich zu berühren. »*Klar.* Mein Fehler. Ich
dachte, dass es dieses Mal anders wäre. Aber wie ich sehe, sind
wir wieder genau da, wo wir angefangen haben.«

»Carter, sag das nicht. Das stimmt nicht.«

»Doch, tut es wohl. Was genau hat sich denn verändert?«
Seine hinreißenden Züge sind zu einem hasserfüllten Ausdruck verzogen. »Du treibst es mit mir in einem Gewächshaus, dann gehst du davon; du küsst mich auf dem Turm eines
Schlosses, dann gehst du davon. Es läuft immer auf eins hinaus.
Der einzige Unterschied ist, dass bei unserer kleinen Verabredung diesmal kein Orgasmus für dich herausgesprungen ist.«

Meine Tränen fließen nun ungehemmt und quellen mit alar-
mierendem Tempo aus meinen Augen hervor. »Tu das nicht.«

»Was tue ich denn, Emilia?«

»Mach … Mach es nicht schlecht. Verdrehe es nicht zu etwas, das es nicht ist.«

»Dann sag mir, *was es ist.* Nenn es beim Namen.« Er hält
inne, und seine Augen lodern vor Zorn. »Du kannst es nicht,
oder? Weil du genauso gut wie ich weißt, dass man etwas, das
nicht existiert, nicht beim Namen nennen kann.«

Ein Schluchzen entringt sich meiner Kehle.

Gott, ich halte das nicht länger aus. Ich bin nicht stark genug.
Noch eine Minute, und ich werde all meine Entschlossenheit über
den Haufen werfen und in seine Arme fallen, zum Teufel mit den
Konsequenzen.

»Jetzt weint sie«, flüstert er kalt und beobachtet, wie meine
Tränen fließen. Er klatscht langsam in die Hände, um mir voller Hohn Beifall zu spenden. »Bravo. Was für eine glanzvolle

Darbietung. Fast hätte ich dir abgenommen, dass dir das alles etwas bedeutet.«

»Natürlich bedeutet es mir etwas!« Entschieden wische ich die Tränen von meinen Wangen. »Du tust so, als würde ich das hier genießen, als wäre das alles leicht für mich …«

»Denkst du, dass es leicht *für mich* ist?«, knurrt er, während seine Wut wieder hochkocht. »Denkst du, dass es leicht ist, die eine Frau zu wollen, die buchstäblich die letzte Person auf dieser Erde ist, mit der ich zusammen sein kann, und zwar aus unzähligen Gründen? Denkst du, dass es mir Freude bereitet, dabei zuzusehen, wie du mit jedem Tag ein wenig weiter aus meiner Reichweite gleitest? Denkst du, dass es mir gefällt, die Boten bei dir Schlange stehen zu sehen, wie sie dir Blumen von Männern bringen, die tatsächlich eine Chance auf eine Zukunft mit dir haben, weil du sie als potenzielle Partner in Betracht ziehen darfst?«

Ein weiteres Schluchzen entringt sich meiner Kehle. »Was soll ich denn machen, Carter? Wie kann ich das wieder in Ordnung bringen? Bitte hilf mir auf die Sprünge, denn ich weiß nicht weiter. Nenn mir eine Lösung. Hast du eine? Oder bist du zu sehr damit beschäftigt, mir die Schuld an dieser ganzen Misere zu geben, um dich tatsächlich mal in meine Lage zu versetzen?«

Nun schauen wir uns gegenseitig finster an, und unsere Blicke vermischen sich zu einem feurigen Sturm aus Wut und Hass, aus Liebe und Lust, aus Verlangen und Feindseligkeit, aus Sehnsucht und Schmerz. Alles verschmilzt zu einem glühend heißen Gemisch, das uns in dieser bitterkalten Nacht wahrscheinlich beide verbrennen wird.

»Sag mir, was du hören willst, und ich werde es sagen«, wimmere ich. Meine Stimme ist nur noch eine armselige Hülle ihrer selbst. »Sag mir, was ich tun soll, und ich werde es tun.«

»Dann beantworte mir eine Frage. Aber ehrlich.«

Ich nicke, da ich nicht in der Lage bin zu sprechen.

Er kommt einen halben Schritt auf mich zu, achtet aber darauf, mich nicht zu berühren. Seine Augen spüre ich jedoch überall, auf jedem Teil meines Körpers.

»Willst du mit mir zusammen sein, Emilia?«

»So einfach ist das nicht, und das weißt du …«

»Doch, das ist es. *Willst du mit mir zusammen sein?* Ja oder nein? Wenn die Antwort Ja lautet … werden wir einen Weg finden. Wir werden das hinbekommen. Gemeinsam.«

Die Worte liegen mir auf der Zunge und blockieren meine Luftröhre.

Ob ich mit dir zusammen sein will?

Natürlich will ich mit dir zusammen sein. Du bist alles, woran ich denke, du bist alles, was ich mir in diesem Leben wünsche. Du erfüllst mein Herz und meine Gedanken wie niemand sonst.

Ob ich mit dir zusammen sein will?

Als ob man diese Frage überhaupt stellen müsste. Als wären wir nicht bereits untrennbar miteinander verbunden, unsere Seelen unwiderruflich miteinander vereint. Das ist keine Frage, sondern eine Tatsache. Ich fühle es. Ich weiß es.

Ob ich mit dir zusammen sein will?

Wollen sich die Wellen am Ufer brechen? Wollen die Berge in den Himmel hinaufragen?

Ich könnte mein Herz ebenso wenig von deinem trennen, wie ich die Erde in zwei Hälften teilen und sie an unterschiedliche Enden des Universums schleudern könnte.

»Was ich will, spielt keine Rolle«, sage ich stattdessen und fühle mich leer.

»Natürlich spielt es eine verdammte Rolle!«, brüllt er und sieht dabei aus, als würde er mich so lange schütteln wollen, bis ich Vernunft annehme. »Es spielt eine größere Rolle als alles

andere, Emilia. Und wenn du mit mir zusammen sein willst …
Wenn es für uns irgendeine Möglichkeit gibt, zusammen zu
sein … dann werde ich sie finden. Und wenn es mich zerstört.«

Aber das ist ja genau das Problem. Nicht wahr?

Liebe sollte einen nicht zerstören.

Wenn sie dazu führt … wie kann es dann Liebe sein?

Er steht da und wartet auf meine Antwort.

Ich stehe da und zerbreche innerlich. Meine widersprüchlichen Sehnsüchte reißen mich in Stücke. Sie zerren mit ra-
siermesserscharfen Klauen an mir, und ich kann nicht mal eine
Hand heben, um mich zu wehren.

»Du hast gesagt, dass du mir eine ehrliche Antwort geben
würdest.« Seine Augen sind unbarmherzig, und er starrt damit schonungslos in meine. »Sag mir verdammt noch mal die
Wahrheit, Emilia. Sag mir, dass du für uns kämpfen willst. Ansonsten … werde ich gehen.«

Ich will ihm glauben. Ich will ihm so verzweifelt glauben,
dass ich für einen Moment beinahe in der Lage bin, die Realität zu ignorieren. Beinahe gelingt es mir, mich davon zu überzeugen, dass unsere Vereinigung mit irgendetwas anderem als
Herzschmerz und Elend für uns beide enden könnte.

Beinahe.

Die Wahrheit ist, dass wir auf einer Achterbahn fest-
geschnallt sind, die eine festgelegte Strecke fährt. Wir können
weder die Richtung noch das Ziel ändern. Die einzige Wahl,
uns das Elend dieser Fahrt vielleicht zu ersparen, besteht darin,
jetzt auszusteigen und getrennte Wege zu gehen.

Wenn er mir nicht so viel bedeuten würde, wäre mir der
Ausgang dieser Sache vielleicht egal. Ich würde mich auf die
Fahrt einlassen und die Konsequenzen in Kauf nehmen, nur
um das vorübergehende Hochgefühl zu erleben, das es mit sich

bringen würde, mit ihm zusammen zu sein. Ich würde jeden Schmerz in Kauf nehmen, nur um eine Chance zu haben, für eine kurze Weile an seiner Seite zu sein.

Aber ich weigere mich, Carter mit mir in den Abgrund zu reißen.

Mit den Augen überwinde ich die winzige Entfernung, die noch zwischen uns ist, und schaue ihn an.

Ich schaue ihn *wirklich* an.

Unter dem arroganten Äußeren, unter dem unverschämten Mistkerl, den er der Welt zeigt ... besitzt Carter Thorne ein Herz, das zu tiefer Liebe fähig ist. Er lässt es niemanden sehen. Verdammt, möglicherweise hat er es sogar selbst noch nicht erkannt. Aber *ich* kann es klar und deutlich sehen. Ebenso wie ich sehen kann, wie viel Schmerz ihm das alles hier bereitet. Wie viel Schmerz *ich* ihm bereite.

Wir können uns nicht ewig im Kreis drehen. Uns im einen Moment hassen und im nächsten gegenseitig verschlingen. Ich kann mich nicht wieder in seine Arme fallen lassen und ihm meinen Körper schenken, während ich ihm alles andere vorenthalte. Nicht wenn jetzt echte Gefühle im Spiel sind. Nicht wenn es uns vorherbestimmt ist zu scheitern.

Es ist grausam – nicht nur seinem Herzen gegenüber, sondern auch meinem. Und ich werde es nicht länger zulassen. Dafür bedeutet er mir zu viel. Er bedeutet mir genug, um ihn gehen zu lassen.

Seine Worte schweben in der Luft wie ein Geist.

Willst du mit mir zusammen sein?

Ich schließe die Augen, damit ich den Ausdruck auf seinem Gesicht nicht sehen muss, und lege so viel Beharrlichkeit in meine Stimme wie möglich, bevor ich die Worte ausspreche, von denen ich weiß, dass ich niemals in der Lage sein werde, sie zurückzunehmen.

»Nein, Carter. Ich will nicht mit dir zusammen sein. Ich will nicht für uns kämpfen. Ich denke nicht, dass es das wert ist. Es darf nicht sein.«

Ich wende ihm den Rücken zu, verlasse den Turm und verschwinde auf die dunkle Wendeltreppe, bevor er die Tränen sehen kann, die sich in meinen Augen sammeln. Beim Abstieg über die unebenen Stufen in völliger Finsternis breche ich mir fast das Genick, aber ich bleibe nicht stehen.

Wen kümmern schon ein paar gebrochene Knochen, wenn das Herz in der eigenen Brust in tausend Scherben zersplittert ist?

12. KAPITEL

»Alles in Ordnung?«, fragt mich Chloe zum fünften Mal.

Ich reibe mir die Schläfen. »Es ginge mir besser, wenn du mich das nicht dauernd fragen würdest.«

»Ich frage es nur, weil du aussiehst ... Na ja, du siehst aus wie ausgespuckt, wenn ich ehrlich sein soll. Und ich könnte mir vorstellen, dass du vor allem heute willst, dass ich ehrlich zu dir bin, da du ja in einer Stunde eine offizielle Verabredung hast, bei der dir das ganze Land zuschauen wird.«

»Danke. Das ist wirklich hilfreich, Chloe.«

»Ich tue, was ich kann.«

Ich will ihr sagen, dass es für meine furchtbare Erscheinung einen guten Grund gibt. Ich will mich ihr anvertrauen und ihr erzählen, dass die verquollenen, rot geweinten Augen und die dunklen Augenringe absolut gerechtfertigt sind. Ich will ihr klarmachen, dass sie sich nach der Nacht, die ich hatte, glücklich schätzen kann, dass ich überhaupt in der Lage war, mich aus dem Bett zu hieven. Denn ich habe deutlich länger in mein Kissen geweint als geschlafen.

Aber aus gutem Grund kann ich das nicht tun. Denn dann müsste ich ihr erzählen, weswegen ich geweint habe.

Denk nicht an ihn, rufe ich mich streng zur Ordnung. *Sonst wirst du nur wieder weinen, und dann wird sie mit Sicherheit wissen, dass etwas nicht stimmt.*

Chloe schnappt sich den mit einem Reißverschluss versehenen Kleidersack von meinem Bett. »Ist das das Outfit, das Lady Mürrisch für deine Verabredung ausgewählt hat?«

»Du meinst Morrell.«

»Ach wirklich?« Sie grinst. »Dann wollen wir doch mal sehen …«

Mit einem entschiedenen Ruck zieht sie den Reißverschluss auf und bringt ein langes, schwarzes Rollkragenkleid zum Vorschein.

»Ahhhh! Meine Augen!« Chloe schleudert das Kleid mit einer theatralischen Geste in die Ecke. Dann lässt sie sich auf die Knie fallen und presst die Handflächen auf ihr Gesicht. »Schnell, schnell. Verbrenn es!«

Ich schnaube. »Keine Sorge. Ich habe *nicht* vor, das zu tragen.«

»Gut, denn so sackförmig, wie das Teil geschnitten ist, passen da locker drei Emilias rein, und es wäre immer noch Platz für den Nachtisch.« Chloe verdreht die Augen. »Ich dachte, Lady Mürrisch wollte eine königliche Hochzeit? Weiß sie nicht, dass man die Gunst eines heiratsfähigen caerleonischen Junggesellen am ehesten mit einem ebenso geschmackvollen wie sinnlichen Maß an Sideboob erwirbt?«

»Mir war nicht klar, dass ein Sideboob überhaupt geschmackvoll sein kann.«

»Habe ich geschmackvoll gesagt?« Sie legt nachdenklich den Kopf schief. »Vielleicht meinte ich auch billig … Wie dem auch sei, die Wirkung auf Männer ist die gleiche.«

Ich rappele mich auf und trotte auf meinen geräumigen begehbaren Kleiderschrank zu. »Komm schon. Du musst mir dabei helfen, etwas zum Anziehen auszuwählen. Vorzugsweise ein Mittelding zwischen ›zugeknöpftem Rollkragen‹ und ›skandalösem Sideboob‹.«

Zwanzig Minuten später klopft es an meine Tür – das ist zweifellos Galizia, die gekommen ist, um mich zu meiner Verabredung zu begleiten.

»Herein!«, rufe ich und werfe noch einen letzten Blick in den Spiegel. Die Kombination aus einem maßgeschneiderten weißen Blazer und einer eng geschnittenen schwarzen Stoffhose wirkt klassisch, doch die bis übers Knie reichenden Absatzstiefel aus Wildleder und der üppige Silberschmuck, mit dem mich Chloe behangen hat, verpassen dem Outfit einen nicht allzu langweiligen Anstrich.

»Das ist genau das richtige Maß an Dekolleté«, pflichtet mir meine Stiefschwester bei und mustert meine Brüste mit einem prüfenden Blick. »Oder, Gali… *Oh!* Sie sind nicht Galizia.«

Ich drehe mich herum, um zu sehen, was sie meint, und reiße die Augen auf. In meiner Tür steht eine Wache, aber der Mann ist definitiv *nicht* Galizia. Er ist groß und muskulös und hat einen dichten Schopf aus kastanienbraunem Haar sowie metallisch schimmernde graue Augen. Ich habe ihn schon ein- oder zweimal auf dem Schlossgelände gesehen, während er Dienst hatte, aber wir haben nie miteinander gesprochen.

»Ähm. Hi«, sage ich ziemlich dümmlich. »Wer sind Sie, und warum sind Sie in meinem Zimmer?«

Er nimmt sofort Haltung an und salutiert förmlich. »Oberleutnant Emmett Riggs, Eure Hoheit.«

Chloe pfeift anerkennend.

»Stehen Sie bequem, Soldat«, sage ich und ignoriere ihre Mätzchen. »Kann ich Ihnen irgendwie helfen?«

»Tatsächlich hoffe ich, dass ich *Ihnen* helfen kann, Prinzessin.«

Ich ziehe die Augenbrauen hoch. »Oh?«

Er nickt. Seine grauen Augen sind fest auf meine gerichtet. »Ich habe mich gefragt, ob Sie immer noch nach geeigneten Kandidaten suchen und bereit wären, meine Dienste in Anspruch zu nehmen.«

Ich ziehe die Augenbrauen noch weiter nach oben. Was auch immer ich von ihm erwartet habe … *das* war es nicht.

»Für Ihre Prinzessinnengarde«, stellt er klar.

»Ja, wir haben uns schon gedacht, dass es nicht um eine Stelle als Vollzeit-Sexsklave geht«, kommentiert Chloe gedehnt.

»Chloe!«, weise ich sie zurecht, aber Riggs grinst.

»Also … ist das ein Ja?«

Ich schaue ihn mit zusammengezogenen Augen an. »Hat Bane Sie dazu angestiftet?«

Die Frage scheint ihn ernsthaft zu beleidigen. Die Art, wie er die Lippen verzieht, als ich den Namen des Kommandanten erwähne, verrät mir, dass er auf den Mann eindeutig nicht gut zu sprechen ist.

»Nein, Eure Hoheit. Ich bin aus freien Stücken hier. Ich hätte schon früher kommen sollen, damals, als Sie um Hilfe baten. Ehrlich gesagt ärgere ich mich seit jenem Tag darüber, dass ich so feige war.«

»Warum?«

Er wirkt verwirrt. »Warum was?«

»Warum wollen Sie die Königsgarde verlassen und für mich arbeiten? Ist das für Sie nicht so was wie eine Degradierung?«

»Ganz im Gegenteil.« Er zuckt leicht mit den Schultern. »Darf ich offen sein?«

»Natürlich.«

»Ich kann mir vorstellen, dass aus dieser Prinzessinnengarde früher oder später die Königinnengarde werden wird. Mit anderen Worten, wenn ich nur lange genug warte … hätte ich mir gerade eine Gratisbeförderung gesichert. Ganz schön clever, wenn ich das so sagen darf.«

Angesichts seiner Logik kann ich mir das Lächeln nicht verkneifen. Aber er hat nicht ganz unrecht. Außerdem hat er etwas Sympathisches an sich. Etwas Unverkrampftes, das mich sofort entspannen lässt. Tatsächlich erinnert er mich ein wenig an Owen.

Bei dem Gedanken gerät mein Lächeln ins Wanken.

Owen.

Immer wenn mir mein bester Freund in den Sinn kommt, verspüre ich einen heftigen Stich im Herzen. Ich habe seit Wochen nicht mehr mit ihm gesprochen – nicht mehr seit er mich anrief, um mich vor einer möglichen Bedrohung während der Krönungsfeier zu warnen.

Und wie recht er damit behalten sollte …

Ich fange an, mir Sorgen um ihn zu machen. All meine Anrufe an seine alte Nummer sind unbeantwortet geblieben. Der königliche Straferlass liegt nutzlos in meiner Schreibtischschublade herum und erscheint mir wie der blanke Hohn.

Was für einen Sinn hatte es, sich mit Octavia anzulegen, um ihm eine Begnadigung zu verschaffen, wenn er sich nicht mal die Mühe macht, das verdammte Ding zu benutzen?

Andererseits, wenn er seine kürzlich für sich entdeckte Sympathie für die lancasterfeindlichen Splittergruppen und deren Aktivitäten beibehält … könnte er sie irgendwann tatsächlich benötigen. Ich rufe mir immer wieder ins Gedächtnis, dass er nicht *wirklich* zum Monarchiegegner geworden ist … dass er sich ihnen nur angeschlossen hat, um Informationen über ihre potenziellen ruchlosen Pläne zu erhalten … dass er das nur tut, um mich zu beschützen … Aber etwas zu wissen und etwas zu glauben sind zwei vollkommen unterschiedliche Dinge. Auch wenn ich es noch so sehr versuche, ich kann einfach das Bild von ihm mit diesem schwarzen Tuch vor dem Gesicht nicht loswerden.

Tod der Monarchie!

Chloe räuspert sich und holt mich damit zurück in die Gegenwart. Ich richte meine Aufmerksamkeit wieder auf Riggs.

»Ich werde zuerst mit Galizia klären müssen, ob das in Ordnung geht«, teile ich ihm tonlos mit. »Aber wenn sie kein Problem damit hat, mit Ihnen zu arbeiten, werde ich Ihnen eine Chance geben. Auf vorläufiger Basis.«

»Oh.« Er verzieht das Gesicht. »Das könnte ein Problem darstellen.«

»Warum?«, frage ich verwirrt. »Hat Galizia ein Problem mit Ihnen?«

»Nicht wirklich.«

Ich verschränke die Arme. »Erklären Sie mir das.«

Er grinst hastig und beinahe verlegen. »Nun ja, die Sache mit Galizia ist … Sie ist in mich verliebt. Und zwar bis über beide Ohren verliebt.«

Chloe und ich werfen uns skeptische Blicke zu. Die Vorstellung, dass meine stoische Leibwächterin »bis über beide Ohren« in irgendjemanden verliebt sein könnte, klingt ehrlich gesagt ziemlich abwegig.

»Und … ist sich Galizia dieser Tatsache *bewusst?*«, hake ich nach.

»Noch nicht.« Riggs klingt vollkommen unbekümmert. »Aber sie wird es schon noch mitbekommen. Irgendwann. Falls Sie je bemerkt, dass ich existiere.«

Chloe schnaubt. »Ja. Viel Glück dabei, Kumpel.«

Als ob sie gehört hätte, dass wir ihren Namen erwähnt haben, wählt Galizia exakt diesen Augenblick, um in meine Gemächer zu treten. Sie reißt die blauen Augen weit auf, als sie Riggs entdeckt.

»Emmett!«, keucht sie, und ihre Wangen laufen rot an. »Ich meine Riggs. Leutnant Riggs. Ähm ... Oberleutnant. Sir.« Sie errötet noch heftiger und salutiert hastig, da er streng genommen ihr Vorgesetzter ist.

Eine unvorhergesehene Wendung ... Riggs könnte mit seiner Vermutung tatsächlich recht haben ...

Chloe und ich tauschen einen weiteren Blick aus. Sie sieht aus, als würde sie ein Lachen hinunterschlucken. Ich selbst bin derart schockiert, Galizia so nervös zu sehen, dass sie sich verhaspelt, dass ich meine Kinnlade nur mühsam davon abhalten kann, herunterzuklappen.

Galizia und Riggs starren einander weiterhin an – sie angespannt und steif, er vollkommen entspannt und grinsend. Wenn man die beiden so zusammen sieht, lässt sich nicht leugnen, dass auf beiden Seiten Gefühle im Spiel sind. Nun ergibt es absolut Sinn, dass Riggs so wild darauf ist, Teil meines persönlichen Sicherheitsdienstes zu werden ... Und seine Motive haben nichts damit zu tun, der Krone zu dienen oder seine Karriere voranzutreiben.

»Was machen Sie hier?«, fragt ihn Galizia geradeheraus.

Er öffnet den Mund, um zu antworten, aber ich komme ihm zuvor.

»Ich habe ihn gerade eingestellt«, platze ich heraus und versuche, ein Lächeln zu unterdrücken. »Er wird das zweite Mitglied meiner offiziellen Prinzessinnengarde sein. Ist das nicht toll?«

»Was?!«, zischt Galizia. »Eure Hoheit, das ist ... Ich denke nicht ... Warum sollten Sie ...?« Sie presst die Lippen zusammen, atmet tief durch die Nase ein und nimmt Haltung an. »Wenn Sie das für das Beste halten, werden ich Ihre Entscheidung unterstützen, Prinzessin.«

»Sehen Sie, Eure Hoheit?«, sagt Riggs fröhlich. »Sie hat absolut keine Probleme damit. Wir sind alle eine große, glückliche Familie.«

Galizia wirft ihm tödliche Blicke zu.

Chloe kichert. »Oh, das wird lustig werden.«

Ich lache zum ersten Mal an diesem Tag und kann ihr nur zustimmen.

Eine Stunde später gibt es für mich absolut nichts mehr zu lachen.

Ich bin zu Tode gelangweilt.

Sir Edgar Klingerton, der hochverehrte Graf aus Lund, von dem Simms und Lady Morrell dachten, dass er mein Herz erobern könnte, ist von durchschnittlicher Größe, sieht landläufig betrachtet ganz gut aus und …

Das ist auch schon alles.

Damit enden seine Vorzüge.

Nicht dass er engherzig oder übellaunig wäre. Er ist einfach nur … unerträglich *langweilig*. Um ehrlich zu sein, hatte ich sogar während einer Zahnbehandlung schon anregendere Unterhaltungen, obwohl mein Mund dabei voller Metallteile war, die meine Zunge nach unten drückten.

Unsere Gesprächsthemen umfassten das Wetter – *mild für Ende November!* –, unsere liebsten Rugbymannschaften – *Erzfeinde auf dem Spielfeld und auch abseits davon* – und unsere Lieblingskekssorte – *wir mögen beide dieselbe Marke.*

Wir sind in einem der Situation angemessenen Abstand am Flussufer entlangspaziert, genau wie Lady Morrell es angeregt hat. Wir haben sogar für ein Pressefoto haltgemacht, und zwar an einer besonders idyllischen Biegung des Flusses, wo wir eine Entenfamilie mit Brot gefüttert und breit genug gelächelt haben, um die Kameras davon zu überzeugen, dass wir uns glänzend verstehen.

Als meine Absätze an einer Stelle im Matsch versinken, verhält sich Edgar wie ein perfekter Gentleman – er reicht mir seine Hand, um mir vom grasbewachsenen Ufer zurück auf den Gehweg zu helfen. Ich lächle ihn in den richtigen Momenten an und sage all die richtigen Dinge. Ich verabschiede mich mit einem warmen Lächeln von ihm und verspreche, mich bei ihm zu melden.

Erst als ich für die Rückfahrt zum Palast wieder in der Limousine sitze und sicher hinter den getönten Scheiben verborgen bin, gestatte ich es mir, das falsche Lächeln verblassen zu lassen. Sofort rollen dicke Tränen über meine Wangen.

Ich habe gerade den ersten flüchtigen Blick auf meine Zukunft erhalten.

Und sie sieht wirklich ausgesprochen trostlos aus.

Die nächste Woche vergeht in einem verschwommenen Wirrwarr aus Presseterminen und publikumswirksamen Verabredungen.

Ich nehme zusammen mit dem vollkommen vergessenswürdigen Baron von Zareb an einer Wohltätigkeitsveranstaltung teil. Zu seinen Hobbys zählen Schachturniere und Marathonläufe. Man kann wohl mit Fug und Recht behaupten, dass es keine Liebe auf den ersten Blick ist.

Ich verbringe einen verschneiten Morgen in einer örtlichen Grundschule, wo ich den Kindern etwas vorlese. Ich trinke Tee mit der todlangweiligen Frau des Premierministers in ihrem Wintergarten in Frenberg. Ich besuche unser Naturkundemuseum mit einer Gruppe ausländischer Würdenträger, die bei uns zu Besuch sind – bevor ich meine Stilettos ausziehe, um mit ihren Kindern durch die Dinosaurierausstellung zu rennen. (Was, nur fürs Protokoll, der unterhaltsamste Moment meiner ganzen Woche ist.)

Natürlich hat die Presse ihre Schlagzeile.

BARFÜSSIGE THRONFOLGERIN!
PRINZESSIN EMILIA ZIEHT WÄHREND EINER
DIPLOMATENVERANSTALTUNG DIE SCHUHE AUS

Ich dachte, dass Simms einen Herzinfarkt erleiden würde, als er diese spezielle Schlagzeile über einem Bild von mir sah, auf dem ich wie wild herumrenne und dabei von einem Geschwader aus Siebenjährigen verfolgt werde. Doch dann zog er die Reaktion der Öffentlichkeit in Erwägung.

Wie es scheint, teilen die sogenannten einfachen Bürger seine Missbilligung meines unstandesgemäßen Verhaltens nicht. Tatsächlich … mögen sie es sogar irgendwie. Jeden Tag, wenn ich aus der Rolls-Royce-Limousine steige, um mich einer weiteren königlichen Aufgabe zu widmen, ist die wartende Menge ein wenig größer. Und *sehr viel* lauter.

Früher lächelte ich verhalten und ging an den Leuten vorbei, ohne stehen zu bleiben. Ich fühlte mich unwohl dabei, der Mittelpunkt von so viel Aufmerksamkeit zu sein. Aber mit der Zeit habe ich mehr Übung darin bekommen, und es ist einfacher geworden.

Als ich heute das Rosebud-Lernzentrum verlasse – die kleine Wohltätigkeitseinrichtung, in der ich den Morgen damit verbracht habe, mich mit den Lehrern und Hilfskräften über ihre frisch bewilligte königliche Förderung zu unterhalten –, bleibe ich stehen, um die Leute zu begrüßen, die sich auf dem Bürgersteig versammelt haben.

Seht mal! Das ist Emilia!
Oh mein Gott, sie ist es wirklich!
Prinzessin Emilia! Hier drüben!
Sind Sie tatsächlich mit dem Grafen von Lund zusammen?

Ich gehe langsamer, während ich mich an den Leuten vorbeibewege, lächle und im Laufen Hände schüttle. Hin und wieder halte ich inne, um jemanden nach seinem Namen zu fragen oder mich zu erkundigen, woher er stammt. Die meisten Leute leben hier in Vasgaard, aber ein paar sind aus den entlegensten Winkeln Caerleons angereist, um die bevorstehende Urlaubssaison in der Hauptstadt zu verbringen. Sie stammen aus Orten, von denen ich noch nie gehört habe, ganz zu schweigen davon, dass ich jemals dort gewesen wäre.

Uvendon, Jaarlsburg, Hanton, Saalk.

Auf halbem Weg zur wartenden Limousine bleibe ich stehen, um einem kleinen Jungen mitzuteilen, dass mir sein Rugbytrikot gefällt – die Cavaliers sind auch meine Lieblingsmannschaft. Sein Gesicht strahlt förmlich vor Freude. Ich habe mich vorgebeugt, um ihn zu fragen, wer sein Lieblingsspieler ist, als eine scharfe Stimme durch die Menge schallt.

»Lancaster-Schlampe!«

Ich kann das barsche Wort kaum verarbeiten, denn eine Sekunde später klatscht etwas Feuchtes gegen meine Wange.

Spucke, wie mir voller Entsetzen klar wird. *Jemand hat mich angespuckt.*

»Nieder mit der Krone!«, brüllt der Mann nun. Jedes einzelne Wort ist von einem Hass durchtränkt, der mich regelrecht in Schockstarre versetzt. »Hörst du mich, Flittchen? Die Tage der Monarchie sind gezählt!«

Ich hebe den Blick, um nach der Quelle der giftigen Worte zu suchen, aber mir bleibt keine Zeit, meine Wachen haben mich umringt – Galizia auf der einen und Riggs auf der anderen Seite. Sie haben meine Oberarme gepackt und führen mich vom Ort des Geschehens weg. Ich erhasche lediglich einen flüchtigen Blick auf meinen Angreifer: einen glatzköpfigen Mann mittleren Alters, den ich noch nie zuvor gesehen habe. Auf seinem schwarzen Oberteil prangt das Symbol der Monarchiegegner, das ich erkenne – das Löwenwappen, das von einem roten Schwert in zwei Hälften geteilt wird. Seine dunklen Augen scheinen sich regelrecht in mich hineinzubrennen, selbst dann noch, als ihn bereits ein Geschwader aus Wachen mit gezogenen Waffen umzingelt.

»Faschisten!« Der Mann schreit weiter, als sie ihn zu Boden drücken. »Lancaster-Abschaum! Dafür wirst du verdammt noch mal bezahlen! Ihr werdet alle bezahlen!«

Gelähmt vor Entsetzen wehre ich mich nicht, als mich Riggs förmlich in den Rolls-Royce stößt. Sobald die Tür hinter mir zuschlägt, rasen wir davon und lassen den Bürgersteig hinter uns. Die Reifen quietschen so laut, dass ich zusammenzucke.

Ich brauche eine ganze Weile, bis sich mein donnerndes Herz beruhigt. Eine weitere Minute vergeht, bis mir klar wird, dass mir Simms gegenübersitzt. Sein Gesicht ist vor Schreck ganz blass, als wir in Richtung Palast rasen. Unsere Blicke treffen sich, und ich sehe, wie sich mein Entsetzen in seinen Augen spiegelt.

Ohne ein Wort greift er in sein Jackett und zieht ein besticktes Taschentuch hervor. Einen Moment lang starre ich es verwirrt an. Er schaut hastig auf meine Wange. »Da ist ein wenig …«

Oh.

Ich ignoriere das Zittern meiner Finger und strecke eine Hand aus, um nach dem Stofftuch zu greifen. Dann kneife ich die Augen zu und wische mir die Spucke des Fremden von der Wange. Seine Worte hallen in Endlosschleife in meinen Ohren wider.

Lancaster-Schlampe!
Nieder mit der Krone!

Ich schüttle den Kopf und versuche, die Erinnerungen loszuwerden.

»Lassen Sie sich davon nicht einschüchtern, Prinzessin«, sagt Simms, klingt aber selbst ziemlich verunsichert. »Der Mann war eindeutig verwirrt.«

Ich versuche, mich von seinen Worten beruhigen zu lassen. Es nützt nichts. Ich kann die neue Verwundbarkeit, die mein Herz wie eine Faust umklammert hält, während wir mit hohem Tempo eine Kurve nach der anderen hinter uns bringen und in der Ferne Sirenen heulen, nicht abschütteln.

»Er wirkte nicht verwirrt«, murmle ich und erinnere mich an den Hass in seinen Augen. »Er wirkte *wütend*.«

»Gefährlich«, korrigiert mich Simms.

»Wenn er mir wirklich hätte schaden wollen, hätte er ein Messer oder eine Schusswaffe zücken können. Eine kleine Bewegung, und ich wäre tot gewesen. Aber das hat er nicht getan.« Ich schüttle den Kopf. »Ich glaube, dass er einfach nur Aufsehen erregen wollte. Um mich zu demütigen, nicht um mich zu verletzen.«

»Ich rate Ihnen dringend, keinen weiteren Gedanken an die Angelegenheit zu verschwenden, Eure Hoheit. Der Mann befindet sich bereits in Gewahrsam. Wenn wir zurück im Schloss sind, wird sich Bane schon um ihn gekümmert haben.«

»Um ihn gekümmert haben?« Ich ziehe die Augenbrauen hoch. »Und wie genau wird er sich um ihn *kümmern?*«

»Darüber müssen Sie sich keine Gedanken machen.«

Mein Mund klappt auf, doch ich schließe ihn sofort wieder. Ich will Einwände erheben, darauf bestehen, dass er mir mehr Einzelheiten nennt ... Aber ich bin mir nicht mal sicher, wo ich anfangen und welche Fragen ich stellen soll. Und selbst wenn ich es wüsste, würde mir Simms vermutlich keine Antworten geben.

Er hält mich immer im Dunkeln.

Er schirmt mich immer vor der Wahrheit ab.

Ich drehe den Kopf, um aus dem Fenster zu schauen, und fühle mich seltsam beunruhigt – und das nicht nur wegen der Spuckereste, die ich auf meiner linken Wange trocknen spüren kann.

13. KAPITEL

Die Tür zu meiner Suite fliegt auf, ohne dass jemand ange-klopft hätte. Ich drehe mich gerade noch rechzeitig auf mei-nem Platz auf dem Balkon herum, um zu sehen, wie Chloe he-reingestürmt kommt. Ihr Gesicht ist vor Sorge ganz verzerrt.

»Oh Mann! Was zum Teufel war denn da los?« Sie lässt sich neben mir auf die Bank sinken und legt die Arme um meine Schultern, um mich so fest zu drücken, dass ich beinahe ersti-cke. Für eine so zarte Frau ist sie überraschend stark.

»Dir auch Hallo«, sage ich und kichere leise, als ich ihre Um-armung erwidere.

»Bist du in Ordnung?«

»Warum sollte ich es nicht sein?«

Sie lehnt sich zurück, um mir in die Augen zu sehen. »Ähm, vielleicht weil dich heute irgend so ein Spinner angegriffen hat?«

»Woher weißt du davon?«

»Sie berichten in allen Nachrichten darüber. *Verrückter be-spuckt geliebte Prinzessin. Land in Aufruhr.* Sie haben sogar Vi-deoaufnahmen von dem Vorfall. Er hat dich ziemlich ordent-lich erwischt, soweit ich das beurteilen konnte.« Sie rümpft die Nase und mustert mein Gesicht – vermutlich sucht sie nach Anzeichen von Speichel. »Du hast danach doch geduscht, oder?«

Ich verdrehe die Augen. »Deine Besorgnis ist wirklich rührend.«

»Hör zu, ich will einfach nicht, dass du dir irgendeine seltsame, durch Speichel übertragbare Krankheit einfängst. Das könnte eine neue Form der biologischen Kriegsführung sein. Man kann nie wissen.«

Ich schüttle entnervt den Kopf. »Ich habe geduscht, okay? Und ich bezweifle ernsthaft, dass der Spucker so beschlagen war. Vermutlich ist er einfach nur ein verärgerter ehemaliger Angestellter der Lancasters, der auf Rache aus ist, oder ein desillusionierter Expatriate, der zu viel Zeit hat.«

»Trotzdem – er hätte niemals so nah an dich herankommen dürfen. Genau aus diesem Grund reden wir nicht mit einfachen Leuten, E.«

»Du klingst wie Marie Antoinette.«

Sie grinst. »Ehrlich gesagt denke ich, dass ihr die Leute unrecht tun. Sie wollte, dass sie *Kuchen* essen sollten! Ist das so schrecklich?«

Ich stoße ihr meinen Ellbogen in die Seite. »Ich weiß, dass du Witze machst, aber das ist trotzdem nicht komisch.«

»Ich versuche nur, dir ein Lächeln zu entlocken.«

»Viel Glück dabei.«

»Du bist in letzter Zeit ziemlich niedergeschlagen gewesen, wenn ich so darüber nachdenke.« Sie kneift die Augen zusammen. »Willst du mir irgendetwas erzählen? Gibt es etwas, das ich wissen sollte?«

»Nicht dass ich wüsste«, lüge ich.

»Mmm. *Moment!* Ich weiß etwas, das dich aufmuntern wird.« Ihre Augen funkeln, als sie in die Tasche ihres bordeauxroten Pullovers greift und eine Handvoll Tabletten herausfischt. Es sind ungefähr zehn, und sie weisen alle unterschiedliche Formen und Farben auf. »Such dir eine aus.«

»Chloe.«

»*Was?* Schau mich nicht so an.«

»Du läufst mit einer halben Apotheke in der Tasche herum! Weißt du überhaupt, was für Tabletten das sind? Was sie bewirken?«

»Die kleinen weißen entspannen dich. Die kleinen orangefarbenen verschaffen dir Konzentration. Und die kleinen blauen ...« Sie wackelt mit den Augenbrauen. »Tja, bei dir oder mir würden sie nicht viel bewirken, aber sie sind zweifellos sehr nützlich, wenn man sich mit einem älteren Mann trifft.«

»Igitt.«

»Mach es nicht schlecht, bevor du es überhaupt probiert hast, E. Silberfüchse sind im Bett deutlich besser als unerfahrene Jungs, das kann ich dir versichern.«

»Ich denke, ich bleibe bei meiner eigenen Wahl, danke.«

»Wenn du damit das Zölibat meinst ...«

»Hey! Schluss damit. Ich hatte allein diese Woche drei Verabredungen.«

»Du meinst die inszenierten Treffen mit den Freiern, die Simms für dich arrangiert hat?« Sie schnaubt. »Ja – die zählen nicht.«

»Meinetwegen«, murmle ich und wünschte, ich könnte das Gespräch von meinem Liebesleben ablenken. Leider weiß ich es besser – je mehr ich versuche, das Thema zu vermeiden, desto drängender wird Chloe nach Einzelheiten bohren. Ich seufze. »Es ist ja nicht so, als hätte ich hier viele Optionen, die mir zur Wahl stehen.« Ich deute auf den leeren Hof, dessen schneebedeckte Wege keinerlei Hinweise auf Leben geben – weder pflanzliches noch menschliches. »Dieser Ort ist eine Geisterstadt.«

»Und wann hast du Alden das letzte Mal angerufen?«

Ich presse die Lippen zusammen.

»Mhmmm. Das dachte ich mir. Ich weiß, dass er dich angerufen hat. Er wollte zu Besuch kommen. Warum lässt du ihn nicht?«

»Das ist kompliziert«, murmle ich, während Carters Gesicht unwillkürlich vor meinem inneren Auge aufblitzt.

»Er ist scharf. Du bist scharf. Er ist Single. Du bist Single.« Sie zuckt mit den Schultern. »Wenn du mich fragst, ist das ziemlich einfach.«

»Ich habe dich aber nicht gefragt.«

»Du bist ganz schön schlecht gelaunt. Weißt du, eine dieser kleinen weißen Tabletten würde stimmungsmäßig Wunder bewirken.« Sie wackelt mit den Fingern. »Komm schon, versuch's einfach mal.«

»Nein danke.«

Mit einem Seufzen steckt sie die Tabletten zurück in ihre Tasche. »Du weißt, wo du mich findest, falls du es dir anders überlegst.«

Eine Brise setzt ein und schickt einen Schwall kalter Luft über den Balkon. Ich zittere und ziehe meine Jacke ein wenig enger um meinen Körper. Chloe, die nur einen dünnen Pullover trägt, steht abrupt auf.

»Komm schon, lass uns reingehen, bevor wir erfrieren. Ich verspreche, dass ich dich nicht mit der Tatsache aufziehen werde, dass ich Nonnen kenne, die ein aufregenderes Sexleben haben als du.«

»*Du* kennst Nonnen?«

»Meine gesellschaftlichen Kreise sind weit gefächert und vielfältig.«

Ich verdrehe die Augen, während ich aufstehe, ihr nach drinnen folge und die gläsernen Balkontüren hinter uns schließe. Als ich mich herumdrehe, finde ich sie ausgestreckt auf meinem Bett. Ihr rotes Haar liegt ausgebreitet auf der goldenen

Bettdecke, und ihre Designerschuhe baumeln über die Kante, während sie durch den Inhalt des Tablets scrollt, mit dem man die Geräuschkulisse, die Temperatur und die Beleuchtung meiner Suite einstellen kann.

»Fühl dich ganz wie zu Hause«, sage ich ironisch.

Sie tippt auf den Bildschirm des Tablets, und Musik driftet aus den Bluetooth-Lautsprechern, die in die Decke eingelassen sind. Ich erkenne das Lied. Es stammt von meiner neuen Playlist – »Castle« von Halsey –, und ich kann nicht anders, als im Takt mit dem Kopf zu wippen, während ich zum Bett gehe und mich neben Chloe auf die Matratze fallen lasse. Für eine Weile lauschen wir einfach schweigend der Musik.

»Ist es, weil du in ihn verliebt bist?«, fragt sie unvermittelt.

Ich schaue sie an. Ihre Frage hat mich vollkommen überrumpelt. Mein Herz rast wie wild. »Was? Wen meinst du?«

»Du hältst Alden auf Abstand. Liegt das daran, dass du heimlich in diesen Owen verliebt bist? Dein Kindheitsfreund. Der, den du nicht mehr siehst.«

Ich schlucke schwer und bin mir nicht ganz sicher, ob ich erleichtert oder verärgert sein soll, dass sie so falschliegt. »Nein. Ich bin nicht in Owen verliebt.«

»Warum hältst du Alden dann auf Abstand? Ich verstehe das nicht.«

»Vielleicht ist er nicht mein Typ.«

»Das ist nicht möglich. Hast du den Kerl gesehen? Er ist *jedermanns* Typ.«

»Schön! Dann ist er also scharf!« Ich schnaube. »Das bedeutet aber nicht, dass ich mit ihm oder sonst jemandem ausgehen muss.«

»Eigentlich …«

Ich kneife die Augen zusammen und schaue sie an. »Was?«

»Nichts.«

»Ich kenne diesen Gesichtsausdruck. Das ist nicht nichts.«

»Wenn ich es dir erzähle, wirst du nur bestürzt sein.«

»Wenn du es mir nicht erzählst, verspreche ich dir, dass *du* die Bestürzte sein wirst.« Ich warte ein paar Sekunden. »Chloe Florence Thorne!«

»Hey, hey, hey! Lass meinen zweiten Vornamen aus dem Spiel!«

»Dann spuck es aus.«

»Meinetwegen! *Herrgott.* Du tätest wirklich gut daran, eine dieser weißen Tabletten zu schlucken.« Sie setzt sich auf und seufzt theatralisch. »Ich habe zufällig mitbekommen, wie Octavia mit ihrem neuen Assistenten geredet hat. Es klang so, als würde sie …«

Ich ziehe die Augenbrauen hoch. »Ja?«

»Als würde sie noch mehr Verabredungen für dich planen.«

»Noch *mehr*? Ich habe mich doch bereits auf drei ihrer verdammten Arrangements eingelassen …« Ich stöhne und presse meine Handballen auf meine Augen, als könnte ich so die schreckliche Realität ausblenden. »Gott, bitte mach dem ein Ende. Wenn ich mit noch einem einzigen Mann ausgehen muss, dessen Vorstellung von einer angeregten Unterhaltung darin besteht, mit welcher Strategie man eine Schachpartie gewinnt, werde ich mir die Augen mit einer Salatgabel ausstechen.«

»Ich weiß nicht«, murmelt Chloe. »Ich denke, dafür solltest du besser einen Löffel benutzen. Damit könntest du den Augapfel einfach komplett aus der Höhle ploppen lassen, weißt du? Wie diese kleinen Melonenbällchen. Das wäre deutlich unblutiger als mit einer Salatgabel.«

»Das hast du wirklich gründlich durchdacht.«

»Ich habe jede Menge Freizeit.« Sie grinst. »Worüber haben wir noch mal geredet?«

»Über schlechte Verabredungen.«

»Nein, davor.«

»Alden.«

»Ah. Richtig. Keine Sorge, ich werde wenigstens ein paar Tage lang nicht mehr versuchen, dich mit ihm zu verkuppeln.«

»Warum nicht?«

»Er ist mit Carter auf einer Snowboardtour in den Bergen.«

»Oh.« Mein Herz macht einen Sprung, als sie seinen Namen erwähnt. Einen Namen, den ich nicht mehr laut ausspreche und nicht mal denke, weil das normalerweise zu verquollenen Augen und Herzschmerz führt.

»Ein paar andere Jungs aus ihrem alten Internat sind ebenfalls dabei. Erinnerst du dich an Westley Egerton, den Baron von Frenberg?«

Ich nicke, obwohl ich kaum zuhöre.

»Groß. Attraktiv. Du hast während der Krönungsfeier mit ihm getanzt. Klingelt da was?«

»Ich erinnere mich dunkel«, murmle ich.

»Warum siehst du plötzlich so komisch aus?«

»Ich sehe nicht komisch aus.«

»Du windest dich ja regelrecht.«

»Stimmt ja gar nicht!«

Chloe beäugt mich misstrauisch. »Erzähl mir nicht, dass dir nicht aufgefallen ist, dass Carter schon die ganze Woche über weg ist.«

Oh, glaub mir … das ist mir aufgefallen. Ich dachte nur, dass er abends nicht nach Hause kommt, weil er sich durch die Betten der nationalen Damengymnastikmannschaft schläft … Und ich habe beschlossen, dass es für meine allgemeine seelische Verfassung besser wäre, diesen Verdacht nicht bestätigt zu bekommen.

»Hallo?« Chloe wedelt mit einer Hand vor meinem Gesicht herum. »Hörst du mir überhaupt zu?«

»Tut mir leid.« Ich zwinge mich zur Konzentration. »Ich schätze, dass mir seine Abwesenheit tatsächlich nicht aufgefallen ist. Wir laufen uns eher selten über den Weg.«

»Jetzt, da du es erwähnst: Er ist in letzter Zeit wirklich sehr viel unterwegs … Ich könnte schwören, dass er das Schloss meidet wie der Teufel das Weihwasser. Wenn ich es nicht besser wüsste, würde ich sagen, dass er eine Freundin hat.«

Ich erstarre.

Sie schnaubt, als wäre die Vorstellung absurd. »*Das* möchte ich mal erleben. Bevor Carter sesshaft wird, würde Octavia eher freiwillig auf die Krone verzichten. Dieser Mann und Monogamie passen einfach nicht zusammen.«

Ich versuche, ein Lächeln zustande zu bringen, aber es fühlt sich schwach an.

»Ich bin ja nicht prüde. Aber einmal, auf der Hochzeit unserer Cousine Imogen, erwischte ich Carter im Garderobenzimmer, wo er nicht mit einer, nicht mit zwei, sondern gleich mit *drei* Brautjungfern zugange war. Gleichzeitig. Der Mann hatte mit einem Fingerschnippen sämtliche Brautjungfern verführt.« Sie schüttelt den Kopf. »Und das ist nichts im Vergleich zu …«

»*Das reicht!* Ich hab verstanden.«

Sie klappt den Mund zu und reißt die Augen auf, als sie meinen Gesichtsausdruck bemerkt. »Oh Mann. Geht es dir gut?«

»Alles in Ordnung.« Meine Nasenflügel beben, als ich versuche, meine Atmung unter Kontrolle zu bekommen. »Ich habe nun genug von Carters sexuellen Eskapaden gehört. Das reicht für den Rest meines Lebens. Okay?«

Sie hebt abwehrend die Hände. »Tut mir leid. Mir war nicht klar, dass dir das so viel ausmachen würde.«

»Es macht mir nichts aus«, widerspreche ich ein wenig zu vehement.

»*Eindeutig* nicht.«

Ich weiche ihrem neugierigen Blick aus und zermartere mir das Hirn, wie ich das Gespräch auf ein anderes Thema lenken kann. »Haben wir nicht gerade über Octavia geredet? Und ihre weiteren Pläne für meine sogenannte ›Brautwerbung‹? Du hast mir gar nicht erzählt, was genau du mit angehört hast.«

»Das war ehrlich gesagt nicht viel. Nur etwas über irgendwelche Lords und Herzöge und Tee. Ich könnte dir mehr Einzelheiten nennen, wenn ich nicht die Angewohnheit hätte abzuschalten, sobald sich eine Unterhaltung hauptsächlich um mundgerechte Häppchen dreht.«

»Dann kannst du mir auch nicht weiterhelfen.«

»Vielleicht doch. Ich habe einen einschlägigen Namen gehört, bevor ich in ein von Octavias Schwafelei ausgelöstes Koma gefallen bin.«

Ich ziehe die Augenbrauen hoch. »Und? Soll ich ihn dir etwa aus der Nase ziehen?«

»Westgate.«

»Ist das eine Person?«

»Ein Ort. Ein *Haus*, um genau zu sein. Das du kennen solltest – du bist schon mal dort gewesen.«

Ich blinzle irritiert. »Ach ja?«

»Ja. Dort haben wir Alden und Ava letzten Monat abgeholt, als wir auf dem Weg zur Beerdigung waren. Es ist das Landhaus der Sterlings.«

Ich erinnere mich an das Herrenhaus, das am Ufer eines Sees in einer wunderschönen Gegend direkt außerhalb der Stadt lag. Damals stieg ich nicht aus der Limousine aus, aber nach allem, was ich durch die getönten Scheiben des Fahrzeugs ausmachen konnte, handelte es sich um ein beeindruckendes Anwesen.

Nicht dass ein schöner Anblick meinen Besuch dort auch

nur ansatzweise erträglicher machen wird. Dazu gedrängt zu werden, mit Caerleons begehrtesten Junggesellen auszugehen, steht nicht unbedingt an erster Stelle auf der Liste meiner Lieblingsaktivitäten. Selbst dann nicht, wenn besagte Junggesellen wie Alden Sterling aussehen.

»Erst du, jetzt Octavia ... Gibt es da eine Art Verschwörung innerhalb der Thorne-Familie, die darauf abzielt, mich mit Alden zu verkuppeln?«

»Glaub mir, der Tag, an dem ich *gemeinsame Sache* mit meiner Mutter mache, statt gegen sie zu arbeiten, ist der Tag, an dem die Hölle zufriert.« Chloe zuckt mit den schmalen Schultern. »Unsere Motive überlappen sich nicht. Zum Beispiel will ich tatsächlich, dass du glücklich wirst.«

»Und was ist Octavias Motiv?«

»Die Sterlings sind eine der wohlhabendsten aristokratischen Familien des Landes. Diese Tatsache allein genügte, um die königliche Familie in Begeisterung zu versetzen, als Henry Ava einen Antrag machte. Aber jetzt, da er im Krankenhaus liegt ... ist es nur eine Frage der Zeit, bis Ava die Verlobung lösen wird. Sie ist nicht der Typ für Mahnwachen.«

»Aber sie kann ihn doch nicht abservieren«, beharre ich. Der Gedanke entsetzt mich. »Er liegt im Koma, Herrgott noch mal.«

»Ja. Und ich bin mir sicher, dass sie unglaublich sauer ist, weil er so unverschämt war, so lange durchzuhalten und damit ihre Chancen auf eine Erfolg versprechende Verbindung zu ruinieren. Wenn er sofort gestorben wäre, befände sie sich jetzt nicht in dieser unangenehmen Zwangslage.«

»Wie schrecklich.«

»So ist Ava eben.«

»Meine zukünftige Schwägerin, wenn Octavia ihren Willen bekommt.« Ich schnaube. »Jetzt ergibt alles Sinn. Mich in diese

Familie einheiraten zu lassen ist für sie nur eine weitere Möglichkeit, mich zu quälen.«

Chloe lehnt sich mit einem Seufzen gegen einen Haufen aus Kissen. »Vielleicht. Aber ich schätze, dass es weniger damit zu tun hat, dir das Leben zur Hölle zu machen, sondern vielmehr damit, den Reichtum des Königshauses zu vermehren. Octavia weiß, dass das Geld der Sterlings in ihrer Reichweite sein wird, wenn du Alden heiratest.«

»Wow. Wie romantisch.«

»Hast du es noch nicht gehört? Die Romantik ist tot.«

»Und das von der Frau, die mich dazu drängen wollte, mich zu verabreden?«

»Ich will nur, dass du dich ein wenig mit einem Mann amüsierst. Das ist ein Unterschied, denn dazu braucht es keine Verabredung.«

»Tut mir leid, dich enttäuschen zu müssen, Chloe, aber so leicht bin ich nicht zu haben.«

»Dann entgeht dir etwas.« Sie zuckt mit den Schultern. »Denk mal einen Moment drüber nach: Mit Alden zu schlafen könnte der einzige Lichtblick sein, wenn du mit den Sterlings Gurkensandwiches auf ihrem Landsitz isst. Und wenn du ihn ohnehin heiraten wirst ... kannst du ebenso gut schon mal die Ware prüfen ...«

»Ich kann ehrlich gesagt nicht mehr beurteilen, ob du Witze machst oder nicht.«

»Das ist doch der halbe Spaß dabei, nicht wahr?«

Ich seufze gequält.

»Oh, Kopf hoch, Herzchen. Es könnte schlimmer sein.« Chloe grinst. »Sie könnte versuchen, dich an den Grafen von Cromwell zu verschachern – der Kerl, der dir während des Walzers auf der Krönungsfeier ständig auf die Füße getreten ist. Erinnerst du dich?«

»Wie könnte ich *den* vergessen? Mein rechter kleiner Zeh ist immer noch taub.«

Chloes Lippen zucken. »Weißt du, dagegen habe ich vermutlich eine Pille ...«

Ich werfe ihr ein Kissen an den Kopf.

14. KAPITEL

»Gurkensandwiches, Eure Königliche Hoheit?«

Ich presse die Lippen zusammen, um mir ein Lachen zu verkneifen, und schüttle den Kopf in Richtung des Kellners. Chloe schaut mich an, und ich sehe, dass ihre Lippen ebenfalls zucken, während sie so gut wie erfolglos versucht, sich ein Grinsen zu verkneifen.

Wie sich herausgestellt hat, lagen wir in Bezug auf Octavias Motive beide falsch. Bei unserem Ausflug nach Westgate drei Tage später geht es nicht darum, für mich eine Verabredung mit Alden zu arrangieren. Stattdessen besuchen wir eine Teegesellschaft, die seine Mutter, Naomi Sterling, die Baronin von Westgate, gibt. Ich lasse den Blick durch den großen Salon wandern, in dem sich zwei Dutzend Frauen befinden. Sie zählen zu denjenigen in Caerleon, die die besten Verbindungen haben (also am *wohlhabendsten* sind), und sie schweben in der angesagtesten Designermode durch den Raum. Die Gesamtkosten all der Kleider, Schuhe und Accessoires in diesem Salon sind höher als das Bruttoinlandsprodukt der meisten Entwicklungsländer. Und bei dieser Schätzung habe ich noch nicht einmal die königlichen Juwelen miteingerechnet.

»Achtung«, warnt mich Chloe leise.

Ich drehe mich gerade noch rechtzeitig herum, um zu sehen, wie Ava auf uns zusteuert. Sie trägt ein marineblaues Cocktailkleid, das einen starken Kontrast zu ihren langen platinblonden Haaren bildet. Sie hat ein unbewegliches Lächeln im Gesicht, aber mir fällt sofort auf, dass in ihren durchdringenden grün-braunen Augen nicht der leiseste Anflug von Wärme liegt.

»Prinzessin Emilia! Wie schön, dass Sie gekommen sind.«

Ich erwidere das unterkühlte Lächeln. »Oh, Sie kennen mich ja – ich lasse mir nie die Gelegenheit für ein gutes Gurkensandwich entgehen.«

Chloe schnaubt in ihren Mimosa.

»Freut mich, dass wir Ihrem Wunsch entsprechen konnten, Eure Königliche Hoheit.« Avas Augen zucken, was ein verräterisches Anzeichen für die Wut ist, die direkt unter der Oberfläche brodelt. Sie wirft einen Blick auf Chloe. »Und Chloe – es ist immer wieder ein Vergnügen, dich zu sehen. Schade nur, dass dein Bruder heute nicht kommen konnte. Meine Mutter bestand darauf, dass ›nur Damen‹ eingeladen werden. So ein Unsinn.«

»Carter befindet sich mit Alden auf diesem Skiausflug in den Bergen. Sie werden ohnehin erst morgen zurückkommen.« Chloe senkt die Stimme zu einem leisen Murmeln. »Diese egoistischen Mistkerle hätten mich mitnehmen sollen, damit ich eine Entschuldigung für diese Veranstaltung hier gehabt hätte.«

Nun bin ich damit an der Reihe, in meinen Drink zu schnauben.

Avas Gesichtsausdruck verrät, dass sie alles andere als amüsiert ist. »Tja, wenn die Jungs zurückkehren, sollten wir uns mal alle zusammen treffen. Es ist schon viel zu lange her.«

»Ja, in letzter Zeit war einiges los!«, verkündet Chloe mit falscher Fröhlichkeit. »Immerhin wäre dein Verlobter beinahe gestorben und all das. Aber wie du willst, lass uns eine Party veranstalten!«

Ava versteift sich. »Henrys Zustand ist genau der Grund,

warum wir unser Leben auch weiterhin voll auskosten sollten. Dieses schreckliche Feuer war eine Tragödie, aber in gewisser Weise auch ein Geschenk – es hat uns klargemacht, wie wertvoll unsere Zeit hier auf Erden ist.«

»Wow, Ava.« Chloe verdreht die Augen. »Dieser Schauspielunterricht, den dir deine Eltern finanziert haben, zahlt sich wirklich aus.«

Oh Mann.

Ich trinke einen großen Schluck von meinem Champagner.

»Wie bitte?« Ava umklammert den Stiel ihres Glases so fest, dass ihre Knöchel ganz weiß geworden sind. »Ich weiß nicht, was du damit andeuten willst, Chloe.«

»Und ich weiß nicht, ob es mir gefällt, dass du wieder ein Auge auf meinen Bruder geworfen hast, nun, da der Kronprinz plötzlich außer Gefecht gesetzt ist.«

Ich zucke zusammen. »*Wieder?*«

Ava wirft mir einen amüsierten Blick zu. »Oh – wussten Sie das nicht? Bevor Henry und ich uns verlobten, war ich mit Carter zusammen.«

Was?!

Ich umfasse mein Glas fester und versuche, die Frage herunterzuschlucken, aber ich kann einfach nicht anders. »Für wie lange?«

»Drei Jahre«, informiert sie mich süffisant.

»Währenddessen waren sie allerdings immer mal wieder getrennt«, wirft Chloe ein. »Eigentlich waren sie *die meiste Zeit über* getrennt.«

»Trotzdem.« Avas triumphierendes Lächeln ist schmerzhaft – wie ein Dolch, der sich direkt in mein Herz bohrt. Sie lehnt sich vor und schaut mir unmittelbar in die Augen. »Die erste Liebe vergisst man nie. Würden Sie mir da nicht zustimmen, Eure Hoheit?«

Ich blinzle hektisch und suche in meinem Gehirn nach einer angemessenen Erwiderung. Irgendetwas Kesses, das nicht verrät, wie sehr mich diese unerwartete Wendung in der Unterhaltung aufwühlt.

Die erste Liebe vergisst man nie.

Gott, ich hasse sie.

Zum Glück springt Chloe in die Bresche und rettet mich. »Den Prada-Schuhen aus der letzten Saison nach zu urteilen, die du trägst, kann man davon ausgehen, dass du nur zu gern alte Geschichten wieder hervorkramst, Ava – aber findest du nicht, dass es an der Zeit ist, über meinen großen Bruder hinwegzukommen?« Sie zieht ihre schmalen roten Augenbrauen in die Höhe. »Ach, sorry. Ich vergaß. Du hast ja einen Verlobten, der im Krankenhaus liegt. Stimmt's? Erzähl uns doch mal, wann du ihn zum letzten Mal besucht hast. Hast du ihn *überhaupt mal* besucht? Denn ich gehe zweimal pro Woche hin und bin dir dort seltsamerweise noch nie über den Weg gelaufen.«

»Er darf keinen Besuch erhalten«, schnauzt Ava, und ihr defensiver Tonfall ist nicht zu überhören. »Er liegt isoliert auf der Station für Verbrennungsopfer.«

»Das werte ich dann mal als ein Nein«, murmelt Chloe.

Ich trinke einen weiteren großen Schluck von meinem Drink. Das Glas ist fast leer.

Es wird definitiv Zeit, einen weiteren Kellner herbeizuwinken …

»Du hast nicht die geringste Ahnung, was ich durchgemacht habe.« Avas Stimme bebt, als wäre sie plötzlich von Trauer übermannt worden, aber in ihr liegt kein bisschen Wahrheit. »Das ist die schwerste Zeit meines Lebens gewesen.«

»Spar dir das Theater, Ava.« Chloe verdreht erneut die Augen. »Für dich ist es doch schlimmer, deine Chance auf den

Königstitel zu verlieren, als den Mann zu verlieren, den du lieben solltest.«

»Und was genau weißt du über Liebe, Chloe Thorne? Ich kenne dich seit unserer Kindheit, und in all der Zeit hat dir kein Mensch je länger als nur eine Nacht seine Aufmerksamkeit geschenkt.«

»*Schluss jetzt*. Alle beide.« Ich gehe dazwischen, bevor Chloe etwas erwidern kann. »Können wir wenigstens versuchen, diese verdammte Teegesellschaft ohne Blutvergießen hinter uns zu bringen? Die Leute starren uns schon an.«

»Oh, wie ich sehe, hast du einen neuen Wachhund, Chloe!« Ava lacht und schaut zu mir. »Wie … niedlich.«

Ich muss mich enorm zusammenreißen, um sie nicht anzuschnauzen. Aber wenn man bedenkt, dass ich hier diejenige bin, die Frieden stiften will, ringe ich mir stattdessen ein gutmütiges Lächeln ab.

»Also, *Eure Hoheit* …« Seltsam, wie mein Titel aus Avas Mund wie eine Beleidigung klingt. »Wie ist es Ihnen ergangen? Ich habe Sie seit der Krönungszeremonie nicht mehr gesehen. Das war *solch* ein traumatisches Erlebnis, dass ich schon befürchtete, Sie würden vor lauter Kummer vergehen!« Sie mustert mich von oben bis unten und begutachtet jede Kurve meines nicht gerade mit Modelmaßen gesegneten Körpers in dem figurbetonten grünen Wickelkleid, das ich trage. »Ich bin froh zu sehen, dass Sie nicht nur Haut und Knochen sind. Tatsächlich sehen Sie in letzter Zeit *äußerst* gesund aus.«

Obwohl ich mir Mühe gebe, es zu verbergen, zucke ich zusammen.

Miststück.

Ava bemerkt meine Reaktion, und ihr Lächeln wird breiter – ein Hai, der Blut im Wasser wittert. Ihre Stimme ist voll falscher Freundlichkeit. »Ich hoffe, dass ich Sie nicht beleidigt habe, Prinzessin! Ich beneide Sie einfach nur um Ihre Fähigkeit, eine solch *vollschlanke* Figur zu bewahren. Egal wie viel ich esse, ich scheine einfach nicht zunehmen zu können. Sie *müssen* mir Ihr Geheimnis verraten.«

»Oh, geh und schäl dir eine Weintraube, Ava«, zischt Chloe und beugt sich zu ihr vor. »Du ernährst dich doch schon seit unserem zwölften Lebensjahr ausschließlich von Luft.«

Avas Blick wird messerscharf. »*Dich* muss ich nicht nach deinem Geheimnis für eine dauerhaft schlanke Figur fragen, Chloe. Jeder in diesem Raum weiß, dass du dich von Alkohol und Tabletten ernährst. Tatsächlich weiß das mittlerweile so ziemlich jeder in diesem Land, nachdem die letzten beiden Male, als du dir eine Überdosis verpasst hast, in allen Zeitungen breitgetreten wurden.« Sie hält inne. »Vielleicht kannst du der *Prinzessin des Volkes* ein paar Tipps geben, bevor man zusätzliche Gewichtsstützen für ihren Thron bauen muss.«

Chloe macht einen Schritt nach vorn, voll und ganz bereit, für mich in den Kampf zu ziehen. »Jetzt hör mir mal gut zu, du eiskaltes kleines Biest …«

»Chloe! Sie ist es nicht wert«, murmle ich, strecke eine Hand aus und packe ihren Arm, um sie aufzuhalten, bevor sie eine gewaltige Szene macht. Ich kann bereits spüren, wie mehrere neugierige Augenpaare auf uns gerichtet sind – die anderen Damen im Raum lugen über ihre Teetassen, um das neueste Drama mitzubekommen.

»Seid ihr zwei nicht einfach bezaubernd?« Ava lässt den kühlen Blick zwischen Chloe und mir hin- und herwandern. »Ihr habt eindeutig eine ganz besondere Verbindung. Ihr seid euch näher als Schwestern!« Sie beugt sich vor, um uns etwas zuzuflüstern. »Andererseits hattest du schon immer ein Faible für *enge Freundinnen*, nicht wahr, Chloe? Eine Schande, dass diese Tatsache letztes Jahr für Gerüchte in der Klatschpresse gesorgt hat! Ich würde mir darüber jedoch nicht zu viele Gedanken machen. Ich bin mir sicher, dass deine wundervolle Mutter irgendwann einen Ehemann für dich finden wird, dem deine … unziemlichen Neigungen nichts ausmachen.«

Ich werde blass.

Meine Stiefschwester gibt einen Laut von sich, den man nur als Knurren bezeichnen kann. Ich packe ihren Arm fester und halte sie zurück, doch wenn ich ganz ehrlich bin, würde ich nichts lieber tun, als ihr dabei zu helfen, diese arrogante Schlampe in ihre Schranken zu verweisen.

»Ava, ich schlage vor, dass Sie sich jetzt einfach vom Acker machen«, warne ich sie durch zusammengebissene Zähne. »Denn Sie mögen hier in dieser kleinen Blase aus Teegesellschaften und feiner Gesellschaft aufgewachsen sein … aber ich bin in der echten Welt aufgewachsen. Und ich denke, dass wir beide wissen, dass ich Ihnen trotz der wirklich beeindruckenden Ausmaße Ihrer Zickigkeit mit meiner ›gesunden, vollschlanken Figur‹ so heftig in Ihren dürren Hintern treten könnte, dass Sie über die Landesgrenzen fliegen, wenn es hart auf hart kommt.« Ich lächle kühl und setze einen Blick auf, den ich oft bei Octavia gesehen habe, wenn sie sich in meiner Nähe befindet. »Ganz zu schweigen davon, dass ich einen königlichen Erlass unterschreiben könnte, um Ihre Rückkehr zu verbieten.«

»So viel Macht haben Sie nicht!« Ihr empörtes Schnauben ist Musik in meinen Ohren.

»Ach, Ava.« Meine Augen funkeln. »Wetten, dass? Lassen Sie es ruhig darauf ankommen.

Damit wirbele ich herum, stolziere davon und zerre Chloe hinter mir her. Ich bleibe erst stehen, als wir den Salon verlassen haben und uns in dem beheizten gläsernen Lichthof befinden, von dem aus man einen Ausblick auf die weitläufigen schneebedeckten Außenanlagen des Herrenhauses hat. Ich lasse Chloe los, starre auf die tanzenden Schneeflocken und atme sehr viel angestrengter als normal. Als ich meine zu Fäusten geballten Hände öffne, stelle ich fest, dass meine Fingernägel fein säuberliche halbmondförmige Abdrücke in meinen Handflächen hinterlassen haben.

»Oh Mann!«, haucht Chloe leise. »Hast du ihr Gesicht gesehen? Du warst echt krass.«

Ich zucke mit den Schultern.

»Jetzt mal im Ernst. Was hat dich dazu getrieben?«

»Sie hat mich wütend gemacht.«

»Dann sollten dich die Leute öfter wütend machen, E.«

»Ehrlich, wenn es einen Preis für das ›Miststück des Jahres‹ gäbe, könnte Ava Octavia ernsthaft Konkurrenz machen.«

Chloe schnaubt.

»Das ist kein Scherz!«, beharre ich. »Sie ist ein unerträgliches Biest.«

»Das ist allgemein bekannt.«

»Ist sie schon immer so gewesen?«

»Mehr oder weniger. Ich glaube, dass sie schon mit diesem überheblichen Gesichtsausdruck auf die Welt gekommen ist.«

»Wie in aller Welt konnte Carter nur mit ihr gehen?« Ich schüttle den Kopf, als müsste ich die bloße Vorstellung der beiden als Paar aus meinen Gedanken verdrängen.

»Das ist sehr lange her. Beinahe ein Jahrzehnt. Wir waren Teenager. Und …«

»Was?«, hake ich nach.

»Ava ist ein elendes Miststück, aber selbst ich muss zugeben, dass sie ziemlich heiß ist.«

Ich starre aus dem Fenster und versuche, meinen Puls zu beruhigen. Es ist ein sinnloses Unterfangen. Die Gedanken wirbeln nur so durch meinen Kopf – über Ava und Henry und Carter. Über die seltsame Dreiecksbeziehung, von der ich bis gerade eben nicht mal wusste.

»Wie ging die Beziehung zu Ende?«

Chloe seufzt. »Es war nie etwas Ernstes – zumindest nicht von Carters Seite. Er war ein triebgesteuerter Siebzehnjähriger, und sie war leicht zu haben.«

»Aber für sie war es etwas Ernstes?«

»Ich glaube wirklich nicht, dass jemand wie Ava zu Liebe fähig ist, doch ich denke, dass sie etwas für ihn empfand. Jedenfalls wurden jegliche Gefühle für meinen Bruder umgehend ausgelöscht, als ihr klar wurde, dass sie Henry heiraten und Königin von Caerleon werden könnte. Schon erstaunlich, wie schnell ihr Herz vom einen zum anderen wechselte.«

»Wie reagierte Carter darauf?«

»Nicht gut, wie du dir sicher vorstellen kannst. Zu sehen, wie sich eine Frau, die ihn angeblich liebte, für Macht entschied, sobald sich ihr die Gelegenheit bot, und das, was sie füreinander empfunden hatten, einfach aufgab, sorgte nur dafür, dass seine ohnehin schon zynische Einstellung zu Beziehungen nur noch schlimmer wurde.«

Ich werde blass, während ich diese Information verarbeite. Plötzlich verspüre ich das dringende Bedürfnis, zu weinen.

Er wurde zweimal von einer potenziellen Königin abgewiesen. Gott, er wird mich auf ewig hassen.

Chloe seufzt erneut. »Rückblickend betrachtet zerstörte das Drama mit Ava unseren kompletten Freundeskreis. Die Jungs verbrachten natürlich immer noch Zeit miteinander ... aber danach war nichts mehr wie zuvor. Das Vertrauen war zerstört. Wir konnten nicht mehr so weitermachen wie bisher.«

Auf einmal muss ich daran denken, wie wir letzten Monat zusammen mit den Sterlings in der Limousine saßen und auf dem Weg zu König Leopolds und Königin Abigails Beerdigung waren. Nun, da ich diese Erinnerung noch einmal mit neuen Augen betrachte, bekommen gewisse Details eine neue Bedeutung.

Aldens angespanntes Schweigen.

Chloes spitze Kommentare.

Avas raubtierartige Blicke, als sie mich neben Carter sitzen sah.

Jetzt ergibt alles Sinn.

Ich schaue zu Chloe. »Ist irgendetwas auf dieser Welt jemals unkompliziert?«

»Nein! Und nun lass uns zurückgehen, bevor wir alles verpassen.«

»Tut mir leid, aber in diesem Haus gibt es nicht genug Mimosas, um mich zu überreden, in diesen Salon zurückzukehren und mich von diesen … diesen *Schreckschrauben* auseinandernehmen zu lassen. Und seit wann ist es dir so wichtig, an gesellschaftlichen Veranstaltungen teilzunehmen?«

»Vertrau mir einfach, okay? Das willst du nicht verpassen.«

»Gott bewahre, dass wir uns auch nur eine Minute dieser Teegesellschaft entgehen lassen!«, schnaube ich. »Etwas so immens Wichtiges …«

»Wer redet hier von Tee? Hast du etwa immer noch nicht begriffen, wie das funktioniert? Teetrinkende Frauen haben mehr politische Entscheidungen getroffen als alle Männer in allen prunkvollen Hallen zusammengenommen. Die Frauen in diesem Raum regieren dieses Land. Ihre Ehemänner mögen die Geschicke des Landes lenken … aber *sie* lenken ihre Ehemänner.«

Ich schnaube erneut. »Diese Parlamentssitzung wird Ihnen präsentiert von: Prada.«

Sie grinst. »Jetzt hast du es kapiert.«

Widerwillig folge ich ihr zurück in den Salon, wo uns ein Wolfsrudel in Designerkleidern erwartet – ihre Worte sind schärfer als Reißzähne, ihre Blicke schneidender als Klauen.

Lasst die Spiele beginnen.

15. KAPITEL

Die Erde knirscht unter Gingers Hufen, als wir um eine besonders schöne Wegbiegung traben. Ihr karamellfarbenes Fell glänzt strahlend in der blassen, von Weiß überzogenen Landschaft, die uns umgibt. Die immergrünen Bäume auf beiden Seiten sind voller Schnee und ganz steif gefroren. Eiszapfen hängen von ihren schweren Ästen und funkeln im frühen Abendlicht wie Diamanten.

Normalerweise reite ich um diese Tageszeit nicht aus, aber nach unserer Rückkehr von der Teegesellschaft an diesem Nachmittag musste ich unbedingt den Kopf freibekommen.

Mit einer Sache hatte Chloe jedenfalls recht – die Frauen, die in diesem Raum versammelt waren, treffen wirklich alle Entscheidungen für ihre Ehemänner. So etwas hatte ich noch nie zuvor erlebt. Die Art und Weise, wie die Unterhaltung vom jüngsten Tratsch – *Haben Sie gehört, dass Baron Levinson in einer kompromittierenden Situation mit dem neuen Kindermädchen erwischt wurde?* – nahtlos zu politischen Themen überging – *Welche geopolitischen Auswirkungen hat Europas kürzlicher Vorstoß in Richtung erneuerbare Energien auf den Wert von Caerleons Rohstoffen?* –, war wirklich ein beeindruckendes Schauspiel.

Über eine Stunde lang diskutierten sie über alles Mögliche – Handel, Tarife und wohltätige Einrichtungen, die sie dieses Jahr in der Weihnachtszeit unterstützen wollen. Ich saß da und hörte voller Ehrfurcht zu – anders kann ich es nicht beschreiben.

Aber meine Ehrfurcht verwandelte sich schon bald in Empörung.

Nicht meinet-, sondern *ihretwegen*. Wegen aller Frauen in diesem Land. Denn es ist mehr als offensichtlich, dass sich unter diesen perfekt frisierten Haaren und funkelnden Juwelen ein paar der klügsten Köpfe Caerleons verbergen. Und niemand wird das je erfahren, weil irgendein uraltes Gesetz verhindert, dass Frauen Mitglieder des Parlaments werden können.

Was für eine gottverdammte Vergeudung.

Je länger ich zuhörte, desto wütender wurde ich. Wie ist es möglich, dass Caerleon – eine angeblich fortschrittliche Nation, ein Industriestaat, eine Perle Europas – die Hälfte seiner Bevölkerung außer Gefecht gesetzt hat, wenn es darum geht, politische Entscheidungen zu treffen? Wie kann es sein, dass das Land, das ich so sehr liebe, mich nicht ebenfalls liebt, nur weil ich Eierstöcke habe? Und warum in Herrgottsnamen gehen diese Frauen nicht auf die Straße, um eine paritätische Vertretung in der Regierung einzufordern?

Ich war so sehr in der dunklen Abwärtsspirale meiner eigenen Gedanken versunken, dass mir Chloe mehrere Male einen Ellbogen in die Rippen rammen musste, wenn sich die Unterhaltung in meine Richtung bewegte. Was zu meinem großen Missfallen recht häufig passierte, wenn wieder einmal eine der anwesenden Frauen der zukünftigen Königin von Caerleon ihren unverheirateten Sohn schmackhaft zu machen versuchte.

Oliver ist gerade von einem Semester in Oxford zurückgekehrt! Er würde Sie liebend gerne kennenlernen!

Charles ist der Kapitän seiner Rudermannschaft. Sobald das Wetter besser wird, wird er Sie mit auf eine Bootsfahrt auf dem Nelle River nehmen!

Philippe hat Logenplätze für die Oper. Er muss Sie unbedingt einmal mit zu einer Aufführung nehmen!

Offensichtlich ist mittlerweile offiziell bekannt, dass ich Freier akzeptiere, was wohl oder übel darauf hinauslaufen wird, dass schon bald eine ganze Schar heiratsfähiger junger Männer vor den Toren des Palasts auftauchen wird, um verzweifelt um meine Hand anzuhalten – oder besser gesagt: um sich einen Platz in der Monarchie zu sichern.

Ich presse die Hacken in Gingers Flanken, um sie zu mehr Tempo anzutreiben. Dieser Ausritt könnte durchaus mein letzter Moment in Freiheit sein.

Freiheit.

Was für ein Witz.

Das ist keine Freiheit. Bloß die Illusion davon.

Es ist schließlich nicht so, als könnte ich das Anwesen verlassen. Und selbst in diesem Moment bin ich nicht wirklich allein. Auch wenn ich gerade nichts von meinen Wachen höre oder sehe, bin ich mir sicher, dass Galizia und Riggs irgendwo hinter mir sind – sie folgen mir in respektvollem Abstand auf zwei schwarzen Pferden.

Ich packe die Zügel fester und sporne Ginger an, damit sie schneller über den Pfad läuft und wir sie vielleicht abhängen können. Das schwindende Licht fällt schwach durch die schneebedeckten Baumkronen über uns. Ich weiß, dass ich umkehren sollte, bevor es dunkel wird, aber ich bin noch nicht bereit, mich wieder in die Gefangenschaft des Schlosses zu begeben.

Morgen geht alles erneut von vorne los.

Das Herausputzen. Das falsche Lächeln.

Die öffentlichen Auftritte und die erzwungenen Prinzessinnenpflichten.

Als der Wald dichter wird, ziehe ich die Zügel nach hinten, um Ginger in ein zögerliches Schritttempo verfallen zu lassen. Sie wiehert leise, und ihr Atem schwebt wie Nebel in der kalten Luft. Wir biegen um eine weitere Kurve, und sie trägt mich zwischen den letzten Bäumen hindurch bis zu einer Lichtung.

Ich blinzle angesichts des plötzlichen Wechsels von verschneiten Baumkronen zu bedecktem Abendhimmel. Die Sonne steht schon tief am Horizont und färbt die Wolken orange, während sie hinter den hoch aufragenden westlichen Bergen versinkt. Das Schloss in der Ferne sieht aus, als wäre es einem Märchen entsprungen. Seine Silhouette wirkt wie ein schlafender Riese, seine hellen Steine schimmern, und seine Türme und Balustraden brechen die unzähligen goldenen Lichtstrahlen.

Sobald ich den schmalen Pfad hinter mir lasse, spüre ich, wie sich Gingers Muskeln unter mir bewegen. Sie ist angespannt und bereit loszurennen. Ich betrachte die weite Fläche des gefrorenen Felds, das uns von den Toren des Schlosses trennt, und umfasse die Zügel fester mit meinen behandschuhten Händen.

»Okay, Mädchen«, flüstere ich und beuge mich im Sattel vor. »Dann leg mal los!«

Mir bleibt kaum Zeit, sie mit den Hacken anzustoßen, denn sie setzt sich bereits in Bewegung. Ihre kräftigen Hufe wirbeln mit jedem Schritt den schneebedeckten Boden auf. Luft weht mir ins Gesicht. Sie ist kälter als Eis, als sie meine Lunge füllt. Der Himmel um uns herum verwandelt sich in verschmierte Farbschlieren.

Ich weiß, dass ich langsamer reiten sollte, dass Hans dieses wilde, undisziplinierte Vorpreschen vermutlich missbilligen würde, da ich bislang kaum einen gleichmäßigen Galopp gemeistert habe. Aber ich bringe es einfach nicht über mich, Ginger zurückzuhalten. Ich kann ihre Freude in jedem Hufschlag spüren.

Sie braucht das hier ebenso sehr wie ich.

Wir galoppieren über das Feld und kümmern uns nicht um den Rest der Welt. Mein Haarband löst sich, und ich fühle, wie meine zerzausten braunen Locken hinter mir wehen wie eine Fahne im Wind und sich die einzelnen Strähnen miteinander verheddern. Der Wind sticht mir in die Augen, bis mir die Tränen kommen, aber selbst die können das triumphierende Lächeln, das sich auf meinem Gesicht ausbreitet, nicht aufhalten.

Genau so schmeckt die Freiheit.

»Schneller, Mädchen!« Ein Lachen entringt sich meiner Kehle. »*Schneller!*«

Vor lauter Freude stoße ich einen Jubelruf aus, während wir auf das Schloss zupreschen. Ich bin so sehr in meinem Adrenalinrausch gefangen, dass ich die beiden Männer, die in der Einfahrt stehen, nicht einmal bemerke. Auch ihre verzückten Blicke entgehen mir. Sie beobachten die verrückte junge Frau, die ihr Pferd mit Höchstgeschwindigkeit über das Feld jagt und dabei in der Ferne von zwei verärgerten Wachen verfolgt wird.

Am Ende des Felds angelangt, drosselt Ginger ihr Tempo von Galopp auf Trab, und wir überqueren die kreisförmige Einfahrt und passieren dabei eine Reihe leerer Springbrunnen und vereister Formschnitthecken. Die königlichen Stallungen befinden sich außerhalb des Westflügels. Ich schaue auf, um den Seitenweg auszumachen, der uns dorthin führen wird, und entdecke stattdessen an den vorderen Stufen zwei männliche Gestalten, die mir direkt im Weg stehen.

Mein Magen schlägt Purzelbäume.

Sie stehen neben einem schwarzen SUV und scheinen mich aufmerksam zu beobachten. Da ihre Gesichter im Schatten liegen, kann ich ihre Züge aus dieser Entfernung nicht richtig ausmachen. Während sich der Abstand zwischen uns mit jeder Sekunde verringert, kneife ich die Augen zusammen.

Dreißig Meter.

Zwanzig.

Zehn.

Die schattenhaften Gestalten nehmen allmählich Konturen an, und ich spüre, wie mein Herz ins Stolpern gerät. Ich spiele mit dem Gedanken, die Zügel scharf nach links zu ziehen und wie wild davonzupreschen, um sie komplett zu umgehen, aber dafür ist es bereits zu spät.

»Hey!«, rufe ich und bringe Ginger so abrupt zum Stehen, dass der Kies unter ihren Hufen durch die Luft gewirbelt wird. Ich streichle ihren verschwitzten Hals und gurre leise vor mich hin, während ich verzweifelt nach Luft ringe. »Braves Mädchen«, murmle ich und versuche, nicht in Panik zu verfallen, als ich den Kopf in Richtung der beiden Männer hebe.

Sie verharren reglos neben dem Auto und starren mich an. Selbst im Zwielicht sind sie noch unglaublich attraktiv, wenn auch auf vollkommen unterschiedliche Weise.

Alden, wie er zu mir heraufgrinst. Das platinblonde Haar perfekt gescheitelt, nicht eine Strähne tanzt aus der Reihe. Seine grünbraunen Augen strahlen vor Wärme, wie Kugeln aus Licht.

Und dann, einen knappen Meter und doch ein ganzes Universum weit entfernt, Carter. Die unglaublich blauen Augen auf die für ihn typische Weise zusammengekniffen, und mit dem zerzausten schwarzen Haar, das ihm in die gerunzelte Stirn fällt, ist seine Ausstrahlung dunkler als der tiefschwarze Stoff seiner Winterjacke.

Meine Kehle schnürt sich zusammen, als ich die beiden betrachte.

Licht und Dunkelheit.

Sonne und Schatten.

Verehrer und Stiefbruder.

»Ich dachte, ihr kommt erst morgen zurück«, bemerke ich lahm vom Sattel herunter. Ich habe den Blick fest auf Carter gerichtet und kann ihn aus irgendeinem Grund nicht von ihm abwenden, obwohl er mich finster anfunkelt. Ich denke an die schrecklichen Dinge, die ich bei unserer letzten Begegnung zu ihm gesagt habe, und muss die Zügel fest umklammern, um nicht von meinem Pferd zu fallen.

»Laut Wettervorhersage ist ein Schneesturm im Anmarsch«, informiert mich Alden mit heiterer Stimme. »Also haben wir beschlossen, früher zurückzukommen.«

»Oh.« Ich schlucke schwer und hoffe, dass das den Kloß in meinem Hals lösen wird. »Das ist schade.«

»Ist es das? Komm schon, Emilia – freust du dich nicht mal ein bisschen, uns zu sehen?«, fragt Alden und sorgt damit dafür, dass ich ihn wieder anschaue. »Und mit ›uns‹ meine ich vor allem ›mich‹«, fügt er mit einem kecken Augenzwinkern hinzu.

»Doch, schon«, lüge ich und wünschte, ich würde überzeugender klingen.

»*Uff!*« Alden taumelt rückwärts und legt mit einer theatralischen Geste eine Hand auf sein Herz. »Wie sehr sie mich mit ihrer Gleichgültigkeit verletzt!«

Carter lacht, aber es klingt alles andere als fröhlich. Er murmelt etwas Abfälliges vor sich hin, aber ich kann nicht genau verstehen, was.

»Wie bitte?« Ich ziehe die Augen zusammen. »Hast du etwas gesagt?«

»Keineswegs, Prinzessin.«

»Komisch. Ich hätte schwören können, dass ich meinen Namen gehört habe.«

Carter verzieht die sinnlichen Lippen zu einem Schmunzeln. »Glaub mir, wenn ich deinen Namen ausspreche, *wirst du es mitkriegen.*«

Ein Schub nicht zu leugnender Lust schießt durch meinen Körper. Dieser Ausdruck in seinen Augen ...

Pure Hitze.

Purer Hass.

Der Anblick allein sorgt dafür, dass sich meine Oberschenkel zusammenziehen. Ich vergesse sogar, dass wir nicht alleine sind.

Aldens Lachen reißt mich in die Realität zurück. »Oh, ihr müsstet euch mal reden hören! Ihr streitet euch bereits wie Geschwister.«

Daraufhin blendet Carters Gesicht sofort alle Emotionen aus. Ich senke den Blick, rutsche auf meinem Sattel herum und fühle mich unbehaglich. »Tja, ich schätze, dass ich Ginger besser zurück in den Stall bringen sollte. Es wird schon bald dunkel sein, und ich muss ihre Box noch ausmisten ...«

»Unsinn! Das kann doch ein Stallbursche übernehmen.« Aldens Stimme duldet keinen Widerspruch. Er schnippt mit den Fingern, um einen der Bediensteten herbeizuordern, die sein Auto auspacken. Sofort rattert er einen Befehl herunter. Ich höre nicht, was er sagt, aber der Bursche eilt umgehend los und hält schnurstracks auf die Stallungen zu.

Ich rümpfe ungehalten die Nase. »Das war wirklich nicht nötig ...«

Alden verscheucht meinen Protest mit einer wegwerfenden Geste. Er ist der Inbegriff eines Gentlemans, als er vortritt und mit einer Hand Gingers Zaumzeug packt, bevor er mir die andere hinhält.

»*Mylady*«, sagt er in einem gespielt formellen Tonfall und mit einem neckischen Grinsen. »Darf ich behilflich sein?«

Ich höre etwas aus Carters Richtung, das wie ein Schnauben klingt, wage es jedoch nicht, zu ihm hinzuschauen. Da ich keinen Ausweg sehe, lege ich meine behandschuhte Hand in Aldens und gestatte es ihm, mir beim Absteigen zu helfen. Der Kies knirscht unter meinen Stiefeln, als ich auf dem Boden lande.

»Danke«, murmle ich und starre in Aldens grünbraune Augen. Er hat meine Hand noch nicht wieder losgelassen. Ich versuche, sie aus seinem Griff zu ziehen, doch er hält sie fest.

»Es war mir ein Vergnügen, Eure Hoheit.«

»Einfach nur Emilia. Bitte.«

Sein strahlendes Lächeln ist so hell, dass ich befürchte, einen Sonnenbrand zu bekommen, nur weil ich mich in seiner unmittelbaren Nähe aufhalte. »Meinetwegen. Dann eben *Prinzessin Emilia*. Ist das besser?«

»Geringfügig.«

»Warum hast du mir nie erzählt, dass du reitest?« Er reicht die Zügel meines Pferds an einen Stallburschen weiter, der wie aus dem Nichts neben ihm aufgetaucht ist. Ich versuche, dem Jungen in die Augen zu schauen, doch er verschwindet mit Ginger, bevor ich auch nur eine Gelegenheit habe, ihm zu danken.

»Prinzessin?«

»Hmm?« Ich schaue wieder zu Alden und erinnere mich mit einiger Verspätung daran, dass er mir eine Frage gestellt hat. »Oh! Eigentlich kann ich gar nicht reiten.«

Er zieht die Augenbrauen hoch. »Was du nicht sagst. Warst das etwa nicht du, die wir da gerade über das Feld haben galoppieren sehen?«

»Es ist ein neues Hobby. Ich arbeite immer noch daran, mir die Grundlagen zu erarbeiten.«

»Tja, du bist wohl ein Naturtalent. Wir werden irgendwann mal zusammen ausreiten müssen.« Seine Augen leuchten.

»Weißt du, rund um Westgate gibt es ein paar wirklich tolle Reitwege.«

»Tatsächlich war ich gerade erst heute Nachmittag dort. Deine Mutter hat eine Teegesellschaft gegeben.«

»Ah, ja, natürlich. Ava erwähnte so was.« In seinen Augen blitzt so etwas wie Besorgnis auf. »Ich hoffe sehr, sie hat dafür gesorgt, dass du dich willkommen gefühlt hast. Ich muss zugeben, dass ich gehofft hatte, ich würde derjenige sein, der dich auf unserem Anwesen herumführen darf. Mir ist …« Er errötet tatsächlich. »Mir ist wichtig, dass du dich in meinem Zuhause wohlfühlst.«

Ich ringe mir ein Lachen ab, aber es klingt selbst in meinen Ohren schwach. Zum Glück scheint er es nicht zu bemerken. Ich werfe einen schnellen Blick zu Carter und stelle fest, dass er uns beide mürrisch beobachtet. Sein besonderes Augenmerk liegt dabei auf meiner Hand, die immer noch fest in Aldens Umklammerung liegt. Er sieht so aus, als wollte er seinem Freund die Hand brechen.

Mist.

Ein Schauer überkommt mich.

»Bitte entschuldige – da plappere ich unablässig wie ein Idiot, obwohl dir doch eiskalt sein muss«, murmelt Alden, der mein Zittern falsch deutet. »Lass uns reingehen. Wir setzen uns ans Feuer und wärmen dich auf. Vielleicht trinken wir dabei einen Kakao und unterhalten uns ein wenig.«

»Oh, das klingt wundervoll, aber …«

Er lässt mich nicht ausreden. »Ich habe dich viel zu lange nicht mehr gesehen, Prinzessin Emilia. Und du …« Sein Blick wird ebenso sanft wie sein Tonfall. »Du bist wahrlich eine Augenweide.«

Ich kann spüren, wie Carters Blick ein Loch in meinen Hinterkopf brennt. Ich trete von einem Fuß auf den anderen, kaue auf meiner Unterlippe herum und versuche, mir eine höfliche Ausrede einfallen zu lassen. »Ich weiß deine Ritterlichkeit wirklich sehr zu schätzen, Alden, aber es war ein furchtbar langer Tag, und ich bin müde. Ich denke nicht, dass ich eine gute Gesellschaft abgeben würde.«

»Ah. Dann werde ich mich von dir verabschieden ... so sehr es mich auch schmerzt, dich zu verlassen.« Er zwinkert mir frech zu, hebt meine Hand an seinen Mund und küsst die Oberseite meines Handschuhs. Mit einem letzten Drücken und einem nachdrücklichen Blick lässt er mich los. Ich stehe wie angewurzelt da, während er zum SUV zurückmarschiert und eine Hand in Carters Richtung ausstreckt.

»Thorne. Das war ein toller Ausflug, Mann.«

Carter nickt steif, gibt Alden aber nicht die Hand. Sein Kiefer ist so angespannt, dass ich überrascht bin, dass er in der Lage ist zu sprechen. »Danke fürs Fahren.«

Alden lässt die Hand sinken. Die Männer blicken sich noch einen Moment lang an. Keiner von ihnen sagt ein Wort, und die Luft zwischen ihnen wird vor Anspannung so dicht, dass mir der Atem stockt.

Nach einer gefühlten Ewigkeit brechen sie den Blickkontakt endlich ab. Alden dreht sich langsam zum SUV um und wirft mir noch einen letzten Blick zu, bevor er auf den Fahrersitz steigt.

»Es ist immer wieder eine Freude, dich zu sehen, Prinzessin Emilia.«

»Bis dann, Alden.«

»Vergiss nicht ... Ich werde dafür sorgen, dass du dein Versprechen bezüglich eines Ausritts einlöst.« Er schmunzelt. *Bald.*«

Seine Autotür fällt mit einem Knall zu, der mich schlagartig zusammenzucken lässt. Die Reifen knirschen auf dem Kies, während der Wagen die lange Einfahrt hinunterrollt und auf die fernen Schlosstore zuhält. Ich starre ihm nach, bis der SUV nur noch ein schwarzer Fleck ist. Erst dann wage ich es, zurück zu dem Mann zu schauen, der drei Meter links von mir steht.

Unsere Blicke prallen aufeinander – wie Schwerter auf einem Schlachtfeld. Mir stockt der Atem, während ich seinem Blick standhalte. In seinem Gesicht spiegeln sich keinerlei Emotionen, aber ich kann die Wut sehen, die in seinen Augen blitzt.

»Nicht«, sage ich leise. Vorsorglich.

Mit finsterer Belustigung verzieht er den Mund.

»Hör auf«, flüstere ich – flehentlich.

»Und womit soll ich aufhören, Prinzessin?« Die Frage klingt bedrohlich sanft, wie der erste schwache Regentropfen vor dem Hereinbrechen eines Hurrikans. »Soll ich aufhören, dich anzusehen? Soll ich aufhören, mit dir zu reden? Soll ich aufhören, mich in deiner Nähe aufzuhalten?«

Ich öffne den Mund, um etwas zu erwidern, stelle jedoch fest, dass ich kein einziges Wort herausbringe.

»Oder vielleicht willst du auch, dass ich komplett aus deinem Leben verschwinde«, sagt er leise und macht einen Schritt in meine Richtung, um den Abstand zwischen uns zumindest teilweise zu verringern. »Ist es das, Emilia?«

Ich atme scharf ein, während er einen weiteren tückischen Schritt auf mich zumacht. Nun trennt uns nur noch ein halber Meter voneinander.

»Wäre es praktischer für dich, wenn ich einfach ganz und gar aufhören würde zu existieren? Hast du das bei unserer letzten Begegnung nicht angedeutet?«

»N... Nein«, stammele ich und kann kaum atmen. »So war das nicht ... Ich habe nur ...«

Meine Worte verlieren sich und ergeben nicht den geringsten Sinn. Aber es ist ohnehin überflüssig, mit ihm zu sprechen – wenn wir eine komplette Unterhaltung mit unseren Augen führen.

Was willst du von mir, Prinzessin?

Nichts.

Lügnerin.

Hör auf.

Ich kann nicht aufhören. Und du kannst es auch nicht.

Ich weiß nicht, wovon du redest.

Rede dir das nur weiter ein, Prinzessin.

Die kleine Narbe, die seine Augenbraue teilt, sticht im kalten Abendlicht deutlich hervor. Es ist jetzt fast vollkommen dunkel. Die Lichter im Inneren des Schlosses fallen aus den Fenstern in die Einfahrt und erhellen unsere Silhouetten.

»*Bitte*«, sage ich, aber ich bin mir nicht mehr sicher, worum ich flehe. »Bitte ... mach es nicht noch schwerer, Carter. Wir haben bei unserer letzten Begegnung alles gesagt, was es zu sagen gab.«

»Schwachsinn«, blafft er. »Du bist weggelaufen, bevor ich überhaupt irgendetwas sagen konnte.«

Ich atme ein und versuche, Haltung zu bewahren. »Lass es einfach gut sein. Es immer wieder aufzuwärmen wird zu nichts führen.«

»Ist das so?«

Wie ein Jäger, der die Schwäche seiner Beute wittert, pirscht er sich noch näher heran. Nah genug, um ihn zu berühren. Nah genug, um das schnelle Auf und Ab seiner Brust zu sehen. Nah genug, um die Wärme seines Atems auf meinem Gesicht zu spüren, während er über mir aufragt und sein hochgewachsener Körper mein ganzes Sichtfeld ausfüllt.

Nah genug, um mich in den Wahnsinn zu treiben.

Ich sollte zurückweichen.

Mich abwenden.

Nach drinnen gehen.

Aber er schaut auf mich herunter, als würde er ertrinken und als wäre ich die Luft, die er zum Atmen braucht. Und ich schaue zu ihm hinauf, als … als …

Als wäre er die Sterne am Nachthimmel, die mich durch die Dunkelheit führen.

Ich hatte mir vorgenommen, bei unserer nächsten Begegnung nicht wieder in seine Falle zu tappen. Ich hatte mir vorgenommen, stärker zu sein als beim letzten Mal.

Beweg dich, Emilia.

Geh los.

Aber das tue ich nicht. Ich bin wie erstarrt und stehe stocksteif da. Ich lasse meine Zunge hervorschnellen, um über meine rissigen Lippen zu lecken – eine nervöse Angewohnheit. Er verfolgt die Bewegung mit seinem Blick wie ein erfahrener Jäger, der seine Beute nicht eine Sekunde aus den Augen lässt.

»Nur zu, Emilia«, flüstert Carter und lehnt sich vor, bis seine Lippen bloß noch wenige Zentimeter von meinen entfernt sind. »Sag mir noch mal, dass du mich nicht willst. Sag mir noch mal, dass ich aufhören sollte, darum zu kämpfen.«

Ich tue es nicht.

Ich kann es nicht.

Ich balle die Hände an den Seiten zu Fäusten, um mich davon abzuhalten, sie um seinen Hals zu schlingen und seinen Mund auf meinen zu pressen. Ich hasse die Tatsache, dass er mich nicht mal berührt hat, ich ihn aber in jeder Faser meines Körpers spüren kann. Ich hasse die Tatsache, dass jedes Atom meiner Seele nach ihm ruft. Und ich hasse die Tatsache, dass ich mir trotz allem, was passiert ist, trotz all der barschen Worte, die wir auf diesem Turm gewechselt haben … weiterhin wünsche, dass er alle Vorsicht in den Wind schlagen und dieses letzte bisschen Abstand zwischen unseren Gesichtern mit einem atemberaubenden Kuss überwinden würde.

»Emilia ...«

Er beugt sich vor. Es ist eine kaum wahrnehmbare Bewegung, und für den Bruchteil einer Sekunde denke ich, dass mein Wunsch in Erfüllung gehen wird. Doch er erobert meinen Mund nicht mit seinem, sondern verzieht ihn stattdessen zu einem grausamen Schmunzeln. Als er spricht, hat sein Flüstern beinahe etwas Gewalttätiges und zerreißt die Dunkelheit wie ein Blitzschlag.

»Ich will, dass du dich für den Rest deines Lebens, ob es nun nächste Woche oder nächsten Monat oder nächstes Jahr sein wird, bei jeder Verabredung mit einem richtigen Gentleman wie Alden, der dir mit geschliffenen, wohlformulierten Sätzen schmeichelt und dich mit der ganzen Leidenschaft eines Gähnens küsst, daran erinnerst, was du genau hier in diesem Moment gefühlt hast, während ich dich noch nicht einmal berührt habe. All die Leidenschaft und das Verlangen, die in dir toben und darum betteln, freigelassen zu werden ... All die Sehnsucht, die um ein Ventil fleht ... um meine Hände in deinem Haar und meine Zähne an deinem Hals und um meinen Schwanz, der so tief in dir steckt, dass die Grenze zwischen Lust und Schmerz verschwimmt ...«

Herr. Im. Himmel.

Meine Oberschenkel ziehen sich zusammen, während unbändige Lust durch meinen Körper schießt. Ich kann kaum noch klar sehen. All meine sorgfältig errichteten Barrieren brechen in sich zusammen, als sich ein urtümliches, nicht zu leugnendes Verlangen meiner Sinne bemächtigt.

Nimm mich.

Ich gehöre dir.

Ich bin einfach …
Dein.

Ich will, dass er forsch ist, dass er mich mit ungestümer Lust für sich beansprucht, die das Verlangen tief in meinem Inneren befriedigen wird. Doch als er den letzten Rest Abstand zwischen uns endlich überwindet, streift sein Mund meinen so leicht, dass es bloß der Hauch eines Kusses ist.

Das genügt nicht. Nicht mal ansatzweise.

Bevor ich auch nur mit den Augen zwinkern kann, zieht er sich wieder zurück. Sein leises Knurren verschluckt mein unzufriedenes Stöhnen im Handumdrehen.

»Ich will, dass du dich an dieses Gefühl erinnerst, Emilia. Denn das wird alles sein, was du haben wirst. *Eine Erinnerung.*« Er tritt zurück, und sein Blick brennt sich in meinen voller Lust und Abscheu. »Ich hoffe, dass sie dich ewig heimsuchen wird.«

Er wendet sich ab und geht davon, bevor ich auch nur reagieren kann – nicht dass ich die richtigen Worte finden könnte, selbst wenn ich es versuchen würde. Ich stehe allein in der Dunkelheit und spüre die Kälte bis auf die Knochen, was jedoch nicht nur an der frostigen Luft liegt.

Mein Herz rast mit doppelter Geschwindigkeit.

Meine Atemzüge sind abgehackte Keuchlaute.

Meine Lippen kribbeln immer noch von einem Beinahekuss.

Ich hoffe, dass sie dich ewig heimsuchen wird.

Ich bin mir nicht sicher, wie lange ich dort in der Dunkelheit stehe. Lange genug, dass meine Finger in meinen Handschuhen taub werden, meine Füße in meinen Stiefeln schmerzen und meine Nasenspitze von der Kälte ganz rot wird.

Ich spüre nichts von alledem.

Ich spüre absolut gar nichts.

Irgendwann zwingen mich Riggs und Galizia, nach drinnen zu gehen. Sie begleiten mich schweigend zu meinen Gemächern und wechseln besorgte Blicke, bis ich ihnen die Tür vor der Nase zumache. Ich schließe hinter mir ab und lasse mich aufs Bett fallen. Mir fehlt die Energie, um mehr zu tun, als meine Reitstiefel auszuziehen. Die Stille ist so erdrückend. Ich muss Musik anmachen, um sie zu übertönen.

Als der Text von »The Night We Met« von Lord Huron aus den Lautsprechern driftet, spüre ich, wie sich in meinen Augenwinkeln Tränen sammeln, und sofort weiß ich, dass es sehr, sehr lange dauern wird, bis ich heute Abend einschlafen werde.

Genau wie ich weiß, dass ich, wenn ich in den frühen Morgenstunden mit dem Albtraum noch frisch im Gedächtnis in verhedderten Bettlaken aufwache und meine Kehle von meinen Schreien ganz wund ist … allein in meinem Zimmer sein werde. Es werden keine starken Arme da sein, die mich halten, und niemand wird mir tröstende Worte zuflüstern, um die Dunkelheit zu vertreiben.

16. KAPITEL

Ein Klopfen weckt mich aus einem unruhigen Schlaf.

Ich setze mich auf und blinzle ins grelle Morgenlicht, das durch meine Balkontüren hereinströmt. Mein Blick fällt auf die Tür, als ich das leise Kratzen eines Umschlags vernehme, der darunter hindurchgeschoben wird.

Seufzend schlage ich die Bettdecke zurück und strecke die Arme über den Kopf, während ich das Zimmer durchquere. Ich erkenne Simms' langweiliges blaues Briefpapier, bevor ich auch nur ein Wort der Nachricht gelesen habe.

Eure Königliche Hoheit,

Ihre Anwesenheit wird an diesem Nachmittag für eine Auszeichnungsveranstaltung erbeten, da Ihr Vater nicht in der Lage ist, daran teilzunehmen.
Sie werden einer Gruppe vasgaardianischer Feuerwehrleute die Nationale Tapferkeitsmedaille überreichen, um sie für ihren mutigen Einsatz im Oktober bei der Bekämpfung des Infernos im Ostflügel zu ehren.
Es wird eine kurze Zeremonie geben, um den Feuerwehrmännern vor ihren Kollegen, Freunden und Familienangehörigen für ihren Dienst zu danken.
Die Limousine wird unten vor dem Palast bereitstehen,

um Sie pünktlich um Viertel vor zwölf zur Feuerwache zu
bringen.

Gerald Simms
Pressesprecher des Palasts

Wie immer hat er unter seinem gedruckten Namen und seiner Funktionsbezeichnung schwungvoll mit Tinte unterschrieben. Ich verstehe nicht wirklich, warum er sich die Mühe macht, so formell zu sein – ich sehe den Mann praktisch jeden Tag, Herrgott noch mal. Aber Simms ist nicht der Typ, der die Regeln auch mal ein wenig lockerer nimmt.

Ich werfe einen Blick auf mein Handy, um die Uhrzeit zu überprüfen. Als ich sehe, dass es bereits nach zehn ist, werfe ich das Handy beiseite und setze mich hastig in Bewegung. Ich habe viel länger geschlafen als normal – zweifellos deswegen, weil ich mir die halbe Nacht schlaflos um die Ohren geschlagen habe. Ich werfe einen wütenden Blick auf die Wand, die meine Suite von Carters trennt, während ich in mein angrenzendes Bad gehe, um mich fertig zu machen.

Er will, dass wir Feinde sind?
Von mir aus.
Das kann er haben.
Es könnte mir nicht gleichgültiger sein.
Tatsächlich bin ich froh darüber.
Es ist eine Erleichterung.

Als ich unter der Dusche stehe, ist es leichter, so zu tun, als läge das Stechen in meinen Augen nur an dem kochend heißen Wasser, das auf mein Gesicht prasselt.

»Ich danke Ihnen von ganzem Herzen für Ihren Mut.«
Ich schüttle einem weiteren Feuerwehrmann die Hand

und hoffe, dass meine Stimme nicht zittrig oder unaufrichtig klingt. Der stellvertretende Leiter nickt mir mit stoischer Miene zu.

»König Linus weiß Ihren Heldenmut zu schätzen«, murmle ich dem Mann neben ihm zu. »Das wird man Ihnen nie vergessen.«

Ein weiteres Händeschütteln.

Ein weiteres Lächeln.

Und so geht es immer fort, bis ich alle zwanzig Männer begrüßt habe, die im Oktober ihr Leben riskierten, als der Ostflügel in Flammen aufging. Wenn sie nicht so schnell reagiert hätten, wäre Prinz Henry womöglich zusammen mit König Leopold, Königin Abigail und mehreren Mitgliedern des Schlosspersonals ums Leben gekommen.

Nicht dass es ihm jetzt sehr viel besser geht, schließlich liegt er im Krankenhaus auf der Station für Verbrennungsopfer im Koma ...

Als ich die Bühne in Richtung des Rednerpults überquere, ist mir Simms dicht auf den Fersen – zweifellos will er versuchen, mir alle möglichen leichtsinnigen Ideen auszureden, die mir in den Sinn kommen, bevor ich sie in die Tat umsetzen kann. Mittlerweile sollte er sich allerdings daran gewöhnt haben, dass ich mich nicht ans Drehbuch halte und immer einen Weg finde, das Königshaus zu brüskieren – indem ich meine Absatzschuhe ausziehe, den Paparazzi die Zunge rausstrecke oder armen kleinen Mädchen aus Hawthorne unbezahlbare Erbstücke der Lancasters schenke. Man sollte meinen, dass er es endlich aufgegeben hätte, aber er versucht immer noch sein Bestes, um mich unter Kontrolle zu halten.

Viel Glück dabei, Ger.

Als ich endlich das Rednerpult erreiche, drehe ich mich herum, um in die Menge hinauszuschauen. Es ist ein wunderschöner Tag. Der kleine Platz, auf dem man die Bühne aufgebaut hat, ist mit mehreren Hundert Zivilisten in Mützen, Schals und dicken Wollmänteln gefüllt. Dazu kommen eine ganze Reihe Sanitäter, Feuerwehrleute und Polizisten in Uniformen, die die Helden der Stunde unterstützen. Auch viele Kinder sind anwesend – ich lächle, als ich sehe, wie sie ihren Feuerwehrvätern auf der Bühne zuwinken.

»Guten Tag allerseits!« Meine Stimme klingt laut und kräftig.

Ist es wirklich erst drei Wochen her, dass ich furchtbare Angst davor hatte, vor einer Menschenmenge zu sprechen? Dass ich alles vor meinem Badezimmerspiegel proben musste, weil ich Angst hatte, auch nur ein falsches Wort zu sagen?

Höflicher Applaus erfüllt die Luft. Ich höre das Klicken von mehreren Dutzend Kameras mit Teleobjektiven – die Presse macht Fotos. Die größte Feuerwache in ganz Vasgaard ragt hinter mir auf, was zweifellos einen beeindruckenden Hintergrund für die Bilder abgeben wird, die morgen die Titelseiten der Zeitungen schmücken werden.

»Ich betrachte es als ausgesprochenes Privileg, heute hier bei Ihnen sein zu dürfen, inmitten der Besten und Tapfersten unseres Landes.«

Jubelrufe erklingen aus der ersten Reihe, wo die Frauen der Feuerwehrmänner stehen und ihre Ehemänner voller Stolz anstrahlen.

»Ich weiß nicht viel über das Löschen von Flammen. Aber ich weiß, dass es eine ganz besondere Art von Mut braucht, um immer wieder *in* brennende Gebäude zu eilen, wenn jeder andere auf der Welt nach draußen laufen würde. Sein Leben aufs Spiel zu setzen, damit andere gerettet werden können. Das Risiko einzugehen, seine Liebsten nie wiederzusehen, nur um dafür zu sorgen, dass jemand anders seine Liebsten wieder in die Arme schließen kann.«

Die Menge nickt im Takt zu meinen Worten. Mehrere Ehefrauen wischen sich verstohlen Tränen aus den Augen.

Ich deute auf die Reihe der uniformierten Männer. »Wie ich gehört habe, herrscht unter den Mitgliedern dieser speziellen Truppe – den tapferen Männern von Feuerwache eins – eine besondere Kameradschaft. Ob es nun die gemeinsamen Essen am Freitagabend sind, zu denen jeder etwas mitbringt, oder die sommerlichen Grillfeste in Chief Johanssons Haus am See. Ob es um zusätzliche Übungen im Rahmen medizinischer Evakuierungen oder Besuche im örtlichen Kindergarten geht, um die Feueralarmübungen für die Sechsjährigen etwas weniger beängstigend zu machen … Die Arbeit, die Sie hier leisten, geht eindeutig weit über die üblichen Anforderungen Ihres Berufs hinaus.« Mein Lächeln wird breiter. Mehr Kameraauslöser klicken. »Ich könnte mir niemanden vorstellen, der die Anerkennung des Königs mehr verdient als Sie. Und es ist mir eine ausgesprochene Ehre, diejenige sein zu dürfen, die Ihnen allen für Ihren Dienst an Krone und Vaterland die Tapferkeitsmedaille unseres Landes verleiht.«

Jubelrufe erfüllen die Luft, als ich hinter dem Rednerpult hervortrete und mich dem Tisch zu meiner Rechten nähere, auf dem zwanzig kleine schwarze Schachteln liegen. Simms steht daneben und nickt mit ernster Miene. Ich grinse ihn fröhlich an, und er zuckt zusammen, da er eine derartige Zurschaustellung von Vertrautheit nicht gewohnt ist.

Wäre er jemand anders, würde ich ihm sagen, dass er sich entspannen soll. Aber das hier ist Simms. Er wird mich auch vermutlich in zwanzig Jahren noch mit meinem vollständigen königlichen Titel anreden.

In zwanzig Jahren.

Wow.

Allein der Gedanke bringt mich fast aus dem Gleichgewicht. Ich kann nicht genau sagen, wann ich angefangen habe, meine Rolle als Prinzessin als dauerhaft anzusehen. Ich habe keine Ahnung, zu welchem Zeitpunkt diese ganze Angelegenheit von einer vorübergehenden Situation zu …

Meinem Leben geworden ist.

Das ist jetzt mein Leben.

Früher zeigte mir ein Blick in meine Zukunft immer klar definierte Ziele. Ich wollte meinen Abschluss in Psychologie machen. Mein Praktikum beenden. Meine eigene Praxis eröffnen. Einen netten Mann kennenlernen, mit dem ich mich eines Tages niederlassen und vielleicht sogar eine eigene Familie gründen könnte.

Wenn ich jetzt in meine Zukunft schaue, sehe ich nichts davon. Meine Zukunft ist ein einziges großes Fragezeichen mit einer Krone obendrauf. Trotzdem jagte mir die Vorstellung, die Prinzessin zu sein, irgendwann keine Angst mehr ein, sondern fing langsam an …

Mir nicht mehr *ganz so* ätzend zu erscheinen.

Verstehen Sie mich nicht falsch, ich bin immer noch kein großer Fan der ständigen Paparazziattacken oder des absoluten Mangels an Privatsphäre. Ich würde meine linke Niere verkaufen, wenn das bedeuten würde, dass ich nie wieder an einer Teegesellschaft mit Ava, Octavia und den anderen aristokratischen Tratschtanten aus den gehobenen Kreisen teilnehmen müsste. Aber ich würde lügen, wenn ich sagen würde, dass ich *alles* an meinem neuen Leben hasse.

Verblüfft muss ich feststellen, dass ich es tatsächlich genieße, jeden Tag Veranstaltungen wie diese hier zu besuchen, wo ich mich mit Leuten aus allen Teilen des Landes über ihr Leben unterhalte, ihre Geschichten erfahre und ihre Leistungen anerkennen kann. An so vielen menschlichen Schicksalen teilzuhaben und zu sehen, wie die Gesichter in der Menge aufleuchten, wenn ich stehen bleibe, um ein paar freundliche Worte mit den Leuten zu wechseln, ist faszinierend.

Ich hätte mir nicht mal in einer Million Jahren vorstellen können, dass ich jemand *von Bedeutung* werden würde. Zumindest nicht in diesem Ausmaß. Ich habe mich für das Psychologiestudium entschieden, weil ich Menschen helfen wollte – einem nach dem anderen, Fall für Fall. Als ich mein Praktikum aufgeben musste, dachte ich, dass dieses Kapitel meines Lebens für immer beendet wäre.

An Tagen wie diesem denke ich jedoch … dass Kronprinzessin Emilia Lancaster tatsächlich in der Lage sein könnte, etwas zu bewirken. Vielleicht nicht auf die gleiche Weise, wie es Dr. Emilia Lennox gelungen wäre, aber auch mit dem, was ich jetzt tue, kann ich Menschen helfen.

Vielleicht muss das Annehmen dieser neuen Rolle nicht zwangsläufig bedeuten, dass ich all die Ziele aus den Augen verliere, die ich einst verfolgt habe.

Vielleicht kann ich den Menschen trotzdem noch helfen.

Vielleicht kann ich trotzdem noch Gutes tun.

Vielleicht hatte Carter recht, und es ist an der Zeit, die Angst, all das aufzugeben, was ich einst war, abzuschütteln … und die Veränderung zu akzeptieren. Mich selbst neu zu erschaffen, mit Feuer und Blut und Eisen, und zu einer Frau zu werden, die stark genug ist, um sich in dieser neuen Realität zu behaupten.

Von neuem Mut erfüllt greife ich nach der ersten Schachtel auf dem Tisch. Das Publikum jubelt, als ich zurück zu den wartenden Feuerwehrleuten gehe, die alle mit stolzgeschwellter Brust darauf warten, ihre Ehrungen in Empfang zu nehmen. Als ich die Medaille um Chief Johanssons Hals hänge, ist der tosende Applaus so ohrenbetäubend, dass es eine Weile dauert, bis ich das andere Geräusch wahrnehme, das den Platz plötzlich erfüllt.

Es ist ein rhythmisches Knallen, wie das von Feuerwerkskörpern, die Kinder zur Sommersonnwende zünden. Wie das Geräusch von Feuerwerksraketen, wenn sie hoch am Himmel explodieren.

Was zum Teufel geht hier vor?

Ich hebe den Blick nach oben und halte nach strahlenden Farbkaskaden Ausschau ... aber der Himmel über dem Platz ist verblüffend leer. Mir ist immer noch nicht klar, dass hier etwas nicht stimmt. Ich habe immer noch nicht begriffen, was genau hier vorgeht.

Ich begreife es erst, als es bereits viel zu spät ist.

Ich begreife es erst, als ich die Schreie höre.

Das ist kein festliches Feuerwerk, wird mir voller Entsetzen klar. *Dieses gleichmäßige Knallen ist das Geräusch von ...*

Schüssen.

Jemand schießt mit einer Waffe in die Menge.

Ich spüre, wie mir das Blut in den Adern gefriert, während ich beobachte, wie der hintere Teil der Menge hektisch auseinanderdriftet. Die Leute, die vorne in der Nähe der Bühne stehen, schauen immer noch zu mir herauf und bekommen nichts von dem entsetzlichen Spektakel mit, das sich nur wenige Meter hinter ihnen abspielt. Sie wissen nicht, dass der Schrecken mit jeder Sekunde näher rückt.

»Lauft! *Lauft weg!*«, schreie ich, doch da ich nicht mehr am Mikrofon stehe, bringt das kaum etwas. Meine nutzlose Warnung erreicht nur die Leute auf der Bühne, die genauso starr vor Schreck dastehen wie ich und den Blick fest auf die herannahende Katastrophe gerichtet haben. Auf die Männer in schwarzen Kampfanzügen, die aus tödlichen Waffen in eine Menge aus Unschuldigen feuern.

Es sind mindestens zwei Schützen.

Vielleicht mehr.

Feuerwehrleute springen nun von der Bühne und rennen in dem verzweifelten Versuch, ihre Familien zu beschützen, direkt auf die Gefahr zu. Endlich begreifen die Leute, dass etwas nicht stimmt. Panik überrollt die Menge wie eine Flutwelle und verschluckt alles. Ich sehe zu, wie sie auf dem abgesperrten Platz nach einem Fluchtweg suchen, aber sie können nirgendwohin. Sie können nicht davonlaufen. Die Absperrungen, die eigentlich für unsere Sicherheit sorgen sollten, haben unser Schicksal besiegelt. Wir sind wie Tiere in einem Käfig, eingepfercht für die Schlachtung.

Wach auf, Emilia.

Wach auf, wach auf, wach auf.

Das muss ein weiterer Albtraum sein.

Jemand zerrt an meinem Arm und versucht, mich von der Bühne zu ziehen, aber ich schüttle den Griff ab. Ich stehe wie angewurzelt da. Ich kann mich nicht bewegen, ich kann nicht atmen, und ich kann den Menschen da unten nicht helfen. Ich kann nur hilflos zuschauen und die Katastrophe nicht aufhalten, während die Schützen immer näher kommen und sich mit ihren Kugeln einen blutigen Pfad durch die versammelten Männer, Frauen und Kinder bahnen, die noch vor wenigen Sekunden vor Freude gejubelt haben.

Jetzt schreien sie vor Angst und Schmerz.

Das kann nicht wahr sein.

Das kann nicht passieren.

Jeden Moment werde ich aufwachen und mich in der Sicherheit meines Betts wiederfinden, und das alles wird nur ein schlechter Traum gewesen sein.

Ich blinzle, aber ich wache nicht auf.

Die Schreie nehmen an Lautstärke zu. Menschen klettern über die Absperrungen, ducken sich unter die Bühne und trampeln, in dem verzweifelten Versuch zu entkommen, übereinander hinweg. Endlich kommt Bewegung in mich. Ich beuge mich vor, um Menschen zu mir auf die Bühne zu ziehen, damit sie aus dem Gedränge entkommen, einen nach dem anderen, so viele, wie ich kann. Damit gebe ich ihnen zumindest eine Chance, diesem Albtraum zu entrinnen. Galizia und Riggs stehen links und rechts von mir und tun das Gleiche.

Aber es genügt nicht.

Bei Weitem nicht.

Auf dem Boden herrscht das totale Chaos. Das rhythmische Knallen scheint nicht enden zu wollen. Es wird lauter und lauter und rückt immer näher. Sekunden werden zu Minuten. Alles läuft nur noch im Zeitlupentempo ab.

Kurz flackert Erleichterung auf, als es den Feuerwehrleuten schließlich gelingt, eine der Absperrungen zu öffnen. Die Leute strömen durch die schmale Öffnung auf die Straße hinaus. Tränen rinnen über ihre Wangen, als sie sich in Sicherheit bringen und dabei ihre Kinder fest an sich drücken. Ich versuche, nicht auf diejenigen zu schauen, die nicht rennen. Diejenigen, die viel zu reglos auf dem Boden liegen und im Kielwasser des Schreckens zurückbleiben.

Tot.

Sie sind tot.

»Prinzessin«, fleht Galizia, aber ihre Stimme klingt weit entfernt. »Wir müssen von hier fort«

»Noch nicht.«

»Prinzessin …« Dieses Mal ist es Riggs.

»*NOCH NICHT!*« Ich würge die Worte hervor – sie sind halb Schrei und halb Schluchzen. »Wir müssen sie retten. Bitte. Helfen … Helfen Sie mir einfach dabei, sie zu retten!«

Mit grimmiger Miene tun sie, was ich verlange.

Meine Armmuskeln schreien vor Schmerz, als ich mich daranmache, eine weitere Frau zu mir auf die Bühne zu ziehen.

Mit einer seltsam tauben Faszination bemerke ich die roten Flecken, die ihre Jacke übersäen. Ich frage mich, woher sie kommen. Ob derjenige noch atmet. Ob er zu denen gehört, die Glück hatten.

»Danke«, keucht die Frau, als ich sie nach oben hieve.

Ich schaue in die Menge, wo noch zahlreiche andere Menschen um Hilfe schreien, und sehe, dass sie kurz zögert. In ihren Augen blitzt Schuld auf. Dann murmelt sie eine Entschuldigung und rennt davon, um sich in Sicherheit zu bringen. Ich schaue ihr nicht hinterher – ich drehe mich bereits wieder um und greife nach den nächsten Händen.

Mein Blick trifft auf den eines Mannes in der Menge, der ein Baby im Arm hält, das in eine hellrosa Decke gewickelt ist. Der Anblick wirkt auf absurde Weise vollkommen fehl am Platz. So als würde man ein Kinderspielzeug auf einem Schlachtfeld finden. Er hebt den winzigen, eingewickelten Körper des Mädchens in die Luft, als würde er es mir hochreichen wollen. Doch bevor ich das Kind entgegennehmen kann, reißt mich jemand mit brutaler Gewalt zurück. Ich kreische, als mein ganzer Körper vom Boden abhebt. Die Welt dreht sich auf den Kopf, und Riggs wirft mich über seine Schulter wie einen Sack Mehl.

»Lassen Sie mich runter!«, schreie ich und trommele mit meinen Fäusten auf seinen Rücken ein. »Da sind noch mehr Leute! Wir müssen ihnen helfen!«

Er ignoriert mich und rennt direkt auf den hinteren Bereich der Bühne zu, wo eine schmale Treppe zum Boden hinunterführt. Ich höre Galizias Schritte dicht hinter uns.

»Riggs, bleiben Sie stehen! Sie müssen zurückgehen! Wir können sie immer noch retten!«

Meine heiseren Schreie bleiben unbeachtet.

Ich kann nach wie vor das Kreischen der Menge hören, als wir auf den wartenden SUV zurennen. Ich drehe den Hals und versuche, einen letzten Blick auf die Bühne zu erhaschen. Ich hoffe inständig, dass ich den Mann mit dem rosafarbenen Bündel in den Armen sehen werde, wie er uns in die Sicherheit folgt.

Stattdessen ...

Explodiert der Himmel.

Ich habe nicht mal Zeit, mich auf den Aufprall vorzubereiten, zu schreien oder die Leute um mich herum zu warnen, während der gewaltige Feuerball ausbricht und innerhalb eines einzigen Herzschlags alles in seinem unmittelbaren Umfeld verschluckt. Eine Welle aus Hitze und Druck breitet sich vom Mittelpunkt aus und reißt Riggs von den Füßen – und mich mit ihm.

Mein Körper fliegt durch die Luft wie eine Marionette ohne Fäden. In der Sekunde vor dem Aufprall verspüre ich seltsamerweise ausschließlich Erleichterung.

Vielleicht ist es am besten, wenn ich auch sterbe.

Denn die Trauer des heutigen Tages würde ich ohnehin niemals überstehen.

Ich wäre niemals in der Lage, mit all dem Schrecklichen zu leben, das ich heute gesehen habe.

Mein Kopf knallt gegen etwas Hartes, und dann versinkt die Welt um mich herum gnädigerweise in Dunkelheit.

17. KAPITEL

Das Piepen nervt.

Der rhythmische Laut zerrt an mir, als wollte er mir unbedingt etwas mitteilen.

Wach auf.

Wach auf.

Wach auf.

Ich widerstehe dem Ruf.

Ich weiß auch nicht, warum – ich weiß nur, dass ich nicht wach sein will.

Mir gefällt es hier.

Es ist sicher.

Ruhig.

Hier geschieht nichts Schlimmes.

Emilia.

Emilia.

Emilia.

Es wird immer schwerer, dem Piepen zu widerstehen. Und jetzt kommen neue Geräusche hinzu. Leises Gemurmel, das ich nur schwer verstehen kann. Stimmen, die zu Leuten gehören, an deren Namen ich mich nicht so recht erinnern kann.

»Immer noch keine Veränderung?« Die Stimme einer jungen Frau. Sie redet sehr viel. Schnell, als würde sie alles daransetzen, niemanden sonst zu Wort kommen zu lassen, bevor sie nicht selbst alles gesagt hat. »Wie kann das sein? Sie ist doch schon seit sechs Stunden hier.«

»Lady Thorne ...«

»›Lady Thorne‹ ist meine Großmutter, Sie Knallkopf.«

»Tut mir leid ...«

»Sparen Sie sich Ihre Entschuldigungen. Ich will verdammt noch mal wissen, warum meine Schwester noch nicht aufgewacht ist. Wenn Sie mir darauf keine Antwort geben können, werde ich mir einen Arzt suchen, der sein Handwerk versteht, und dafür sorgen, dass die erste Amtshandlung der zukünftigen Königin von Caerleon darin besteht, Ihnen Ihre verfluchte Approbation zu entziehen!«

»Chloe.« Eine andere Stimme. Diese gehört einem Mann. Sie ist tief und rau, gleitet über meine Haut wie eine Liebkosung und lockt meinen schlummernden Verstand noch näher an die Oberfläche. »Er tut alles, was in seiner Macht steht.«

»Tja, ›alles, was in seiner Macht steht‹ ist nicht gut genug, nicht wahr?« Die Stimme der Frau bricht in ein Schluchzen aus. »Sie könnte ... Gott, Carter, was ist, wenn sie ... was ist, wenn sie nicht mehr aufwacht? Was ist, wenn sie stirbt?«

Ein Knurren. »*Nicht.* Sag so was nicht, verdammt. Denk es nicht mal. Hast du mich verstanden?«

»Aber ...«

»Nein.« Ich spüre, wie sich etwas Warmes um meine klammen Finger legt – eine große, schwielige Hand. »Wenn du solchen Mist von dir geben willst, dann sieh zu, dass du von hier verschwindest. Und wenn du heulen willst, kannst du dich ebenfalls zum Teufel scheren. So was kann sie jetzt nicht gebrauchen. *Sie wird nicht sterben.*«

»Carter ...«

»Ich sagte: Verschwinde!« Der Mann brüllt laut genug, um die Wände zum Zittern zu bringen.

Ein unterdrücktes Schluchzen.

Schritte.

Türenknallen.

Dann herrscht eine ganze Weile lang nur Stille. Stille und dieses entsetzliche Piepen, das nie aufzuhören scheint.

Wach auf.

Wach auf.

Wach auf.

Die Hand umfasst meine fester.

»Du wirst nicht sterben«, flüstert der Mann, und seine Stimme bricht bei jedem Wort. »Das kannst du mir nicht antun … Das werde ich nicht zulassen.« Er atmet zitternd ein. »Bleib bei mir, Emilia. Bitte, Liebes … bleib … einfach … *hier.*«

Piep.

Piep.

Piep.

In mir regt sich etwas – ein kleiner, vergessener Teil meiner Seele, der verzweifelt versucht, an die Oberfläche zu gelangen. Aber der Ozean der Trauer ist zu tief. Ich ertrinke darin. Etwas zieht mich nach unten, an jenen Ort ohne Tod oder Schmerz oder Tragödie.

Die Stimmen driften davon.

Das Piepen wird zu einem Hintergrundrauschen.

Und wieder treibe ich.

»Zwölf Stunden.« Die Frau ist zurück, und ihr Tonfall ist voller Empörung. »Zwölf Stunden ohne jede Veränderung.«

»Lady Th… Ich meine, Lady Chloe.« Der Arzt räuspert sich. »Das Gehirn braucht Zeit zum Heilen. Sie hat eine ziemlich heftige Schädel-Hirn-Verletzung erlitten. Ihr Körper wurde ebenfalls stark in Mitleidenschaft gezogen.«

»Sie sagten, dass das MRT des Gehirns keine Blutung gezeigt habe.«

»Ja, in dieser Hinsicht hat ihr Gehirn nichts zu befürchten. Der Rest ihres Körpers hat den Großteil der Wucht abbekommen. Sie wird allerdings beträchtliche Schmerzen haben – deswegen haben wir ihr ein Beruhigungsmittel verabreicht. Sobald die Wirkung nachlässt, wird sie wieder zu Bewusstsein kommen.« Er hält behutsam inne. »Die Zeit, die dafür benötigt wird, ist von Patient zu Patient unterschiedlich.«

»Aber wie lange wird es bei *ihr* noch dauern? In ihrem ganz speziellen Fall?«

»Es können Stunden sein. Aber auch Tage.«

»Wozu braucht man eigentlich einen Arzt, wenn er auf nichts eine brauchbare Antwort geben kann?« Die Frau stößt einen frustrierten Laut aus. »Nun verschwinden Sie schon! Und kommen Sie erst wieder, wenn Sie mir tatsächlich etwas Brauchbares mitzuteilen haben.«

Ich höre das Klicken einer sich schließenden Tür.

Dann folgt kurz Stille, bis auf einmal leise Schluchzlaute die Luft erfüllen, unter die sich das regelmäßige Piepen meines Herzmonitors mischt.

Meine Augenlider sind schwer wie Blei, aber es gelingt mir, sie einen Spaltbreit zu öffnen. Das Erste, was ich sehe, ist Chloe, die zusammengekauert auf einem Stuhl neben meinem Krankenhausbett sitzt und das Gesicht in den Händen vergraben hat. Ich habe sie noch nie weinen sehen. Um ganz ehrlich zu sein, wusste ich nicht mal, dass die Frau überhaupt über Tränendrüsen verfügt.

»Hast du den Arzt gerade ernsthaft aus dem Zimmer gescheucht?«, frage ich mit kratziger, schwacher Stimme.

Irgendwie hört sie mich. Sie reißt den Kopf hoch und schaut mit ihren blutunterlaufenen Augen in meine.

»Du bist wach! Oh mein Gott, du bist wach!« Mit einem Schrei wirft sie sich aufs Bett. Sie prallt so hart auf meine Brust, dass sie mir die Luft aus der Lunge presst.

»Uff!«, keuche ich, doch sie umarmt mich nur noch fester.

Die Tür öffnet sich mit einem Knall, und Carter kommt ins Zimmer gestürmt. Zweifellos haben ihn die Schreie seiner Schwester herbeigerufen. Die Angst auf seinem Gesicht verwandelt sich schnell in Erleichterung, als sich unsere Blicke über Chloes Schulter hinweg treffen und ihm klar wird, dass ich lebe. Er ist bereits auf halbem Weg an meine Seite, als er plötzlich innehält, um allem Anschein nach seine Emotionen wieder unter Kontrolle zu bringen. Anderthalb Meter entfernt bleibt er stehen, atmet hektisch und starrt mich mit einem Ausdruck in den Augen an, den ich noch nie zuvor gesehen habe – Hoffnung, die gegen etwas sehr viel Intensiveres ankämpft.

»Hi«, flüstere ich, da ich nicht weiß, was ich sonst sagen soll.

Carter lässt sich langsam auf den Besucherstuhl sinken, so als hätte er plötzlich keine Kraft mehr, sich aufrecht zu halten. »Chloe«, murmelt er eine Sekunde später, ohne den Blick von mir zu nehmen. »Du erdrückst sie.«

»Tut mir leid! Tut mir leid.« Sie zieht sich ein wenig zurück, sodass ihr Gewicht nicht mehr auf meiner Brust liegt, weicht mir aber nicht von der Seite. In ihren Augen schimmern neue Tränen, als sie mir ins Gesicht schaut. »Ich bin nur so froh, dass du lebst! Und dass dein Gehirn noch funktioniert!«

»Hast du befürchtet, dass ich als Gemüse aufwachen würde?«, frage ich ironisch.

»Vielleicht. Aber das bist du nicht!« Sie drückt mir einen Kuss auf die Stirn. »Herrgott, tu mir so was nie wieder an.«

»Ich werde mir Mühe geben«, murmle ich und versuche, mich daran zu erinnern, was genau ich angestellt habe, um hier zu landen. »Mein Kopf fühlt sich … benebelt an.«

Carter und Chloe tauschen einen Blick aus.

»Das kommt von der Gehirnerschütterung und den Schmerzmitteln, die sie dir gegeben haben«, sagt Chloe schließlich. »Es könnte eine Weile dauern, bis du dich wieder an alles erinnerst. Du warst fast zwölf Stunden lang bewusstlos.«

Ich schaue in Richtung Fenster, um anhand der Tageszeit herauszufinden, wie spät es ist, aber seltsamerweise gibt es kein Fenster. Ich sehe nur Betonwände und Neonlichter, die mich an einen Lagerschrank erinnern. Das hier sieht wie kein Krankenhaus aus, in dem ich je gewesen bin.

»Wo bin ich?«

»In Fort Sutton.« Carter fährt mit einer Hand durch sein Haar. »Das ist eine inoffizielle Einrichtung, die als Militärbasis, Atombunker und königliches Krankenhaus benutzt wird, wann immer es einen … Zwischenfall gibt.«

Zwischenfall?

Ich nicke geistesabwesend und fühle mich immer noch ziemlich benommen. »Ist Linus hier?«

Erneut tauschen sie besorgte Blicke aus, aber ich bekomme es kaum mit. Mein Gehirn ist anderweitig beschäftigt, denn es versucht im Schneckentempo, die Einzelheiten zusammenzufügen, wie ein Puzzle aus Erinnerungen, die nicht so richtig zusammenpassen.

Der Platz …

Die Bühne …

Die Rede …

Die Schreie …

»Oh mein Gott«, flüstere ich. Meine Stimme ist eine leere Hülle der Verwüstung, als mit einem Mal alles zurückkommt. »Oh mein Gott, das Attentat … All diese Leute.«

Chloe ist blass geworden. Sie ergreift meine Hand und drückt sie fest.

»Sagt mir, dass das nicht wirklich passiert ist«, flehe ich, und meine Augen füllen sich mit Tränen, während ich von Chloe zu Carter schaue. »Sagt mir, dass das nur ein schlechter Traum war.«

»Schätzchen …« Chloes Stimme bricht.

Meine Sicht verschwimmt, als eine Flut aus Tränen über meine Wangen rinnt. Es sind die ersten Tropfen aus dem Meer von Schmerz in meinem Inneren, das in Wellen durch mich hindurchrauscht, während die Erinnerungen über mich hereinbrechen.

Der entsetzliche Kugelhagel, mit dem sich die Angreifer ihren Weg durch die Menge pflügen wie ein Bauer mit einer Sense auf einem Weizenfeld. Sie schießen die Menschen nieder, bevor sie in Deckung gehen können.

Menschen, die rennen, fallen, sterben.

Eine verängstigte Frau in einer blutbesudelten Jacke.

Ein winziges Baby in einer rosafarbenen Decke.

Es ist zu viel. Zu viel, um es zu verarbeiten, zu viel, um es alles auf einmal zu fühlen. Chloe schlingt die Arme um meinen Körper und hält mich fest. Sie fängt den qualvollen Sturm ab, der in großen, wogenden Schluchzern aus mir herausbricht.

»Alles ist gut«, flüstert sie an meinem Haar und tut ihr Bestes, um mich zu beruhigen. »Du kommst wieder in Ordnung.«

Aber tief im Inneren weiß ich, dass sie unrecht hat.

Ich werde nie wieder in Ordnung kommen.

Irgendwann habe ich mich ausgeweint.

Die Trauer ist noch da und füllt mein Inneres aus, bis ich kaum noch in der Lage bin, Luft in meine Lunge zu pumpen. Aber meine Augen sind nicht mehr in der Lage, noch mehr Tränen zu produzieren. Ein Ventil ist zugedreht worden, und zum ersten Mal seit Stunden bleiben meine geschwollenen Augen trocken.

Chloe und Carter sind immer noch hier – jeder auf einer Seite meines Betts – und beobachten mich aufmerksam. Keiner von ihnen spricht ein Wort. Ich frage mich, ob das daran liegt, dass sie befürchten, mich wieder zum Weinen zu bringen.

Ich räuspere mich und bemühe mich um einen gemäßigten Tonfall. Beinahe gelingt es mir.

»Wie viele?«

Chloe öffnet den Mund, aber Carter ist derjenige, der antwortet. Seine Stimme klingt nüchtern, als er mir die reinen Fakten nennt. Als wüsste er, dass jegliche Zurschaustellung von Emotionen genügt, um mich wieder in meine Trauer versinken zu lassen.

»Siebenunddreißig Tote. Man geht davon aus, dass diese Zahl noch steigen wird. Eine Menge Leute wurden noch rechtzeitig ins Krankenhaus gebracht, aber die Schwere ihrer Verletzungen ...« Seine Stimme bricht, und er schluckt schwer. »Wahrscheinlich werden noch mehr sterben.«

Ich recke den Hals nach hinten und ringe verzweifelt um Atem. »Kinder?«

Er hält inne. Seine Stimme klingt belegt, als er die Zahl hervorwürgt. »Nach aktuellem Stand zwölf.«

Gott.

Nein.

Nein.

Nein.

Schmerz durchfährt mich, als würde sich ein Dolch direkt in mein Herz bohren. Ich brauche einen Moment, um mich zu sammeln, bevor ich in der Lage bin, Carter wieder in die Augen zu schauen. »Weiß man, wer das getan hat? Und warum?«

Er wirft seiner Schwester einen Blick zu und zögert.

Mein Puls schlägt heftiger. Ich schaue zu Chloe und stelle fest, dass ihre hübschen Züge zu einer Maske des Grauens verzogen sind. Sie weicht meinem Blick aus.

»Sagt es mir einfach.«

»E. ... Das war wirklich viel für einen Tag.« Ihre Stimme zittert. »Du hast eine leichte Gehirnerschütterung und noch andere Verletzungen von den Granatsplittern. Du hast dich noch nicht wieder erholt. Wir wollen dir einfach nicht zu viel zumuten ...«

Ich schaue wieder zu Carter. »Du weißt, dass ich es irgendwann herausfinden werde. Ich würde es lieber von dir erfahren, als es morgen auf der Titelseite irgendeiner Zeitung zu lesen.«

Er atmet scharf ein und nickt dann. »Das Bombenentschärfungskommando durchsucht immer noch die Trümmer, aber sie glauben, dass die Schützen mit Sprengstoff gefüllte Selbstmordwesten trugen. Wenn du nur ein paar Meter näher an dieser Bühne gewesen wärst, als die Ladungen hochgingen ...«

»Dann wäre ich jetzt auch tot. Genau wie all diese unschuldigen Menschen.« Ich schüttle den Kopf. »Es will mir einfach nicht in den Sinn, aus welchem Grund jemand etwas so Schreckliches tun sollte. In dieser Menge befanden sich Ersthelfer, Familien, Feuerwehrleute ... gute Menschen. Sie haben das nicht verdient. Das ergibt keinen Sinn. Wer würde auf Caerleons Helden schießen? Welchen Grund könnte jemand nur dafür haben?«

Carters Augen füllen sich mit Bedauern. »Emilia ...«

Ich ziehe die Augenbrauen hoch.

»Die Männer mit den Bomben. Die hatten es gar nicht auf die Menge abgesehen. Viel wahrscheinlicher ist, dass ...« Er atmet erneut ein, um sich innerlich auf seine nächsten Worte vorzubereiten. »Dass du ihr Ziel warst. Dass sie versucht haben, zu dir durchzukommen.«

»Ich?«, frage ich begriffsstutzig. »Nein … Nein, das ist nicht möglich.« Ich schüttle immer heftiger den Kopf, bis mir schwindelig wird. »Nein! *Nein*. Das kann nicht wahr sein. Carter, sag mir, dass das nicht wahr ist.«

Er presst die Kiefer aufeinander und umklammert die Armlehnen seines Stuhls so fest, dass seine Knöchel weiß hervortreten.

»E. …«, flüstert Chloe, die schon die ganze Zeit über leise vor sich hin weint. »Oh, Schätzchen …«

»Das kann nicht wahr sein«, sage ich erneut und spüre, wie alles, was ich jemals zu wissen glaubte, sich in nichts auflöst. »Denn wenn es so ist … habe ich sie umgebracht. Ich habe all diese Menschen auf dem Gewissen.«

Carters Stimme klingt angespannt. »Das stimmt nicht, Emilia.«

»Doch, es stimmt sehr wohl!« Nun kommen mir doch wieder die Tränen. Ich mache mir nicht mal die Mühe, sie wegzuwischen. »Wenn ich nicht dort gewesen wäre, wäre die Feier nicht das Ziel gewesen … und all diese Menschen wären noch am Leben. Sie wären zu Hause bei ihren Kindern und lägen sicher in ihren Betten, anstatt … in irgendeiner L…, L…, Leichenhalle.«

Meine Worte verwandeln sich in Keuchen und kurz darauf in Schluchzer. Ich schließe die Augen und lasse mich nach hinten gegen die Kissen sinken, als der Schmerz mich übermannt. Und die ganze Zeit über hallen unablässig vier kleine Worte in meinem Kopf wider und verfolgen mich wie eine Melodie, die ich niemals vergessen werde.

Du hast sie umgebracht.
Du hast sie umgebracht.
Du hast sie umgebracht.

18. KAPITEL

Sobald die Sonne aufgeht, entlassen mich die Ärzte offiziell aus ihrer Obhut.

Normalerweise würde ich dagegen protestieren, dass man mich in einem Rollstuhl aus dem streng geheimen Militärbunker schiebt, als wäre ich achtzig Jahre alt. Aber irgendwie kann ich nicht mehr die Kraft aufbringen, überhaupt noch etwas zu empfinden. Weder Verlegenheit wegen der zu locker sitzenden Kombination aus Jogginghose und Baumwollshirt, die man mir anstelle eines Krankenhauskittels gebracht hat. Noch Empörung wegen des Zustands meiner Haare oder des verschmierten Make-ups unter meinen Augen.

Ich bin vollkommen gefühllos geworden.

Das gebrochene, kaum noch pochende Organ in meiner Brust ist wie in Eis gehüllt, und ich befürchte, dass nichts auf der Welt es je wieder dazu bringen wird, zu schlagen.

Carter schiebt meinen Rollstuhl, und Chloe geht neben uns her. Trotz der Tatsache, dass sie die ganze Nacht über wach gewesen sind, wirken beide fest entschlossen, für mich stark zu bleiben. Galizia und Riggs, die beide geringfügige Schnittwunden und Prellungen davongetragen haben, folgen direkt hinter uns. Zwei Dutzend Mitglieder der Königsgarde säumen den Gang von meinem Zimmer zu der unterirdischen Garage, in der sechs absolut gleich aussehende SUVs warten.

Eine Sicherheitskolonne, um mich während des Transports zu schützen.

Es sieht eher wie eine Beerdigungsprozession aus, denke ich hohl. *Wie passend, da ich innerlich bereits tot bin.*

Als ich an den Wachen vorbeirolle, komme ich nicht umhin zu bemerken, dass sie vor mir salutieren – die Ellbogen zu scharfen rechten Winkeln geknickt, die Fingerspitzen an die Schläfen gehoben. Es ist eine Geste des Respekts, die normalerweise einzig und allein dem König vorbehalten ist.

Seltsam.

Ich habe keine Zeit, mehr als einen flüchtigen Gedanken daran zu verschwenden, denn wir sind bei den SUVs angelangt. Carter hilft mir auf die Beine und stützt mich, damit ich mich nicht selbst verletze. Der Schaden an meinem Körper war nicht allzu groß – nur eine Menge farbenfroher Blutergüsse an meiner kompletten linken Seite von der Wucht der Explosion –, dafür habe ich jedoch überall Schmerzen und bin vollkommen erschöpft. Als Carter einen Arm um meine Taille legt, muss ich dem Drang widerstehen, mich gegen ihn zu lehnen. Ihm zusätzlich zu meiner körperlichen Last auch noch mein emotionales Gepäck aufzubürden.

Nun legt er beide Hände um meine Taille und hebt mich auf den Rücksitz, wo er sich über mich lehnt, um mich anzuschnallen. Er ist mir so nah, dass ich jede einzelne Wimper zählen könnte, die seine tiefblauen Augen umrahmt. Der Sicherheitsgurt klickt in der Halterung, und er hält kurz inne, bevor er sich zurücklehnt und mich einfach nur ansieht.

Ich erinnere mich an unsere allererste Begegnung – auf der Rückbank eines SUV, genau wie dieser hier; damals stand meine Welt kurz davor, komplett in sich zusammenzubrechen.

Es fühlt sich an, als wäre seitdem ein ganzes Leben vergangen.

»Danke«, flüstere ich.

Ein Muskel zuckt in seiner Wange, als er nickt, den zusammengeklappten Rollstuhl auf dem Boden verstaut und meine Tür dann mit einem leisen Klicken schließt. Einen Augenblick später klettert Chloe auf der anderen Seite ins Auto. Sie kauert sich wortlos auf dem Ledersitz zusammen und schließt die Augen. Die Erschöpfung ist ihr anzusehen. Sie ist die ganze Nacht wach geblieben und hat an meiner Seite auf Neuigkeiten gewartet.

So machen das Familienmitglieder.

Die Erkenntnis genügt, um einen kleinen Splitter aus dem dicken Eisklotz zu brechen, der mein Herz umgibt. Ich wehre mich dagegen, weil ich Angst habe, dass mich die Emotionen wieder überrollen werden, wenn ich nur irgendetwas Gefühlsmäßiges an mich heranlasse.

Carter steigt vorne auf den Beifahrersitz. Riggs sitzt bereits am Steuer, lässt den Wagen an und legt den Gang ein.

Durch die getönten Scheiben kann ich nicht viel erkennen, während wir langsam von Fort Sutton zum Waterford-Palast fahren. Die ganze Welt wirkt trist und kalt. Alle Straßen sind leer. Während der gesamten Fahrt sehe ich draußen keine einzige Menschenseele.

Später wird mir klar, dass das daran liegt, dass Vasgaard nach dem Angriff effektiv abgeriegelt wurde – Straßen wurden gesperrt, Regierungsgebäude abgesichert, Ausgangsbeschränkungen erlassen. Aber jetzt gerade bin ich von allem, was passiert ist, so benommen, dass ich mir kaum etwas dabei denke, als ich aus dem Fenster auf die verlassenen Straßen der Stadt starre.

Die Stimmung im Wagen ist ausgesprochen düster. Keiner von uns verfügt über die Energie oder auch nur den Wunsch, eine Unterhaltung anzufangen. Ich kann Chloe keinen Vorwurf dafür machen, dass sie eingeschlafen ist. Tatsächlich beneide ich sie. Ich wünschte, dass ich auch schlafen könnte – auf diese Weise könnte ich dem ständigen Schmerz entkommen –, aber ich habe furchtbare Angst vor dem, was ich sehen werde, wenn ich die Augen schließe. Ich habe furchtbare Angst vor den neuen Albträumen, die an den Rändern meines Unterbewusstseins lauern.

Da keinerlei Verkehr herrscht, der uns aufhalten könnte, dauert die Fahrt nicht lange. Bevor ich es überhaupt realisiert habe, sind wir auch schon am Palast angekommen. Das Erste, was mir auffällt, ist ein gewaltiges Sicherheitsaufgebot. An dem versteckten Hintereingang des Anwesens stehen mehr Wachen, als ich dort je zuvor gesehen habe. Ich könnte mir vorstellen, dass der Haupteingang wie eine Szene aus der Zeit des Widerstands im Zweiten Weltkrieg aussieht, als die Nazis Vasgaard zum Sperrgebiet erklärten und versuchten, die Kontrolle über das Schloss zu erlangen – eine militärische Machtdemonstration im großen Stil.

Alles, um für meine Sicherheit zu sorgen.

Wir biegen in die gebogene Einfahrt ein und halten vor den hoch aufragenden Eingangstüren an, die in den Thronsaal führen. Ich atme tief ein, als ich sehe, dass das komplette Palastpersonal – Dienstmädchen, Köche, Pagen, Stallburschen, Wachen, Stallmeister, Fahrer – in voller Montur auf den Steinstufen aufgereiht steht und auf uns wartet.

Der Stallmeister Hans steht weiter hinten in der Reihe und sieht so mürrisch wie immer aus. Ich entdecke Anita, eine der königlichen Schneiderinnen, die neben Patricia steht, die zufällig die besten Kekse mit Schokoladenstückchen im ganzen Land macht. In der Mitte des Begrüßungskomitees stehen Simms und Lady Morrell Schulter an Schulter. Sie haben sogar ihre marineblauen Outfits aufeinander abgestimmt.

Das haben sie für mich gemacht.
Sie heißen mich zu Hause willkommen.
Plötzlich brennen meine Augen wieder, und trotz des Eisklotzes in meiner Brust verspüre ich einen Anflug von echten Gefühlen.
Vielleicht ist dieses verstümmelte Organ doch noch nicht vollständig tot.
Chloe schläft weiterhin tief und fest neben mir und schnarcht leise. Ich vermute, dass ich sie wecken und ihr mitteilen sollte, dass wir zu Hause sind ... Aber sie sieht aus, als könnte sie den Schlaf gebrauchen – zumindest sprechen die dicken Ringe unter ihren Augen stark dafür.
In einem überraschenden Anflug von Ritterlichkeit springt Carter vom Beifahrersitz und zieht meine Tür auf, bevor einer der Bediensteten eine Gelegenheit dazu hat. Er greift nach dem zusammengeklappten Rollstuhl zu meinen Füßen, doch ich schüttle den Kopf, um ihn aufzuhalten.
Er zieht fragend die Augenbrauen hoch. Unsere Blicke treffen sich, und plötzlich führen wir eine wortlose Unterhaltung.
Was zum Teufel hast du vor?
Ich werde da mit eigener Kraft reingehen!
Sei nicht so stur, Emilia.
Sag mir nicht, was ich zu tun habe, Carter.
Du bist unmöglich.
Er seufzt, als würde er es bereits bereuen, und bietet mir seinen Arm an, um mir aus dem Auto zu helfen. Ich ergreife ihn dankbar und ignoriere den leichten Schmerz, der durch mein Bein schießt, sobald ich es belaste. In Anwesenheit des gesamten Hauspersonals humpeln wir langsam vom SUV auf die Stufen zu. Ich spüre, dass Galizia und Riggs direkt hinter uns sind, bereit, jederzeit einzuschreiten, falls meine Beine nachgeben sollten. Doch ich weiß, dass Carter das nicht zulassen wird.

Ich brauche sehr lange, um diese dreieinhalb Meter hinter mich zu bringen – beschämend lange. Aber ich meistere die Aufgabe mit hoch erhobenem Kopf und gefasster Miene.

Ein sinnloser Akt des Terrors wird mich nicht in die Knie zwingen.

Ich werde vor denjenigen, die mich zerstören wollen, nicht niederkauern oder mich verstecken.

Ich bin Emilia Victoria Lancaster.

Die Kronprinzessin von Caerleon.

Die Thronerbin.

Die Prinzessin des Volkes.

Ich werde nicht straucheln.

Nicht jetzt, während mich alle anschauen, weil sie bei mir nach Kraft suchen.

Niemals wieder.

Niemand lacht mich aus. Niemand wirkt wegen meines Schneckentempos gelangweilt oder unruhig oder genervt. Sie wirken … stolz. Als wüssten sie genau, warum ich diesen holprigen, untröstlichen Gang aus eigenem Antrieb hinter mich bringen muss. Als verstünden sie vollkommen, dass ich hier Schritt für Schritt, Zentimeter für Zentimeter etwas zurückerobere.

Als wir endlich das untere Ende der Stufen erreichen, atme ich angestrengt und lehne mich schwer auf Carter, doch er scheint es gar nicht zu bemerken. Er stützt mich mit Leichtigkeit und sorgt dafür, dass ich aufrecht stehen bleibe, wann immer ich das Gleichgewicht zu verlieren drohe.

Ich schaue Simms in die Augen, und innerhalb einer Sekunde kommen mir die Tränen. Ich bin noch nie im Leben so froh gewesen, den beleibten Pressesprecher zu sehen. Seinen absurden Nadelstreifenanzug und diesen vertrauten wichtigtuerischen Gesichtsausdruck. Als ich ihn das letzte Mal sah, stand er inmitten des Gedränges neben mir auf der Bühne. Ich war mir nicht mal sicher, ob er sich rechtzeitig in Sicherheit bringen konnte, und ich hatte zu viel Angst, danach zu fragen. Ich hätte es nicht ertragen, meiner Todesliste noch ein weiteres Opfer hinzuzufügen.

Sie ist auch so schon viel zu lang.

Seine Augen sehen ein wenig gerötet aus, als er die Stufen heruntersteigt und auf uns zukommt. Einen guten Meter entfernt bleibt er stehen. Wie immer achtet er darauf, einen angemessenen Abstand zwischen sich und den Mitgliedern des Königshauses zu wahren, denen er dient.

»Willkommen zu Hause, Eure Majestät.« Seine Stimme ist ganz belegt, weil so viele unausgesprochene Emotionen darin mitschwingen. »Ich bin … Ich bin zutiefst erleichtert, Sie wieder sicher und gesund hier zu haben, wo Sie hingehören.«

Ich warte kurz ab und schaue ihn einfach nur an. Ich suche nach einer passenden Erwiderung, entscheide dann jedoch, dass die beste Art, meine Gefühle auszudrücken, darin besteht, gar keine Worte zu benutzen. Ich stürze vor, schlinge die Arme um seine massigen Schultern und drücke ihn so fest, wie ich kann.

»Oh!«, ruft er steif. Er ist so verblüfft, dass es ihm die Sprache verschlagen hat. Er erwidert die Umarmung nicht, aber als ich ihn loslasse, bemerke ich, dass in seinen Augen Tränen schimmern. Er tupft sie mit einem bestickten Taschentuch trocken und dreht sich eilig um, um die Stufen hinaufzufliehen. Dabei murmelt er irgendeine Entschuldigung, dass Lady Morrell ihn brauche.

Dieser alte Weichling.

Ich gerate wieder ins Wanken, doch plötzlich ist Carter da – er legt eine Hand um meine Taille und gibt mir Halt. Ich schlinge einen Arm um seinen Rücken und presse meine Finger in seine Seite. Dann beäuge ich die vielen Stufen, die sich bis zur Tür erstrecken.

»Danke, dass du mir hilfst«, flüstere ich leise und frage mich, wie zum Teufel wir es bis ganz nach oben schaffen sollen.

»Du kannst mir danken, *nachdem* wir diese verdammte Treppe hinter uns gebracht haben«, knurrt er finster. »Und später kannst du mir dann noch mal danken, wenn ich deinen Arzt herrufe, damit er dich behandeln kann, weil du dich mit diesem störrischen Unterfangen vollkommen verausgabt hast.«

Mit einem tiefen Seufzen humpele ich los.

Ich bin fast an meiner Suite angelangt, als meine Beine schließlich unter mir nachgeben. Carter flucht lebhaft, doch es gelingt ihm, mich aufzufangen, bevor ich auf den Steinboden falle. Er hebt mich hoch, schmiegt mich an seine Brust wie ein Kind und marschiert weiter durch den Flur. Wenn ich noch das kleinste bisschen Restenergie in mir hätte, würde ich mich furchtbar dafür schämen, dass ich vor versammelter Mannschaft eine solche Szene veranstaltet habe. Außerdem würde ich mich vermutlich fragen, welche Schlüsse das Personal ziehen würde, wenn es mich in den Armen meines Stiefbruders sähe. Doch in diesem Augenblick verspüre ich lediglich Erschöpfung, während er umständlich mit einer Hand meine Tür öffnet und mich über die Schwelle trägt.

Das Zimmer ist angenehm ruhig und dunkel, bis auf das Licht, das von draußen durch die Balkontüren hereinfällt. Es hat angefangen zu schneien, und die herabrieselnden Flocken bedecken die Welt mit einem weißen Teppich. Ich schaue zu, wie sie vor dem Fenster tanzen, während mich Carter auf das Bett legt und meinen Kopf sanft stützt, bis er auf das Kissen trifft.

Ich starre zu ihm hoch und weiß nicht, was ich sagen soll. Das hier ist der schlimmste Tag meines Lebens gewesen – voll unvorstellbarer Trauer und unaussprechlichem Schmerz. Und doch gibt es einen Teil von mir, der in seiner Berührung Trost findet und den das Gefühl seiner Hände auf meiner Haut beruhigt. Er ist wie eine Salbe für die rissige Wunde in meinem Inneren. Ich bin mir nicht sicher, ob diese Wunde jemals heilen wird.

»Ich werde dich jetzt schlafen lassen«, sagt Carter leise. In seinen Augen schimmern scharfkantige Gedanken, die ich nicht entziffern kann. »Du bist erschöpft.«

Er steht auf, doch ich strecke eine Hand aus und packe seinen Arm. In meinem Griff liegt eine Dringlichkeit. Eine Art verzweifelte Angst angesichts des plötzlichen Gedankens, dass er durch diese Tür gehen und mich mit einem Kopf voller Erinnerungen, die ich nicht mehr viel länger unterdrücken kann, allein in der Dunkelheit zurücklassen könnte.

»Bitte ... *bleib*.«

Ein Zucken durchfährt seinen Körper, als hätte ich ihm einen Stromschlag verpasst. »Ich denke nicht, dass das klug wäre, Emilia.«

»Bitte, Carter.« Ich senke die Stimme zu einem kaum hörbaren Flüstern. »Ich will jetzt nicht allein sein.«

Er spannt den Kiefer an, und ich weiß, dass er darüber nachdenkt. Ich sehe den inneren Konflikt, der sich in seinen Augen widerspiegelt. Er will mich nicht verlassen, aber er weiß, dass es vermutlich falsch ist zu bleiben.

Falsch für mich.

Für ihn.

Für uns beide.

Was auch immer er in meinem Gesicht sieht, es genügt, um ihn umzustimmen. Vorsichtig, als würde er sich durch ein Minenfeld bewegen, streckt er sich neben mir auf dem Bett aus. Eine gefühlte Ewigkeit liegen wir einfach nur da und schauen einander an.

Wir berühren uns nicht, wir reden nicht.

Er blickt in meine Augen, in meine Seele, und ich weiß, dass er all das Dunkle in mir erkennt, das sich dort ausgebreitet hat wie ein Gift ohne Ventil.

Ich gebe einen Laut von mir – halb Schluchzen, halb Seufzen –, und seine mühsam aufrechterhaltene Beherrschung bricht in sich zusammen. Ohne ein Wort streckt er die Arme aus und zieht mich zu sich heran, bis wir so eng aneinandergeschmiegt sind, dass ich nicht sagen kann, wo ich ende und er anfängt. Er umschließt mich warm und sicher mit seinen starken Armen. Seine Beine verschränken sich mit meinen, doch er achtet darauf, kein Gewicht auf meine Prellungen zu legen.

Als er mich so in seinen Armen hält, zersplittert etwas tief in meiner Seele. Ich dachte, dass mein Herz durch all das Eis zu taub geworden wäre, um noch zu trauern, aber ich habe mich geirrt. Ich dachte, dass ich vorhin schon all meine Tränen vergossen hätte, aber nun stelle ich fest, dass immer noch mehr kommen. Meine Gliedmaßen zittern heftig, als die Tränen in Carters Halsbeuge tropfen. Ich bin körperlich nicht in der Lage, diesen gewaltigen Schmerz zu verarbeiten. Der Verlust ist zu groß, um alles auf einmal zu bewältigen. Zu gewaltig, um das volle Ausmaß zu begreifen, zumindest ohne zeitliche und emotionale Distanz.

Nach einer Weile spüre ich die verräterische Feuchtigkeit von Tränen auf meinem Kopf und weiß, dass ich nicht die Einzige in diesem Bett bin, die von der unfassbaren Trauer dieses Tages zerrissen wird.

Wir weinen gemeinsam.

Wir trauern.

Als unsere Schluchzer endlich versiegen, lege ich meinen Kopf auf Carters Brust, schmiege meinen Körper an seinen und labe mich an der Wärme, die er ausstrahlt. Und dort, während ich den regelmäßigen Schlägen seines Herzens lausche, gestatte ich es mir, die müden Augen zu schließen, denn ich finde Sicherheit in dem Wissen, dass er hier bei mir sein wird, wenn der Albtraum kommt.

19. KAPITEL

Ich höre die Geräusche der Kugeln, die über meinen Kopf hinwegsausen. Ich höre Simms, der mir sagt, dass ich weglaufen soll. Ich höre die Feuerwehrmänner, die panisch nach ihren Frauen und Kindern rufen. Und am lautesten höre ich die Schreie.

So viele Schreie, die durch die Luft hallen.

Schreie, an die ich mich für den Rest meines Lebens erinnern werde.

Schreie, die …

»Komm schon, Schätzchen. Wach auf.«

Ich spüre Arme, die mich festhalten. Sie verankern mich in der echten Welt und halten den Schrecken in Schach.

»Schhh. Alles in Ordnung, Emilia. Alles in Ordnung.«

Meine fiebrigen Schreie ersterben, als mit einem Schlag mein Bewusstsein zurückkehrt. Mein Herz pocht mit doppelter Geschwindigkeit. Carter hat die Arme immer noch fest um meinen Körper geschlungen.

»Alles in Ordnung«, wiederholt er mit beruhigender Stimme. »Ich bin hier.«

Ich recke den Hals, um ihm in die Augen zu schauen, und wimmere leise. »Der Platz …«

»Ich weiß. Aber das ist jetzt vorbei. Du bist in Sicherheit.«

Er streichelt mein Haar. Seine Stimme klingt rau. »Ich verspreche es. Ich werde auf dich aufpassen.«

Sein Tonfall lässt keinen Raum für Zweifel. Er meint jedes Wort ernst.

Mir geht das Herz auf. Ich hole tief Luft und versuche, mich nicht darauf zu konzentrieren, wie nah mein Gesicht dem seinen ist oder wie gut es sich anfühlt, so eng an seinen festen Körper gepresst zu sein. Ich hasse mich dafür, dass mir das überhaupt auffällt. Dass ich überhaupt in der Lage bin, außer Trauer, Verlust oder Schmerz überhaupt irgendetwas zu empfinden.

Eigentlich sollte ich jetzt tot sein.

Wie kann ich auch nur über so etwas nachdenken?

Aber vielleicht ist genau das das Problem: Ich *sollte* tot sein. Es war so knapp. Und ein Teil von mir – ein leichtsinniger, aus den Fugen geratener Teil, der Teil, der immer noch ein wenig taub und über die Maßen geschockt von allem ist, was passiert ist – flüstert mir gefährliche Dinge ins Ohr. Dinge darüber, dass ich das Leben auskosten sollte, solange ich noch Gelegenheit dazu habe. Dinge darüber, dass ich die Leute, die mir am wichtigsten sind, festhalten sollte, bevor mir die Zeit davonläuft.

Ich habe überlebt.

Ich habe überlebt, obwohl ich eigentlich hätte sterben sollen.

Ich habe überlebt, und ich bin zu Hause, ich bin hier, in seinen Armen.

Meine Seele ist eine Hülle aus endloser Trauer. Mein Verstand hüpft von einem Moment auf den anderen wild zwischen widersprüchlichen Gefühlen hin und her. Ich empfinde Trauer für jene, die wir verloren haben, und gleichzeitig eine unerträgliche Erleichterung darüber, dass ich ihr Schicksal nicht teilen musste. Und vor allem empfinde ich Schuld. Schuld, dass ich noch lebe. Schuld, dass ich so egoistisch bin, mich über die Erkenntnis zu freuen, dass ich noch lebe.

Dank meiner Kurse weiß ich, dass es dafür einen Fachbegriff gibt.

Überlebensschuld-Syndrom.

Aber meinen Zustand mit einem Begriff aus einem Lehrbuch benennen zu können, hilft mir nicht, meine widersprüchlichen Gefühle schneller zu verarbeiten. Und es hilft mir auch nicht zu verstehen, warum ich zu dieser ausgesprochen unpassenden Zeit, einer Zeit des Verlusts und der Trauer und des Loslassens … mehr als alles andere in Carters starken Armen versinken und nie wieder auftauchen will.

Ich schaue ihn an, und der Schmerz lässt nach.

Wenn auch nur ein wenig.

Aber es genügt, um mich wieder atmen zu lassen.

Es ist seltsam – Carter und ich, hier, zusammen. In einem stillen Zimmer, während draußen der Schnee vom Himmel fällt. Es ist, als wären wir in ein Paralleluniversum abgedriftet.

Ist es wirklich erst knapp zwei Tage her, dass wir beschlossen haben, Feinde zu sein?

Wie weit weg sich das jetzt anfühlt. Wie unglaublich absurd.

Die grausamen Ereignisse, die wir erlebt haben, haben uns auf unsere elementarsten Bedürfnisse reduziert. Wir haben keine Zeit mehr für irgendwelchen Mist. Zwischen uns ist kein Platz mehr für Heucheleien oder Wut oder Psychospiele.

Unsere Blicke sind fest ineinander verhakt. Ich kann mich nicht abwenden. Unter seinen Augen sind tiefe Schatten – Beweise für seine schlaflose Nachtwache. Ich will sie mit den Fingerspitzen nachziehen und mit einem Kuss wegzaubern. Ich will mich vorbeugen, meinen Mund auf seinen pressen und die Welt außerhalb dieses Zimmers für eine Weile vergessen.

Zum Glück gelingt es mir, mich davon abzuhalten, bevor ich dem Drang nachgeben kann. Meine Wangen sind rot angelaufen, als ich mich aufsetze. Ich bin von mir selbst entsetzt. Von meiner Schwäche. Ich hoffe, dass er mein Erröten in der Dunkelheit nicht bemerkt. Ich hoffe, dass er das beschämende Verlangen, das mein Blut durchtränkt und sich mit dem Schmerz vermischt, der sich dort bereits eingenistet hat, nicht wahrnehmen kann.

»Ich muss duschen«, flüstere ich. Der Staub und die Trümmer der gestrigen Explosion, die möglichen Keime meines Krankenhausaufenthalts und der Schweiß meines unruhigen Schlafs sorgen dafür, dass ich mich noch nie im Leben schmutziger gefühlt habe.

Carter setzt sich ebenfalls auf. Seine Atemzüge sind ein wenig unregelmäßig, aber seine Stimme ist ruhig, als er spricht.

»Soll ich jemanden rufen, der dir hilft?«

Ich schaue ihn an. »Würdest …?«

»Was?«

»Vergiss es. Es ist albern.«

»Raus damit«, befiehlt er sanft.

Ich kann ihn nicht länger ansehen. Stattdessen richte ich den Blick auf die Bettdecke. »Würdest du mir helfen? Ich … Ich will momentan einfach keine anderen Menschen um mich haben. Ich bin noch nicht bereit, mich dem Rest der Welt zu stellen. Nur dir.«

Für einen sehr langen Moment herrscht im Zimmer vollkommene Stille – so lange, dass ich schon glaube, dass er mir gar nicht mehr antworten wird. Doch dann murmelt er so leise, dass ich es kaum hören kann, einfach nur: »Okay.«

Ich versuche, ins Bad zu gehen, aber die Schmerzen in meinem geschundenen Körper machen es mir unmöglich. Die Wirkung der Schmerzmittel hat definitiv nachgelassen. Ich schreie auf und falle beinahe hin, aber Carter schafft es, mich zum zweiten Mal an diesem Tag aufzufangen. Er trägt mich ins Bad und setzt mich auf die flache Steinbank in meiner ebenerdigen Dusche. Dann kniet er sich vor mich, damit wir auf Augenhöhe sind.

»Soll ich ...?« Er bricht ab und schluckt heftig. »Soll ich dir die Sachen ...?«

Ich schüttle den Kopf und greife nach der Bindeschnur der Jogginghose, die sie mir in Fort Sutton angezogen haben. Sie ist riesig – vermutlich gehörte sie mal einem Militärkadetten – und rutscht problemlos auf den Fliesenboden. Ich presse die Oberschenkel gegen den kalten Stein, greife nach dem Saum des T-Shirts und mache mich daran, es über meinen Kopf zu ziehen.

Carter wendet sich ab und richtet den Blick auf die Armaturen, die in die Wand eingelassen sind. Er stellt die Regendusche an und tritt beiseite, um dem plötzlichen Schwall auszuweichen. Ich starre auf seinen Rücken und beobachte, wie er eine Hand unter das Wasser hält, um die Temperatur zu testen. Sobald sie perfekt ist, stellt er die Flaschen mit meinem Shampoo und meiner Haarspülung neben mich auf die Bank.

»So. Jetzt kannst du loslegen«, informiert er mich, ohne sich umzudrehen. Seine Stimme klingt angespannt. »Ich werde draußen vor der Tür warten. Du kannst mich rufen, wenn du fertig bist, dann bringe ich dir ein Handtuch.«

Ich stehe schwankend auf und stütze mich an der Wand ab, um das Bein, das die meisten Prellungen abbekommen hat, nicht zu sehr zu belasten. Dann schlurfe ich einen Schritt auf ihn zu und sehe, wie sich die Muskeln unter dem Stoff seines T-Shirts anspannen, als ich eine Hand ausstrecke, um sie auf seinen Rücken zu legen.

»*Carter.*«

Sein Name gleicht einem Flehen, das über meine Lippen kommt.

Er stößt ein leises gequältes Stöhnen aus und dreht sich zu mir herum. Der Ausdruck, der in seinen Augen aufblitzt, als er mich dort splitterfasernackt stehen sieht, sorgt beinahe dafür, dass meine zitternden Knie komplett nachgeben. Er lässt den Blick an meinem Köper entlang nach unten wandern und betrachtet jede Kurve, jede Vertiefung und jedes noch so winzige Detail.

An jedem anderen Tag würde ich mich befangen fühlen oder mir dämlich dabei vorkommen, mich ihm so zu präsentieren. Doch nach allem, was passiert ist, ist in meinem Kopf kein Platz mehr für Verlegenheit. Und in meinem Herzen wohnt auch nicht länger der Wunsch, weitere Barrieren zwischen uns zu errichten.

Wasserdampf breitet sich im Bad aus und sorgt dafür, dass die Glasscheiben um uns herum beschlagen. Carters ganzer Körper ist vor Anspannung ganz steif geworden. Ich kann es an all seinen Muskeln und Sehnen sehen. Er überwindet den Abstand zwischen uns nicht, aber die unverhohlene Sehnsucht in seinen Augen verrät mir, wie gern er es tun würde.

»Emilia … lass mich jemand anders holen«, fleht er, während er mich immer noch mit den Augen verschlingt. »Bitte.«

»Aber ich will dich.« Ich mache einen wackeligen Schritt auf ihn zu. »Ich brauche dich, Carter.«

Du musst mir wieder das Gefühl geben, lebendig zu sein.

Du musst mir in Erinnerung rufen, dass ich heute nicht gestorben bin.

Dass es immer noch Dinge gibt, für die es sich zu leben lohnt, für die es sich zu kämpfen lohnt.

Seine Miene ist eine Mischung aus zwei nicht zusammenpassenden Hälften – Schmerz und Verlangen bekämpfen sich mit gleicher Intensität. Er will das hier auch. So sehr. Vielleicht sogar noch mehr als ich. Er ist nur besser darin, sich zu beherrschen.

Ich mache einen weiteren zitternden Schritt. Dieses Mal verliere ich beinahe das Gleichgewicht. Er sieht mich straucheln und packt mich, bevor ich falle. Sobald seine Hände auf meine nackte Haut treffen, weiß ich, dass es um uns geschehen ist.

Problem trifft auf Lösung.

Er zieht mich an seine Brust, und sein letzter Fetzen Selbstbeherrschung löst sich auf und hinterlässt nichts außer Verlangen. Das Verlangen, mich in seiner Umarmung zu spüren. Das Verlangen, mich davon zu überzeugen, dass ich noch lebe und nach wie vor hier bei ihm bin.

Er umklammert mich fester und presst seine eifrigen Finger grob in meine Haut. In seinen Augen brennt reines Feuer. Seine Stimme ist ein gequältes Knurren. »Du bist verletzt. Du hast so viel durchgemacht. Und vermutlich werde ich dafür, dass ich das sage ... dafür, dass ich das auch nur denke ... in die Hölle kommen ... aber, Gott, Emilia ... *Ich muss dich berühren.* Ich will es so sehr, dass es mich von innen heraus verzehrt.«

»Dann berühr mich«, hauche ich. »Bitte, berühr mich. Es verzehrt mich ebenfalls.«

Er legt seine Stirn an meine. Er atmet ebenso angestrengt wie ich. »Das ist keine gute Idee.«

»Ich weiß«, murmle ich und blicke zu ihm hoch. »Das ist vermutlich die schlechteste Idee, die wir je hatten.«

Dann küsst er mich – er senkt den Mund auf meinen, um mich ohne weiteres Zögern für sich zu beanspruchen. Es ist die Art von Kuss, von der ich bislang nur geträumt habe. Die Art von Kuss, von der man in Büchern liest oder die man auf Kinoleinwänden sieht, aber niemals wirklich erlebt. Die Art von

Kuss, von der ich nicht wusste, dass jemand wie Carter Thorne dazu in der Lage ist.

Der Kuss ist voller Zärtlichkeit und Wärme, aber auch voller Leidenschaft und Hitze. Ein Tanz aus Lippen und Zähnen und Zungen, der dafür sorgt, dass mir vor Verlangen ganz schwindelig wird.

Der beste Kuss, den ich je hatte …

Am schlimmsten Tag meines Lebens.

Er schiebt mich langsam unter den Wasserschwall und kümmert sich nicht darum, dass seine Kleidung komplett nass wird. Er presst mich gegen die gekachelte Wand und fixiert mich mit seinen Hüften, während er meinen Mund mit seinem verschlingt. Ich lege die Hände um seine Schultern, klammere mich an ihn und drücke den Rücken durch, bis nicht einmal mehr ein einziges Molekül zwischen unsere Körper passt.

Das Wasser strömt auf uns herab, und er küsst mich einfach nur. Ausgiebig, hungrig, so als würde er all die Zeit nachholen wollen, die wir seit unserer letzten intimen Begegnung verloren haben. Es fühlt sich an, als wäre eine Ewigkeit vergangen, seit ich den Druck seiner Lippen gespürt habe, seit meine Brüste seine festen Brustmuskeln gestreift haben, seit ich meine Finger in seinem Haar vergraben habe.

Zu lange.

Viel zu lange.

Mit jeder Bewegung, die er macht, löst Carter Thorne ein Feuerwerk in meinen Nervenenden aus – von meinem Scheitel bis zu der Stelle zwischen meinen Beinen.

Ich will, dass es niemals aufhört.

Ich will, dass *er* niemals aufhört.

Er kommt noch näher und umfasst mein Gesicht mit beiden Händen. Ich schnappe nach Luft, als ich seine harte Erektion durch den nassen Stoff seiner Hose an meinem Oberschenkel pochen spüre. Dann greife ich mit einer Hand nach unten zwischen unsere Körper, um ihn zu streicheln, und er schnappt ebenfalls nach Luft.

»Verdammt«, zischt er und bewegt den Mund an meinen Hals. Ich spüre das Kratzen seiner Zähne an meiner Halsschlagader, und das Gefühl bringt mich beinahe um den Verstand. »Gott, Emilia, es tut mir leid. Ich wollte dich nur küssen, nur einmal, ein keuscher, verfluchter Kuss, um dich zu trösten, und jetzt …«

»Schhh«, hauche ich. Ich umfasse den Saum seines T-Shirts und ziehe es ihm über den Kopf. Er hilft mir und wirft es ungeduldig beiseite. Es landet mit einem Klatschen auf den Fliesen, aber ich höre es kaum, denn meine ganze Aufmerksamkeit wird von Carters wundervoller nackter Brust in Anspruch genommen. Seine Bauchmuskeln zucken unter den Strahlen der Regendusche. Wassertropfen verfangen sich in der dunklen Spur aus Haaren, die in seiner Hose verschwindet. Ich verspüre den seltsamen Drang, mich vorzubeugen und die Tropfen von seiner Haut zu lecken, jede Stelle von ihm zu kosten, die ich mit meinem Mund erreichen kann.

Carter gibt mir keine Gelegenheit dazu. Ich erhasche einen flüchtigen Blick auf das dunkle Versprechen in seinen Augen. Dann küsst er mich wieder und stößt seine Zunge in meinen Mund, während er sich daranmacht, mit den Händen meinen Körper zu erkunden. Er berührt mich überall – knetet meine Brüste, liebkost meine Seiten und bewegt sich immer weiter nach unten, bis seine Finger zwischen meine Beine gleiten und mein Zentrum finden. Ich werfe den Kopf zurück, als er erst mit einem und dann mit einem zweiten Finger in mich eindringt und auf diese Weise Stromstöße durch meinen Körper jagt.

Herr im Himmel.

Er hat mich kaum berührt, und doch stehe ich plötzlich kurz vor dem Höhepunkt.

»Lass es zu, Liebes«, murmelt er an meinem Hals und knabbert an der empfindlichen Haut. Er bewegt die Finger erneut, und ich schreie auf, als mich die Lust überkommt und die Wogen des Orgasmus mit Lichtgeschwindigkeit durch mich hindurchjagen.

Er küsst mich, als ich mich wieder beruhige, und schluckt die leisen Laute, die ich von mir gebe, während die Nachbeben in meinem Inneren langsam abebben. Ich lehne mich mit dem Rücken an die Duschwand, habe die Augen halb geschlossen und versuche, meine Atmung unter Kontrolle zu bekommen. Dann ziehe ich mit quälend langsamen Bewegungen seinen Reißverschluss auf und schaue ihn dabei die ganze Zeit über an. Das Begehren in seinen dunkelblauen Augen wächst, als seine Hose zu Boden gleitet.

Nun ist nichts mehr zwischen uns.

Carters Schwanz reckt sich mir gewaltig und steinhart entgegen. Er stöhnt, als ich meine Hand um ihn lege und ihn streichle. Das warme Wasser macht das wundervolle Gefühl, ihn in meinem Griff zu haben, nur noch perfekter.

»Gott, Emilia …«

Ich bewege meine Hand schneller und bin mehr als zufrieden damit, ihn in den Wahnsinn zu treiben, aber er hat genug von der Neckerei. Mit einem wilden Knurren hebt er mich hoch und trägt mich ein Stück. Fast denke ich, dass er mich an die Wand pressen und gleich hier in der Dusche um den Verstand bringen wird.

Stattdessen verlässt er die Dusche, durchquert das Bad und trägt mich in das dunkle Schlafzimmer. Wasser strömt von unseren Körpern, und wir hinterlassen auf dem Steinboden eine nasse Spur, die bis zu meinem Bett führt, aber ich nehme das nicht einmal richtig wahr. Tatsächlich ist es mir sogar vollkommen egal.

Carter wirft mich auf die Kissen und legt sich auf mich. Ich spüre seine Erektion und habe kaum genug Zeit, die Beine um seine Hüften zu schlingen, denn er dringt bereits mit einer fließenden Bewegung in mich ein, bis er vollkommen in mir steckt.

Sein Name kommt über meine Lippen wie ein Mantra, während er sich rhythmisch zu bewegen beginnt und mich mit jedem Stoß zu neuen Höhen der Lust treibt.

Carter, Carter, Carter.

Wir schauen uns tief in die Augen, aber dieses Mal führen wir ausnahmsweise keine wortlose Unterhaltung. Weil es keine Notwendigkeit für Worte gibt.

Das hier ... wir zwei zusammen ...

Dafür gibt es keine Worte.

Das entzieht sich jeglicher Begründung.

Dieser Mann wird mich zerstören, wenn ich es zulasse, denke ich und kratze mit meinen Fingernägeln über seinen Rücken. *Und ich werde ihn im Gegenzug ebenfalls zerstören.*

Ich explodiere, als mich ein weiterer Orgasmus überrollt. In diesem Moment gelangt auch er zum Höhepunkt, und die Lust in meinem Inneren ist anders als alles, was ich je erlebt habe. Und ich weiß, dass es daran liegt, dass die Gefühle, die ich für diesen Mann hege – diesen verdammten, sturen, berauschenden Mann –, letztendlich ebenfalls anders als alles sind, was ich je empfunden habe.

Es gibt ein Wort, das ich benutzen könnte, um zu beschreiben, was ich fühle. Ein Wort, das ich benutzen würde, wenn ich ein wenig mutiger und nicht ganz so klug wäre.

Ein winziges Wort mit fünf Buchstaben ...

... und mit gewaltigen, weitreichenden Auswirkungen.

Ich spreche es nicht aus.

Ich denke es nicht einmal.

Nicht jetzt.

Vielleicht niemals.

Aber während ich hier in seinen Armen liege und lausche, wie unsere Herzen in perfektem Einklang schlagen, spüre ich, wie dieses Gefühl jede eisige Kluft meines beschädigten, verrückten Herzens ausfüllt.

Möge die Zerstörung beginnen.

20. KAPITEL

Später duschen wir richtig. Carter seift meine schmerzenden Muskeln mit größter Sorgfalt ein und sagt nicht viel. Aber ich spüre seine Blicke die ganze Zeit über auf mir. Er betrachtet meine Haut und zieht im Geiste meine Gesichtszüge nach. Selbst nachdem wir uns gegenseitig abgetrocknet haben und wieder im Bett liegen, kann ich spüren, wie er mich beobachtet.

»Was ist los?«, frage ich und rümpfe die Nase.

Er beugt sich vor und küsst sie. »Nichts.«

»Das glaube ich dir nicht.«

Er zuckt mit den Schultern.

Ich seufze und schließe die Augen. Dabei liege ich immer noch halb auf seiner Brust. »Schön. Dann verrate es mir eben nicht. Ich werde wohl einfach gezwungen sein, es später aus dir herauszufoltern.« Ich halte inne, um zu gähnen. »Nachdem ich ungefähr eintausend Jahre lang geschlafen habe.«

»Und was genau wird diese Folter beinhalten?«

»*Ha*. Als würde ich dir meine besten Verhörmethoden verraten. Netter Versuch.«

Er stößt ein schläfriges Schnauben aus.

Wir schweigen eine ganze Weile lang. Ich bin fast eingeschlafen, als er mit leiser Stimme, die keine Spur von seinem typischen grüblerischen Sarkasmus aufweist, etwas murmelt.

»Ich bin total erschöpft. Ich glaube nicht, dass ich in meinem ganzen Leben je so müde gewesen bin. Aber ich habe Angst davor einzuschlafen, weil ich befürchte, dass ich dann irgendwann aufwachen und erkennen werde, dass das alles nur ein Traum war.« Er räuspert sich. »Dass diese eine Nacht alles ist, was ich je mit dir haben werde. Ein gestohlener gemeinsamer Augenblick in einer Unendlichkeit, die wir getrennt verbringen müssen.«

Ich hebe den Kopf und schaue ihn an. »Dann lass uns unsere eigene Unendlichkeit erschaffen. Lass uns unseren eigenen Weg finden, wie du es vorgeschlagen hast. Wir können gemeinsam durch das Chaos gehen, Carter.«

Seine Augen werden weich. Er behält den sanften Tonfall bei, aber die Worte verletzen mich trotzdem. »Und wie sollen wir das anstellen? Dieses Leben, das wir führen … Wir werden immer im Blick der Öffentlichkeit stehen. Man wird uns ständig kritisch beobachten. Vor allem dich.« Er hält inne. »Eine Königin verfügt nicht über den Luxus, ihr Schicksal selbst in die Hand zu nehmen, Emilia.«

»Warum müssen wir ausgerechnet jetzt darüber reden?«, frage ich und spüre, wie mich die unangenehme Realität einholt und die Blase aus Verleugnung, in der ich in den letzten paar Stunden in seinen Armen gelebt habe, zerplatzen lässt. Ich bin noch nicht bereit, über die echte Welt nachzudenken. Alles, was draußen vor dieser Tür existiert, kann bis zum Morgen warten, soweit es mich betrifft.

»Bis ich Königin bin, wird noch sehr viel Zeit vergehen«, murmle ich. »Wir müssen jetzt noch nicht für alles eine Lösung haben. Solange wir am Leben und zusammen sind … Das ist das Einzige, was wirklich zählt. Richtig?«

Carters Blick ist sorgenvoll. Er öffnet den Mund, schließt ihn aber gleich wieder, ohne etwas zu sagen.

»Was?«, hake ich nach.

»Nichts.« Er lehnt sich vor und küsst mich. Hart. Als würde er versuchen, mich sich einzuprägen. »Lass uns jetzt einfach ein wenig schlafen, mein Schatz.«

Verwirrt, aber zu müde, um zu widersprechen, schmiege ich mich wieder an seine Brust. Innerhalb von Sekunden bin ich eingeschlafen. Es geht so schnell, dass ich die Worte, die er mir mit seiner rauen Stimme ins Haar murmelt und in denen die Trauer eines bevorstehenden Abschieds mitschwingt, nicht mehr mitbekomme.

»Wenn du mich fragst ... Ich hätte dir all meine Unendlichkeit gegeben, Emilia. Auf immer und ewig.«

Ich wache allein auf.

Auf meinem Kissen liegt eine Nachricht, die mir ein Lächeln entlockt.

Ich habe mich zurück in meine Suite geschlichen, um
den Dienstmädchen keinen Anlass zu liefern, deine
Tugendhaftigkeit infrage zu stellen.
Wir sehen uns später.
C.

Ich küsse die Nachricht, verstaue sie in meinem Nachttisch, damit sie in Sicherheit ist, und setze mich auf. Ich habe keine Ahnung, wie spät es ist. Seit dem Attentat ist meine Welt komplett auf den Kopf gestellt.

Es ist an der Zeit, das wieder in Ordnung zu bringen.

Es ist an der Zeit, ein paar Antworten über den Grund für dieses Attentat zu erhalten. Ich will wissen, wer dafür verantwortlich ist und wie man denjenigen zur Rechenschaft ziehen wird.

Ich ziehe mich schnell an und humpele aus meinen Gemächern. Kurz spiele ich mit dem Gedanken, an Carters Tür zu klopfen, aber am Ende des Flurs stehen zwei Wachen und beobachten aufmerksam jede meiner Bewegungen. Als würde hier im Inneren des Schlosses irgendein abtrünniger Terrorist angerannt kommen und mich angreifen.

Flüchtig frage ich mich, wo Galizia und Riggs sind. Hoffentlich bekommen sie ein wenig dringend benötigte Ruhe, auch wenn vermutlich nicht einmal ein Trauma sie von ihren Pflichten abhalten würde.

Die mir unbekannten Wachen nicken respektvoll, als ich an ihnen vorbeigehe, und es fällt mir schwer, Haltung zu bewahren. Innerlich zucke ich vor Schmerzen zusammen. Irgendwie tut mein Körper heute noch mehr weh als gestern, sodass ich mich weiterhin nur im Schneckentempo fortbewegen kann. Langsam arbeite ich mich Flur für Flur vor. Dabei lehne ich mich immer wieder ans Geländer, um mich abzustützen, und halte inne, wann immer ich eine Pause brauche.

Ich bin mir sicher, dass mir die beiden Wachen, die mir folgen, liebend gern helfen würden. Zum Glück sind sie aber klug genug, um zu wissen, dass ich das Angebot niemals annehmen würde.

Als ich endlich das Erdgeschoss erreiche, folge ich dem Klang erhobener Stimmen vom Thronsaal zu dem kleinen Wohnraum neben der Bibliothek, in dem Simms seine Tage oft verbringt. Die Tür steht einen Spaltbreit offen, sodass die Unterhaltung in den Flur hinaushallt. Ich strecke die Hand nach der Türklinke aus, erstarre aber mitten in der Bewegung, als ich meinen Namen höre. Vermutlich ist es unhöflich zu lauschen, aber ich kann nicht anders.

»... es Emilia mitteilen«, sagt eine vertraute Stimme. Chloe. »Das ist nicht richtig.«

»Sind Sie sicher, dass sie stark genug ist?«, fragt Lady Morrell. Sie klingt nervös. »Sie hat bereits so viel durchgemacht ...«

»Glauben Sie wirklich, dass wir das einfach so vor ihr verheimlichen können?«, schnaubt Chloe.

»Nicht verheimlichen, wohl aber *hinauszögern*«, mischt sich Simms ein. »Zu ihrem eigenen Besten.«

»Sie ist ein zerbrechliches Mädchen – das habe ich mit eigenen Augen gesehen.« Bane. »Sie ist zu emotional. Manche würden sogar sagen, dass sie labil ist. Sie wird nicht in der Lage sein, damit umzugehen.«

»Sie haben nicht die geringste Ahnung, wovon Sie da verdammt noch mal reden«, herrscht Chloe ihn an. »Ich weiß nicht mal, warum Sie überhaupt hier sind. Sie haben nichts mit dieser Angelegenheit zu tun.«

»Ich bin der Kommandant der Königsgarde«, kontert er ebenso aggressiv. »Ich würde sagen, dass ich jede Menge mit dieser Angelegenheit zu tun habe, Kleine. Warum *Sie* jedoch hier sind, ist mir ein Rätsel.«

Mein Herz pocht wie wild.

Worüber reden sie da?

Was verheimlichen sie vor mir?

Im Zimmer wird es still. Ich warte darauf, dass sich andere Stimmen zu Wort melden – Linus, Octavia –, aber sie bleiben aus.

»Wenn es ihr gerade noch so gelingt, sich zusammenzureißen, könnte eine weitere schlechte Nachricht zu ihrem Zusammenbruch führen«, sagt Lady Morrell schließlich.

Bane klingt überheblich. »Ich kann in der Zwischenzeit gerne für sie einspringen. Ich betrachte es als nichts Geringeres als meine patriotische Pflicht.«

»Da bin ich mir sicher«, zischt Chloe giftig.

»Bitte, wenn wir untereinander streiten, macht es das auch

nicht einfacher«, sagt Lady Morrell. Sie klingt nun besorgt. »Ich neige dazu, Gerald und Ramsey zuzustimmen – sie braucht Zeit, um das alles zu verarbeiten.«

»Sie braucht keine Zeit, sie braucht die *Wahrheit!*«

»Wir hören Sie sehr deutlich, Lady Chloe. Es besteht kein Grund zu schreien.« Simms seufzt. »Wir bitten lediglich um einen oder zwei weitere Tage, damit wir die Situation unter Kontrolle bringen können ...«

Welche Situation wollen sie unter Kontrolle bringen?

Was in Teufels Namen könnte nur dafür gesorgt haben, dass sie sich alle in einem Zimmer befinden und sich gegen mich verschwören?

»Ich werde sie nicht noch mal anlügen. Ich weigere mich.« Chloes Stimme klingt entschlossen. »Ich habe es in Fort Sutton schon einmal getan, als sie nach ihm gefragt hat.«

Ihm?

Ich versuche, mich zu erinnern, was ich gesagt habe, als ich nach dem Anschlag aufgewacht bin, aber dank der hohen Dosis Schmerzmittel ist alles ein verschwommener Wirrwarr. Mein Herz verkrampft sich schmerzhaft, als ich höre, wie Chloe zugibt, dass sie mich in Bezug auf irgendetwas angelogen hat. Ich muss die Hände zu Fäusten ballen, damit ich nicht in das Zimmer stürme und Antworten verlange. Die traurige Realität ist, dass Lauschen die einzige Möglichkeit für mich sein könnte, die ganze Wahrheit von diesen Leuten zu erfahren, die ich mittlerweile zu einem Großteil als meine Freunde ansehe.

Als meine Familie.

»Du bist verdächtig still«, schnauzt Chloe jemanden an und bricht damit die angespannte Atmosphäre auf. »Was denkst du über diese ganze Sache? Hm? Unterstützt du ernsthaft diesen Plan, dass wir die Wahrheit vor ihr verbergen sollen?«

Eine lange Pause entsteht. Dann spüre ich, wie mein Herz

zerspringt, als eine vertraute raue Stimme etwas sagt, das den Verlauf meines Lebens vollkommen verändert.

»Die Tatsache vor ihr zu verbergen, dass Linus einen Schlaganfall hatte, als er von dem Anschlag erfuhr, wird die Sache nicht ungeschehen machen. Es gibt nichts zu sagen, was es weniger schlimm für sie macht. Ihr Vater ist tot. *Der König ist tot.* Das bedeutet, dass Emilia Lancaster, ob sie es nun schon weiß oder nicht, jetzt die amtierende Königin ist. Ihre patriotische Pflicht ist mir ehrlich gesagt vollkommen egal, Bane. Diese Entscheidung fällt nicht in Ihren Zuständigkeitsbereich.« Carter hält inne. Seine Stimme ist gefährlich sanft. »Sie unterstehen der Königin. Nicht umgekehrt.«

Mein Verstand wirbelt in sämtliche Richtungen, während ich versuche, die Worte, die ich gerade mit angehört habe, zu verarbeiten.

Linus hatte einen Schlaganfall.

Ihr Vater ist tot.

Der König ist tot.

Emilia Lancaster ist eure Königin.

Bilder blitzen vor meinen Augen auf, eine unleugbare Bestätigung dessen, was ich tief in meinem Herzen bereits als Wahrheit akzeptiert habe.

Chloe und Carter, die einen Blick austauschten, als ich nach Linus fragte.

Die Wachen, die in Fort Sutton vor mir salutierten – eine Geste, die normalerweise dem König vorbehalten ist.

Das Hauspersonal, das in formeller Kleidung vor dem Palast wartete, um seine neue Herrscherin zu begrüßen.

Er ist tot.

König Linus ist tot.

Nicht in einem meiner Albträume – dieses Mal in Wirklichkeit.

Und das Schlimmste daran ist, dass sie es wussten. Sie wussten es bereits seit zwei Tagen. Und sie haben es vor mir geheim gehalten.

Sie ließen mich zwei Tage in dem Glauben, dass mein Vater noch lebte.

Das ist unvorstellbar.

Unverzeihlich.

Meine Hände heben sich von ganz allein, als würden sie jemand anders gehören. Ich schiebe die Tür mit einem groben Stoß auf und trete über die Schwelle in das kleine Zimmer, in dem sie sich versammelt haben, um über mich zu reden.

Die arme, bedauernswerte Emilia.

Eine Ahnungslose, die man mit Samthandschuhen anfassen muss.

Ein Bauer, den man auf einem Schachbrett hin- und herschieben kann.

Alle drehen den Kopf ruckartig in Richtung Tür und starren mich mit der gleichen Mischung aus Überraschung und Entsetzen an. Ich lasse meine Augen von einem zum andern wandern und verharre so, bis sie unter meinem kalten Blick förmlich zittern.

Bane.

Simms.

Lady Morrell.

Chloe.

Carter.

Auf ihm verweilt mein Blick am längsten. Ich hoffe, dass er in meinen Augen sehen kann, wie sehr mich sein Verrat getroffen hat.

Ich hoffe, dass ihn diese Gewissheit heimsucht.

Erst als vollkommene Stille herrscht, spreche ich die Worte endlich laut aus. »Mein Vater ist tot.«

Lady Morrell gibt einen bekümmerten Laut von sich.

»Emilia …«, haucht Chloe.

»Eure Majestät …«, hebt Simms an.

Der neue Titel lässt mich zusammenzucken – er ist eine brutale Erinnerung an diese seltsame neue Realität. Ich hebe eine Hand, um zu signalisieren, dass sie alle schweigen sollen. Meine Stimme klingt absolut nicht mehr wie meine eigene. In ihr liegen keinerlei Emotionen. Sie ist so kalt, dass sie beinahe unmenschlich wirkt.

»König Linus ist tot. Ich bin Ihre neue Königin. Und mein erster Befehl lautet …« Ich schaue von Bane zu Simms und zu Lady Morrell. »Dass Sie gefeuert sind. Sie alle drei. Mit sofortiger Wirkung.«

»Wie bitte?!«, brüllt Bane.

»Meine Königin, bitte …«, wispert Lady Morrell.

»Aber Eure Majestät …«, protestiert Simms.

»*Ruhe*«, zische ich und hebe erneut eine Hand. »Oder Sie werden keine Abfindungszahlung für Ihre – womit prahlen Sie noch gleich immer, Simms? ›vierundzwanzig Jahre aufopferungsvollen Dienstes‹? – erhalten.«

Simms wird blass, verstummt aber.

Lady Morrell bricht in Tränen aus.

Bane ist vor lauter Wut rot angelaufen und schäumt förmlich, schweigt allerdings ebenfalls.

»Emilia«, sagt Chloe und macht einen vorsichtigen Schritt auf mich zu. »Bitte, lass uns darüber reden. Wir können …«

Ich werfe den Kopf in den Nacken und lache. Es klingt irre. Verstört. Das Kichern einer Wahnsinnigen. Als ich endlich verstumme, starren mich alle im Zimmer besorgt an.

»*Reden?*«, keuche ich immer noch kichernd. »Du willst reden? Oh, Chloe. Aber ich will nicht mit dir reden. Ich will dich nicht mal ansehen.«

»Hör zu, E., ich verstehe, dass du aufgebracht bist ...«

»Ich bin nicht aufgebracht. Warum sollte ich das sein? Weil du mir ins Gesicht gelogen hast? Weil du dich hinter meinem Rücken mit den anderen gegen mich verschworen hast, um die Wahrheit über den Tod meines Vaters vor mir geheim zu halten?«

Jegliches Blut weicht aus ihrem Gesicht.

Ich schüttle den Kopf und lächle frostig. »Ich schätze, dass das alte Sprichwort stimmt – der Apfel fällt nicht weit vom Stamm. Octavia wäre *so* stolz auf dich.«

»*E.* ... Bitte ...«

Ich schaue zu Carter. Sein Gesicht ist ernst und sein Blick messerscharf, während er jede meiner Bewegungen beobachtet. Er studiert mich mit größter Genauigkeit. Ich dachte, dass mein Herz nach dem Attentat bereits in Stücke zersplittert wäre, aber als sich unsere Blicke treffen, stelle ich fest, dass es noch weiter splittern kann.

»Du«, sage ich, und ein Anflug von Gefühlen lässt meine Stimme zittern. Ich ersticke ihn schnell mit eisigem Zorn. »Du wusstest es. Gestern. Letzte Nacht ... Du *wusstest* es und hast es mir nicht erzählt.«

Er sagt nichts, um sich zu verteidigen. Sogar seine Augen sind leer – er fleht nicht um Verständnis und versucht nicht, seine Doppelzüngigkeit mit wortlosen Rechtfertigungen zu erklären. Er will diesen Vertrauensbruch nicht rechtfertigen. Er will seine Entscheidung, die Nacht mit mir zu verbringen, um mir dann einen Dolch in den Rücken zu rammen, nicht verteidigen.

Ich rufe mir die Worte ins Gedächtnis, die er mir im Bett zugeflüstert hat, während ich ihn anstarre.

Diese eine Nacht ist alles, was ich je mit dir haben werde.

Ein gestohlener gemeinsamer Augenblick in einer Unendlichkeit, die wir getrennt verbringen müssen.

»Ich kann dich nicht mal ansehen«, flüstere ich und spüre, wie meine Augen zu brennen beginnen. Ich reiße mich von seinem zu blauen Blick los und schaue mich ein letztes Mal im Zimmer um. »Ich kann keinen von euch ansehen. Ich will, dass ihr aus diesem Zimmer verschwindet. Aus diesem Schloss. Aus meinem Leben. Ich dachte, ich sei euch wichtig. Aber nun sehe ich, dass ihr mich nur benutzen wolltet!«

»Eure Majestät, bitte!« *Simms.*

»Meine Königin, nein ...« *Morrell.*

»Das werden Sie bereuen, Sie dummes Miststück!« *Bane.*

»Emilia! Tu das nicht!«, ruft Chloe hinter mir und schreit mich an, damit ich Vernunft annehme, aber ich bin bereits fort – ich wende mich von ihnen ab und schreite in den Flur hinaus, wo vier Wachen, die ich vom Sehen her kenne, stationiert sind. Sie nehmen Haltung an, sobald sie mich erblicken.

»Bitte sorgen Sie dafür, dass sie alle umgehend aus dem Schloss entfernt werden. Alles, was sie aus ihren Gemächern benötigen, wird ihnen per Kurier zugeschickt werden.«

»Ja, Eure Majestät.«

Ich nicke ernst und gehe weiter. Ich bin innerlich so taub, dass mich nichts mehr kümmert.

Weder der Schmerz in meinem geschundenen Körper.

Noch die Narben auf meiner verwundeten Seele.

Noch das Handgemenge, das sich hinter mir abspielt, als die Wachen Chloe und Carter davon abhalten, mir nachzulaufen.

Noch die Tatsache, dass mein Vater tot ist.

Für nichts davon ist Platz in meinem Kopf. Es wurde alles von einem übermächtigen Gedanken gelöscht. Von einer alles übersteigenden Enthüllung, die in jedem meiner Schritte widerhallt.

Ich bin nicht länger ein kleines Mädchen, das sich um die Anerkennung jener bemüht, die sich hinter Halbwahrheiten und hübschen Lügen verstecken.

Ich bin nicht länger eine Marionette, an deren Fäden man einfach so ziehen kann.

Ich bin nicht länger ein Bauer, den man nach Herzenslust über dieses elende Schachbrett schieben kann.

Ich bin die gottverdammte Königin.

ENDE

PLAYLIST

Fire – Sara Bareilles
Heartlines – Broods
Yours – Ella Henderson
I Will Be There – Odessa
All Along the Watchtower – Afterhere
Youth – Daughter
I Wanna Dance with Somebody – Bootstraps
Closing In – Ruelle
Bolder – Anna Dellaria
The Night We Met – Lord Huron
What If This Is All the Love You Ever Get? – Snow Patrol
Don't Let Me Down – Joy Williams
Turning Page – Sleeping at Last
Clean – Taylor Swift

Es heißt: Berühmtheit hat ihren Preis. Doch was, wenn der Preis die Liebe deines Lebens ist?

Julie Johnson
FADED - DIESER
EINE MOMENT
Aus dem amerikanischen
Englisch von
Anika Klüver
368 Seiten
ISBN 978-3-7363-1133-6

Als Felicity Wilde mit nichts außer einem gefälschten Ausweis und ihrer alten Gitarre in Nashville ankommt, will sie nur eins: so unauffällig wie möglich bleiben. Aber sie hat nicht mit Ryder Woods gerechnet. Der stadtbekannte Rockstar zieht sie vom ersten Moment an in seinen Bann. So sehr Felicity auch versucht, die Gefühle, die er in ihr weckt, zu unterdrücken, fasziniert er sie bei jeder Begegnung mehr. Doch ein Leben im Rampenlicht an Ryders Seite ist für Felicity eigentlich unmöglich ...

»Diese Geschichte wird dich mit tränennassen Augen und einem blutenden Herzen zurücklassen.« INKED AVENUE BOOK BLOG

LYX

Sie hat einen Prinzen verdient. Doch Royal Lockhart ist alles, nur kein Prinz

Winter Renshaw
RIXTON FALLS
– SECRETS
Aus dem amerikanischen
Englisch von
Silvia Gleißner
352 Seiten
ISBN 978-3-7363-1440-5

Sieben Jahre ist es her, dass Royal verschwand und Demis Herz in tausend Scherben zerbrach. Er war ihr erster Kuss, ihre erste Liebe, alles, was sie jemals wollte. Dabei wussten sie von Anfang an, dass sie nicht zusammen sein können. Denn als Tochter der angesehensten Familie von Rixton Falls hatte Demi einen Prinzen verdient und keinen Jungen aus einfachen Verhältnissen. Seit Royals plötzlichem Verschwinden versucht sie daher ihre erste große Liebe zu vergessen. Doch gerade als sie glaubt, endgültig über ihn hinweg zu sein, ist Royal zurück in Rixton Falls!

»Ein hart verdientes Happy End. Winter Renshaw ist fantastisch!«
THE BOOK HOOKUP

LYX

Manchmal braucht man die Worte eines anderen, um seine Geschichte zu erzählen ...

Emma Scott
NEVER DOUBT
Aus dem amerikanischen
Englisch von
Inka Marter
496 Seiten
ISBN 978-3-7363-1280-7

Für das, was vor einem Jahr geschah, hat Willow keine Worte. Erst als sie die Rolle der Ophelia am städtischen Theater bekommt, sieht sie eine Chance, ihren Schmerz mit den Zeilen Shakespeares in die Welt zu schreien. Ihr Hamlet ist Isaac Pearce, der Bad Boy der Stadt. Instinktiv versteht Isaac ihren Hilferuf, und mit jeder Konfrontation der tragischen Liebenden auf der Bühne kommen Willow und Isaac sich näher. Doch um wieder wirklich zu leben, muss Willow ihre eigenen Worte finden ...

»Es gibt nicht genug Worte, die beschreiben könnten, welche Gefühle Emma Scotts Geschichten in einem auslösen.« TOTALLY BOOKED BLOG

LYX

Bereits mit unserem ersten Kuss waren wir dem Untergang geweiht …

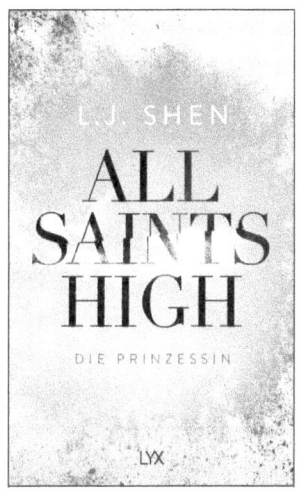

L. J. Shen
ALL SAINTS HIGH –
DIE PRINZESSIN
Aus dem amerikanischen
Englisch von
Anja Mehrmann
448 Seiten
ISBN 978-3-7363-1123-7

Daria Followhill ist reich, wunderschön und das beliebteste Mädchen der All Saints High. Sie müsste sich wie eine Prinzessin fühlen. Doch ihr Leben ist alles andere als perfekt. Seit sie vor vier Jahren aus Eifersucht die Zukunft der gleichaltrigen Silvia Scully zerstört hat, plagen sie schlimme Schuldgefühle. Als sie nun erfährt, dass Silvias Zwillingsbruder Penn nach dem Tod seiner Mutter kein Zuhause mehr hat, sorgt sie kurzerhand dafür, dass ihre Eltern Penn bei sich aufnehmen. Und obwohl er keinen Zweifel daran lässt, dass er Daria hasst, ist sie machtlos gegen das heftige Kribbeln zwischen ihnen. Dabei weiß sie, dass seine Liebe sie zerstören könnte ...

LYX

Die Community für alle, die Bücher lieben

Das Gefühl, wenn man ein Buch in einer einzigen Nacht verschlingt – teile es mit der Community

In der Lesejury kannst du

- ⭐ Bücher lesen und rezensieren, die noch nicht erschienen sind
- ⭐ Gemeinsam mit anderen buchbegeisterten Menschen in Leserunden diskutieren
- ⭐ Autoren persönlich kennenlernen
- ⭐ An exklusiven Gewinnspielen und Aktionen teilnehmen
- ⭐ Bonuspunkte sammeln und diese gegen tolle Prämien eintauschen

Jetzt kostenlos registrieren: www.lesejury.de

Folge uns auf Instagram & Facebook:
www.instagram.com/lesejury
www.facebook.com/lesejury